원행園幸

원행 園幸

발행일	2022년 5월 4일			
지은이	오세영			
펴낸이	손형국			
펴낸곳	(주)북랩			
편집인	선일영	편집	정두철, 배진용, 김현아, 박준, 장하영	
디자인	이현수, 김민하, 안유경, 최성경	제작	박기성, 황동현, 구성우, 권태련	
마케팅	김회란, 박진관			
출판등록	2004. 12. 1(제2012-000051호.)			
주소	서울특별시 금천구 가산디지털 1로 168, 우림라이온스밸리 B동 B113~114호, C동 B101호			
홈페이지	www.book.co.kr			
전화번호	(02)2026-5777	팩스	(02)2026-5747	

ISBN   979-11-6836-305-2 03810 (종이책)   979-11-6836-306-9 05810 (전자책)

(주)북랩 성공출판의 파트너

북랩 홈페이지와 패밀리 사이트에서 다양한 출판 솔루션을 만나 보세요!

홈페이지 book.co.kr   •   **블로그** blog.naver.com/essaybook   •   **출판문의** book@book.co.kr

작가 연락처 문의 ▸ ask.book.co.kr

작가 연락처는 개인정보이므로 북랩에서 알려드릴 수 없습니다.

오세영 역사소설

1795년 윤2월의 비밀

원행

園幸

북랩

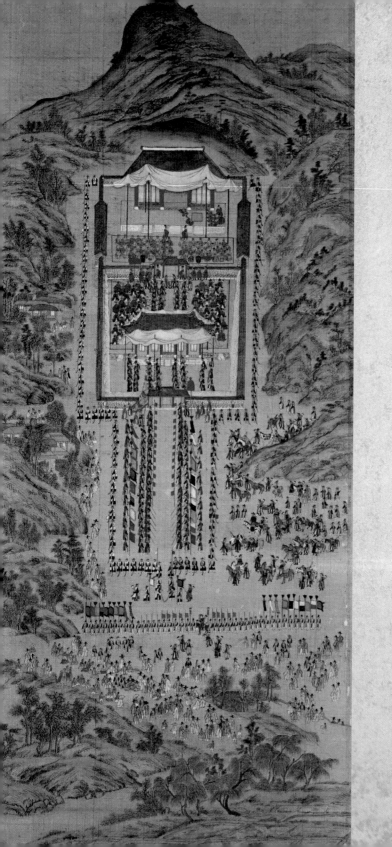

화성성묘전배도 華城聖廟展拜圖
윤 2월 11일 정조가 수원화성에서
첫 번째 행사로 거행한 성묘 참배 장면

일러두기
이 소설은 역사적 사실과 실제 인물들을 바탕으로 작가가 허구적으로 구성한 것임을 밝힙니다.

목차

밀명
密命

낙남헌방방도洛南軒放榜圖
윤 2월 11일, 문무과 과거 시험을 실시한 후
낙남헌에서 합격자를 발표하는 장면

벌써 동짓달로 접어들었으니 이제 갑인년(1794)도 얼마 남지 않았다. 세월은 흐르는 물 같다고 하더니 해가 바뀐 게 엊그제 같은데 어느새 세밑이 된 것이다. 홍문관 수찬 정약용丁若鏞은 오늘따라 유난히 맑고 파란 하늘을 힐끗 올려다보고는 솟을대문으로 통하는 계단으로 올라섰다. 기다리고 있었던지 통인이 얼른 달려오며 문을 열었다.

"대감께서 기다리고 계십니다."

채제공蔡濟恭 대감의 부름을 받고 온 길이다. 약용은 사랑에 이르러 가볍게 헛기침을 하고는 안으로 들어섰다. 영의정을 그만두고 영중추부사로 물러나 있던 채제공은 얼마 전부터 화성華城 공역을 책임지는 성역소城役所의 총리대신을 맡으면서 다시 출사를 하고 있었다.

"그간 강녕하셨습니까."

약용은 스승이며 부모와도 같은 채제공에게 정중하게 예를 표하고서 자리를 잡았다. 낯익은 사군자 병풍과 문갑, 그리고 타구와 아직 불을 지피지 않은 화로. 사랑은 채제공 대감의 성격대로 소박하게 꾸며져 있었다.

"급히 상의할 일이 있어서 불렀네."

채제공은 일흔다섯이라는 나이가 믿기지 않을 정도로 꼿꼿한 자태를 유지하고 있었다. 급한 일이라면… 화성 공역장에 무슨 문제가 생긴 것일까. 그렇다면 화성 공역의 설계부터 참여해서 얼마 전까지도 현장에서 직접 공역을 지휘했던 약용과 상의하는 것이 마땅하겠지만 눈치로 봐서 그런 것 같지는 않았다.

그럼 무슨 일일까. 채제공과 눈이 마주치는 순간 약용은 뭔가 중책을 맡았다는 사실을 짐작할 수 있었다.

"주상께서 이 늙은이에게 또 중책을 맡기려 하시네."

"중책이라면…"

약용은 얼른 되물었다. 짐작은 틀리지 않았지만 선뜻 생각 나는 게 없었던 것이다.

"원행園行을 준비해야 할 것 같네. 아무래도 이른 봄, 농사철이 시작되기 전이겠지."

원행이라. 그것이었구나. 약용은 쉽게 수긍이 되었다. 주상은 수시로 수원의 현륭원顯隆園을 찾아서 비참하게 세상을 떠난 생부 사도세자의 원혼을 위로하고 있었다.

"하면 대감께서 정리소整理所를…?"

정리소는 원행을 관장하는 도청都廳(임시 관청)인데 이미 성역소를 맡고 있는 마당에 또 정리소를 맡는다는 것은 주상의 신임이 얼마나 돈독한지를 여실히 보여 주는 것이다.

채제공이 고개를 끄덕였는데 표정이 밝지 못했다. 약용은 어렵시 않게 그 이유를 짐작할 수 있었다. 절후癤候(부스럼이 피부를 파고드는 병)가 도졌다고 하던데 그 때문일까. 근래 들어 주상은 자꾸만 조급해하고 있었다. 급하면 돌아가라고 괜히 서둘다가는 오히려 일을 망치기 십상이다. 게다가 반발도 만만치 않을 것이다.

시파時派와 벽파僻派.

세간에서는 경장更張(개혁)을 주장하는 임금(정조正祖)을 지지하는 신료들을 시파라 부르고 그에 반대해서 잉구仍舊(보수)를 고집하는 신료들을 벽파라 부르고 있었다. 그런데 시파는 개혁을 위해서는 군주의 독재가 불가피하다고 보는 반면에 벽파는 신권臣權을 내세우며 사대부에 의한 통치를 양보하려 하지 않았다.

마침내 때가 온 것일까. 약용은 긴장이 되었다. 조선은 지금 대대적인 개혁을 필요로 하고 있다. 하지만 저항 세력이 만만치 않았다. 개국한 지 어언 400여 년의 세월이 흘렀다. 그사이에 이앙법移秧法이 시행되면서 농업 소출이 크게 늘어났고, 상평통보가 유통되면서 상업이 비약적으로 발전했다. 먹고사는 게 한결 나아졌지만 그늘도 생겼다. 지주들이 토지를 겸병하면서 간신히 제 땅을 붙여 먹던 빈한한 농사꾼들은 땅을 잃게 되었고, 사상도고私商都賈들이 재물을 독점하면서 촌민들은 더 가난해진 것이다. 사정이 이러니 풍년이 들어도 고을마다 굶어 죽는 사람들이 생겨났고, 부자들의 창고에 재물이 쌓이는만큼 유랑민들이 늘어나고 있었다.

민란으로 인해서 나라가 망한 예는 역사에서 쉽게 찾아볼 수 있다. 국태민안을 위해서는 대대적인 개혁이 불가피했다. 그런데 개혁을 추진하려면 힘이 있어야 한다. 병권兵權을 장악하는 것이 급선무다. 그래서 정조는 장용영壯勇營을 새로 설치해서 친위 세력을 양성하고 있었다. 한양은 사대부들의 기반이 너무 강하다. 차질 없이 개혁을 추진하려면 천도를 단행해야 한다. 그래서 정조는 화성에 신도읍을 건

원행園幸

설하기로 한 것이다.

"심려가 크시겠습니다. 아직 화성 공역이 마무리되지 않은 마당인데."

약용은 채제공의 고심이 충분히 이해되었다. 천도가 가시화되면서 그동안 이해득실에 따라서 사분오열되었던 수구 세력들을 하나로 결집하기 시작한 것이다. 곧 본격적으로 반격에 나설 것이다. 그동안 같은 벽파라도 노론老論 출신이냐 소론少論 출신이냐 따라서 서로 대립했고, 삼사三司의 대간들도 서로 다투는 통에 정조와 체제공은 천도를 실행에 옮길 수 있었다. 하지만 이제부터는 사정이 다를 것이다. 벽파들이 하나로 뭉쳐서 천도 불가를 주청하면 국왕도 마음대로 왕도를 옮길 수 없게 된다.

두 사람은 침통한 얼굴로 한동안 갈이 없었다. 내년의 원행을 통해서 그동안 수면 아래에 잠복해 있던 개혁파와 수구 세력의 대립이 정면충돌로 치닫게 될 것이 명약관화했다.

왜 갑자기 보자고 한 걸까. 혹시 내게 정리소 일을 맡기려는 걸까. 약용은 채제공의 침묵이 길어지자 조바심이 일었다.

"곧 영남 지방에 위유사를, 그리고 경기 일대에 암행어사를 파송할 것이네."

채제공이 천천히 입을 열었다. 가뭄이 극성을 부리면서 유민流民이 속출하고 있었다. 피해 현황을 살피고 백성들을 위무하기 위해서 암행어사나 위유사를 현지로 파송해야 한다.

그렇다면 내게 암행어사의 대명이 내린단 말인가. 약용은 채제공의 다음 말을 기다렸다. 뭔가 다른 분부가 있을 것 같았다.

"신작로를 둘러보고 공역장을 살피라는 밀명이 따로 내려질 걸세."

밀명이란 말에 약용은 몸이 굳어졌다. 내년 초로 예정된 원행에 대비해서 당연히 공역장을 살피고 원행로를 점검해야 할 텐데 암행어사를 가장해야 할 만큼 사방에서 감시의 눈이 번쩍인다는 사실이 실감된 것이다.

"미력하나마 성심을 다하겠습니다."

약용은 비장한 어조로 대답했다. 긴말이 필요 없는 사이다. 마주친 눈길에서 약용은 채제공의 고뇌를 충분히 읽을 수 있었다. 갈수록 치열해지고 있는 수구 세력의 반격과 왠지 자꾸만 조급해하는 주상. 그간 노구를 이끌고 풍파를 혼자 감당하느라 채제공의 고초가 이만저만이 아니었을 것이다.

상황이 이렇게 급박하게 돌아가고 있었던 말인가. 채제공의 사랑을 물러 나온 약용은 충격에 휩싸였다. 부친상을 치르느라 조정에서 물러나 있는 동안에 시국이 격돌로 치닫고 있었던 것이다. 고개를 들어 세밑의 하늘을 올려다보니 먹구름이 잔뜩 끼어 있었다. 왠지 내년(을묘년)은 조용히 지나갈 것 같지 않았다.

*

시냇물이 인왕산 기슭을 시원하게 흘러내렸다. 바위에 부딪혀 튀어오르는 물방울이 보옥처럼 맑고 영롱했다. 말구종이 기세 좋게 조랑말을 몰고 복세암이 있는 쪽으로 행차를 하는데 전립을 쓴 기녀가 말을 타고 있는 것으로 봐서 양반들의 늦은 단풍놀이에 불려 가는 것같아 보였다. 나이 든 중노미가 지게를 지고 따르고 있는데 아마도 술과 안주거리일 것이다.

부근 사대에서 화살을 날리던 선비들이 호기심 어린 눈으로 전립 아래로 살짝 드러난 기녀의 얼굴을 훔쳐보았다. 하얀 살결에 붉은 입술, 그리고 깎은 듯 고운 얼굴선은 흔치 않은 미색이다. 그렇다면 객쩍은 농이라도 한마디씩 붙여 봄 직한데도 아무도 입을 열지 않는 것은 기녀 주제에 나귀가 아니고 조랑말을 타고서 말구종과 중노미를 따로 거느리고 행차를 하는 데 주눅이 들었기 때문이다. 행세하는 벼슬아치의 주연에 초치된 기녀를 상대로 쓸데없는 농지거리를 해 봤자 좋을 게 없을 것이다.

　조랑말은 복세암으로 오르는 길에서 벗어나 단풍이 붉게 물든 골목길로 접어들었다. 어디로 가는 것일까. 그쪽은 연회정이 없는 곳이다.

　"다 왔습니다. 저 개울만 건너면 됩니다."

　열댓 살 정도 돼 보이는 말구종이 기녀를 돌아보며 생글거렸다. 기녀는 알았다는 듯 가볍게 고개를 끄덕였는데 왠지 초조해 보였다. 개울 위로 붉은 단풍이 한가롭게 흘러가고 있었다. 얕은 개울을 건너자 덩그러니 초가가 한 채 놓여 있는데 주변 숲이 제법 울창해서 모르는 사람은 찾아오기 힘든 곳이다.

　"나리! 기총旗總 나리!"

　말구종이 초가로 달려가며 소리쳤다. 하지만 방 안에는 사람이 없는 듯했다. 어디 간 것일까. 말구종이 주위를 살펴볼 요량으로 인근 숲으로 눈을 돌리는데 초가 뒤쪽에서 인기척이 났다.

　"누가 이리 소란을 떠느냐?"

　환도를 든 건장한 젊은 남자가 웃통을 벗어부친 채 모습을 드러냈다. 온몸이 땀투성이인 것이 무예를 연마하던 중인 모양이다. 젊은이는 조랑말에서 내려서는 기녀를 보고는 황급히 저고리를 집어 들었다.

"서방님, 소첩이옵니다."

전립을 벗어 든 기녀가 반색을 하며 젊은이에게 달려갔다. 남치마에 노랑 저고리 차림인데 전모 속에서 드러난 얼굴이 가히 소향비蘇香妃라는 기명이 허전이 아님을 여실히 보여 주었다. 향비는 40여 년 전에 청나라 건륭황제가 서역을 정벌했을 때 붙잡아 온 서역 토호의 아내인데 경국지색이었다. 건륭황제는 향비를 총애했지만 향비는 지조를 지켜서 스스로 목숨을 끊었다. 미색만큼이나 절개가 곧은 여인이었다. 인왕골 복세암 골짜기를 찾은 이 기녀는 죽은 향비가 소생한 듯하다 하여 소향비라는 기명으로 불리고 있었다.

소향비의 눈빛에서 그리움이 넘쳐흘렀건만 기총이라 불린 젊은이는 어색한 표정으로 눈길을 피하고 있었다. 기총은 기旗를 통솔하는 하급 무관이다.

"여기에 웬일이냐? 그리고 서방님이라니. 그날의 일이라면 괘념치 말라고 일렀거늘. 네놈이 쓸데없는 짓을 했구나."

기총은 소향비를 여기까지 데려온 말구종을 책했지만 말구종은 히쭉 웃을 뿐 별로 두려워하지 않았다.

"그저 어떻게 지내시는지 궁금해서 들러 본 것입니다. 요즘은 도통 걸음도 하시지 않으시니. 양식하고 찬거리를 조금 가져왔습니다."

소향비가 중노미가 내려놓은 지게를 돌아보며 입을 열었다. 행여 젊은 기총이 노할세라 말과 행동이 매우 조심스러웠지만 눈빛에는 연모의 정이 가득했다.

"네가 걱정할 일이 아니다. 아무렴 산 사람 입에 거미줄을 칠까 보냐."

애써 외면을 하며 무뚝뚝하게 대답하는 젊은 기총의 얼굴에 살짝

원행園幸

홍조가 스치고 지나갔다. 입으로는 나무랐지만 그렇다고 물리칠 기세는 아니었다.

"팔도를 유랑하며 칼 품을 팔든, 한양의 유협이 되어 기녀의 기둥서방 노릇을 하든 내 알아서 입에 풀칠을 할 터이니 앞으로는 이런 것을 가지고 오지 말거라."

부끄럽다는 생각이 든 탓일까. 간절한 눈빛의 소향비와는 대조적으로 젊은 기총은 괜히 박정하게 대하고 있었다.

"그런 말씀 마옵소서. 곧 예전처럼 흑립과 청철릭 차림에 환도를 휘두르며 기병들을 호령하실 날이 돌아올 것입니다."

"네게 그런 소리를 들으니 기분이 묘하구나. 아무튼 가져온 것은 고맙게 받겠다만 앞으로는 다시 찾아오지 말거라."

젊은 기총은 계속해서 소향비를 매몰차게 대했다.

"고갯길을 올라왔더니 다리가 제법 아픕니다요. 잠시 툇마루에 앉았다 가면 안 되겠습니까. 실은 술도 한 병 싣고 왔습니다요."

말구종 아이가 눈치를 보면서 슬쩍 대화에 끼어들었다. 젊은 기총은 어쩔 수 없다는 듯 피식 웃으며 고개를 끄덕였다. 기실 여기까지 찾아온 손님을 선 채로 돌려보내는 것은 도리가 아닐 것이다.

말구종이 얼른 부엌으로 달려가더니 익숙한 솜씨로 주안상을 마련해 왔다. 젊은 기총이 겸연쩍은 표정으로 툇마루에 앉자 소향비가 날아갈 듯 다가오며 술잔을 올렸다. 향긋한 냄새가 코끝을 찔렀다. 참으로 오랜만에 대하는 술이다. 젊은 기총은 파란 가을 하늘을 올려다보고는 그대로 단숨에 들이켰다.

장인형張仁衡.

그는 1년 전까지만 해도 정예 훈련도감에서도 첫손으로 꼽는 청룡기의 기총이었다. 그런데 무예가 출중하고 병법에 능통해서 초관哨官은 물론 파총把摠까지 승차할 걸로 예상되었던 장인형은 뜻하지 않았던 일로 훈련도감을 떠나게 되었다.

융정경장戎武更張.

정조는 친위부대를 양성할 목적으로 장용영을 신설하면서 기존의 군영들은 해체 혹은 축소시키는 강력한 군제 개혁을 단행했다. 훈련도감도 예외가 아니어서 청룡기는 해체되었고 기총 장인형은 군문을 떠나야 했다. 그러면서 장래가 촉망되던 무관이 창졸간에 끼니를 걱정하는 한량으로 전락한 것이다.

술이 목구멍을 타고 내려가는 느낌이 짜릿하게 전해졌다. 실로 오랜만에 대하는 술이다. 술은 울적한 심사를 달래 주는 것일까, 아니면 감정을 더 격화시키는 것일까. 지난 1년간 비탄 속에 지냈던 세월이 뇌리를 스치고 지나가면서 장인형은 심사가 몹시 착잡했다. 무인이 검을 놓는 것은 사람이 명줄을 놓는 것과 진배없는 일이다. 장인형은 훈련도감에서 물러난 후에 자신이 칼을 휘두르는 것 말고는 아무것도 할 줄 아는 것이 없다는 사실을 새삼 깨닫고서 심한 자괴감에 빠지게 되었다. 일신의 호구지책조차 제대로 마련하지 못하는 처지에 불과했던 것이다. 그때 뿔뿔이 흩어졌던 부하들은 지금 어디서 무엇을 하고 있을까. 끼니는 거르지 않고 있을까. 생각할수록 가슴이 쓰렸다.

"얼굴에 수심이 가득합니다. 행여 몸이 상할까 봐 걱정이 되옵니다."

소향비가 무릎걸음으로 장인형에게 다가섰다.

"부하들 생각을 하고 있었다. 칼을 휘두르고 창을 내지르는 것 말고는 할 줄 아는 게 없는 자들이다. 그러니 어디서 무슨 짓을 해서 먹고산단 말인가."

그들이 겪고 있을 고초가 보지 않아도 환했다. 장인형은 울화가 치밀었다. 충성을 다해서 열심히 조련한 죄밖에 없다. 그런데 군제 개혁이라는 미명 아래 끈 떨어진 갓 신세가 되고 만 것이다.

배신감과 절망감이 파도처럼 밀려왔다. 다른 초哨, 다른 기의 군병들 중에는 장용영으로 옮긴 자들도 꽤 있다. 하지만 청룡기의 기병들은 예외 없이 모조리 거리로 내몰렸다. 그 이유는 바로 기총 장인형 때문이다. 출중한 무예를 지닌 장인형은 당연히 훈련도감 구선복具善復으로부터 총애를 받았고, 그의 후광으로 출세의 가도를 달리고 있었다. 구선복은 무종武宗이란 별칭대로 조선 군부의 원로다. 장인형은 구선복의 눈에 들어올 만큼 무예가 출중했고, 병법에 능했던 것이다.

장인형의 입에서 한숨이 새어 나왔다. 세상사 새옹지마라고 하더니 일이 이렇게 될 줄이야. 구선복은 사도세자를 핍박했으며 정조가 보위에 오르는 것을 적극적으로 반대했던 인물이다. 정조가 보위에 오르자 궁지에 몰리게 되었고, 급기야는 역모를 꾀하다 멸문지화를 당하고 말았다. 그게 병오년(1786)의 일이다.

세월이 제법 흘렀지만 구선복의 사람이라는 낙인이 찍힌 마당이다. 그 후로 장인형은 경계의 대상이 되었고, 급기야는 훈련도감을 떠나게 된 것이다.

장인형의 입에서 탄식이 새어 나왔다. 나야 구선복의 총애를 받은 죄라고 치부하면 그만이지만 부하들은 무슨 죄가 있단 말인가. 장인형은 울분을 곱씹으며 단숨에 술잔을 비웠다.

"잠시 부엌 살림을 살펴보고 오겠습니다."

소향비가 살며시 몸을 일으켰다. 지게를 내려놓은 채 엉거주춤 서 있던 중노미가 다시 지게를 짊어지고서 소향비를 따라서 부엌으로 들어갔다.

"여기를 일러 주지 말라고 그렇게 얘기했거늘."

술잔을 기울이던 장인형이 문득 생각났다는 듯이 말구종 아이를 꾸짖었다.

"아씨가 하도 닦달을 하는 통에 어쩔 수 없이 손들고 말았습니다."

말구종이 배실배실 웃으며 대꾸했다. 장인형이 말은 저렇게 해도 속으로는 반가워하고 있음을 잘 알고 있었다.

"그래 추 별감은 요즘 어떻게 지내고 있느냐?"

장인형이 화제를 돌렸다.

"제 버릇 어디 개 주겠습니까? 여전히 왈짜패로 기방에서 악명을 떨치고 있지요. 한다하는 양반네들도 추 별감이라면 슬슬 꽁무니를 빼니까요. 기녀들에게는 염라대왕보다 더 무서운 존재입니다. 수틀리면 발길부터 날아가니까요."

문득 소향비를 처음 만나던 날이 떠올랐다. 청룡기가 해체되기 얼마 전이었다. 장인형은 휘하 대장隊長들을 데리고 기방을 찾았다. 그곳은 액정서 별감이 뒤를 봐주고 있는 기방으로 미색들이 많다는 소문이 자자해서 풍류를 입에 담는 한양의 시인 묵객들이 앞다투어 드나드는 곳이다.

술이 한 순배씩 돌아갔을 때 갑자기 옆방에서 호통 소리가 들렸다. 욕지거리가 이어졌는데 주객의 비위를 거스르기라도 했는지 기방 주인이 기녀를 닦달하는 것 같았다. 주인이 기녀를 닦달하는 일은 항용 있지만 이렇게 큰 소리로 욕지거리를 해 대는 것은 흔한 일이 아니다.

옆방에 주객이 있는 것을 뻔히 알면서 이렇게 큰 소리로 소란을 피운단 말인가. 장인형은 불쾌했다. 휘하 대장들도 장인형의 눈치를 살피며 옆방에 귀를 기울였다. 그런데 술상이 엎어지는 소리가 들리더니 이어서 기녀의 애원 소리가 들려왔다. 기녀가 뭘 어떻게 잘못했기에 연약한 여인을 저리도 험하게 다룬단 말인가.

"나리, 모른 체하십시오. 새로 온 아이가 초야례를 거절했기에 추별감이 혼을 내는 중입니다."

장인형의 얼굴에 노기가 서린 것을 보고는 옆자리의 기녀가 얼른 팔을 잡아당겼다. 초야례는 처음으로 잠자리를 같이하는 사람이 기녀의 머리를 얹어 주는 것을 말함이다. 그렇다면 동기童妓란 말인가.

"소향비라는 아이인데 경상京商 최 행수가 금침값, 옷값, 술값을 따로 두둑이 치렀음에도 잠자리를 거부하고 있으니 추 별감이 화를 내는 것도 당연하지요."

질투를 하는 것일까 기녀는 새초롬해서 오히려 추 별감 편을 들고 나섰다. 추 별감이라면 장인형도 익히 소문을 들어 알고 있었다. 액정서 별감으로 기방과 색주에서 힘깨나 쓰는 왈짜패로 웬만한 양반도 우습게 아는 자라고 했다.

추 별감의 행패는 쉽게 그치질 않았다. 장인형은 더 이상 기녀의 애처로운 비명을 듣고 있을 수 없어서 몸을 일으켰다. 그리고 옆방으로 달려갔다. 넌 뭐냐며 인상을 쓰고 달려들던 추 별감은 장인형의 일격에 나가떨어졌고 기세에 겁을 먹은 최 행수는 돈을 돌려받을 생각도 않고서 줄행랑을 놓아 버렸다. 상대가 누군지를 안 것이다. 추 별감도 감히 장인형에게는 대들지 못했다.

그런데 일이 엉뚱한 방향으로 번졌다. 기방의 상례에 따르면 이런 경우에는 장인형이 최 부호를 대신해서 기녀의 머리를 얹어 주어야 한다는 것이다. 이런 낭패가 있나…. 하지만 그리하지 않으면 소향비라는 기녀는 기방을 떠나야 한다니 달리 도리가 없었다. 어차피 의협심에서 비롯된 일이다. 장인형은 가련한 처지의 기녀를 끝까지 돕기로 했다.

장인형이 어색한 기세로 마주 앉자 그때까지 고개를 숙이고 있던 소향비가 비로소 고개를 들었다. 그린 듯 고운 이목구비에 눈이 내린 듯 하얀 살결. 가히 소향비라는 기명이 괜한 말이 아니었다.

그렇게 엉겁결에 초야례를 치른 장인형은 추 별감을 불러서 엄히 이른 후에, 그리고 자기를 바로 보는 소향비의 정감 어린 눈길을 애써 외면한 채 기방을 나섰다.

그리고 오래지 않아서 청룡기가 해체되었다. 군병들은 뿔뿔이 흩어졌고 장인형은 인왕동 계곡에서 칩거하면서 울분의 나날을 보내고 있었다.

그런데 소향비가 여기를 찾아올 줄이야. 하물며 자기를 서방님이라 부를 줄이야. 장인형은 꿈을 꾸는 것 같았다. 달빛 환한 밤이면 소향비와의 짧았던 추억이 주마등처럼 스치고 지나가곤 했었다.

이대로 그냥 둘이 여기서…. 그러나 장인형은 곧 고개를 흔들었다. 기녀를 기적妓籍에서 빼내려면 적지 않은 속금贖金이 들 텐데 자신은 지금 당장의 끼니를 걱정해야 하는 처지다.

곳간 정리를 끝냈는지 소향비가 다시 툇마루로 왔는데 얼굴에 생기가 넘쳐흘렀다. 소향비는 날듯 다가와 장인형 곁에 앉았다. 장인형은 어색한지 슬금슬금 옆으로 비켜 앉았다.

"단소를 가져왔습니다요."

원행園幸

그 모양이 우스웠는지 말구종 아이가 끼어들었다.

"하면 생황도 가져왔느냐?"

장인형의 얼굴에 처음으로 화색이 돌았다.

"물론입니다요."

말구종 아이가 얼른 조랑말로 달려가서 단소와 생황을 꺼내 왔다. 단소를 받아 든 장인형은 잠시 숨을 고르더니 천천히 단소를 입에 가져갔다. 무예 외에 장인형이 할 줄 아는 것은 단소를 부는 것이다. 소향비는 홍조를 띤 얼굴로 생황을 집어 들었다.

단소가 애절한 가락을 토해 내자 곧 생황이 단소의 끊어질 듯 이어지는 가락을 포근하게 감싸 안았다. 소리에 정이 듬뿍 실려 있었다. 소향비의 희고 긴 손가락이 바삐 움직이면서 생황에서 듣는 이의 애간장을 끊는 듯한 처연한 가락이 토해져 나왔다. 장인형의 손놀림이 점점 빨라지자 소향비의 호흡도 덩달아 가빠졌고, 단소와 생황의 애절한 가락이 막 봄기운이 감돌기 시작하는 인왕산 계곡에 은은하게 퍼져 나갔다.

숨이 가쁜지 소향비의 얼굴이 상기되었다. 장인형은 가쁜 숨을 몰아쉬면서도 부지런히 따라오고 있는 소향비를 보며 손놀림을 조금 늦추었다. 느린 가락으로 바뀌면서 생황을 연주하는 소향비의 흰 손가락도 느리게 춤을 추었다. 아! 사는 게 무엇일까. 협俠은 무엇이며 정은 또 무엇이란 말인가. 그리고 의는 무엇이며 삶은 또 무엇이란 말인가. 장인형의 입에서 탄식이 새어 나왔다. 단소 소리가 그치면서 생황 소리도 그쳤다.

생황을 내려놓는 소향비의 입에서도 짧은 탄식이 흘러나왔다. 이것이 정녕 꿈은 아니겠지. 그날 이후로 한시도 잊어 본 적이 없었던 정인 장인형과 지금 마주 앉아서 생황을 불고 있는 것이다. 그는 애써 외면을 하고 있지만 속마음은 그렇지 않다는 것을 소향비는 단소의 애절한 소리를 통해서 충분히 느끼고 있었다.

빈농의 딸로 태어난 소향비는 열여섯 살이 되던 해에 흉년에 크게 들면서 색주가에 팔려 갔다. 그래서 두어 해 동안 근기近畿 일대를 전전하다가 빼어난 용모로 해서 한양에 올라오게 되었다. 장안 기녀가 되면서 내놓고 몸을 파는 색주가의 은근짜나 장터의 들병이 신세는 면했지만 그 대신에 행세하는 양반네들, 돈 있는 부상들의 노리개 노릇을 해야 했다.

소향비가 팔려 간 곳은 액정서 별감인 추상학이라는 자가 낸 기방으로 추 별감은 성격이 아주 포악한 자였다. 소향비의 미색이 알려지면서 제법 행세하는 양반들, 돈푼이나 만지고 있는 상인들이 다투어 기방으로 몰려들었다. 횡재의 기회를 놓칠 리 없는 추 별감은 경상 최 행수에게 거금을 받고서 소향비의 초야권을 팔았는데 그만 장인형을 만나는 바람에 산통이 깨졌던 것이다.

양반 알기를 우습게 아는 추 별감도, 돈푼깨나 있다는 최 행수도 장인형이 누군질 잘 알기에 따로 뒤탈은 없었다. 장인형과는 그렇게 우연히 만났고, 어쩌다 첫날밤을 같이 지낸 게 전부지만 소향비는 그 날 이후로 장인형을 낭군으로 섬기기로 한 것이다.

소향비는 정이 가득 담긴 눈길로 장인형을 바라보았다. 이렇게 가까이서 쳐다보는 것만으로도 더없이 행복했다. 언제까지 이렇게 있을 수만 있으면 더 바랄 게 없을 것 같았다.

숨을 고르던 장인형은 소향비와 눈이 마주치자 어색한 듯 고개를 돌려 버렸고, 괜스레 헛기침을 해 댔다. 기실 장인형도 은근히 소향비를 마음에 두고 있었다. 모든 것을 내려놓고 소향비와 둘이서 살림을 차릴까. 소용되는 자금은 마련할 길이 있다. 며칠 전에 부상단負商團 차인差人이 찾아와서 귀가 솔깃한 제안을 했던 것이다.

"소문을 듣고 찾아왔소. 우리와 함께 일할 의향이 없소?"

자신의 이름을 정한기라고 밝힌 등짐상단의 차인은 장인형에게 부상단을 따라다니면서 호위무사 노릇을 해 줄 것을 요청했다. 부상단의 호위무사라…. 할 줄 아는 것이라고는 칼 휘두르는 것밖에 없는 장인형에게는 구미가 당기는 제안이었다. 하지만 아무리 목구멍이 포도청이라고 해도 그렇지 훈련도감의 기총이 장사꾼들을 따라나서겠다는 소리가 쉽게 나오지 않았다.

"천천히 생각해 보시오. 등짐장수와 같이 다니면 제법 재미가 쏠쏠할 테니까."

부상단 차인은 그 말을 남기고 떠났다.

정말로 부상단을 따라나설까. 부지런히 돈을 모으면 소향비를 기적에서 뺄 수 있을 것이다. 소향비는 더 바랄 게 없다는 표정으로 눈을 감고 있었다. 장인형은 소향비의 입가에 드리워진 해맑은 미소를 보며 마음을 굳혔다. 그까짓 훈련도감 기총이 뭐 그리 대단한 자리라고. 더구나 쫓겨난 마당이다.

*

김종수金鍾秀 대감의 팔판동 사저는 제법 늦은 시각임에도 객들이 자리를 뜨지 않고 있었다. 노론의 거두이며 벽파의 수장인 김종수의 해배解配를 축하하는 주연이 늦게까지 이어지고 있었던 것이다.

김종수가 슬며시 좌중을 훑어보았다. 영돈녕부사 유언호와 전 대사헌 윤시동, 이조참판 심환지, 첨지 권유, 그리고 새로 장용영 제조로 보임된 이명식이 불쾌한 얼굴로 자리를 하고 있었다. 그런대로 벽파의 중진들이 전부 모인 셈이다.

그런데 말석을 차지하고 있는 김권주金權株는 뭐가 불편한지 연신 헛기침을 해 대고 있었다. 품계가 상대적으로 낮음에도 김종수가 그를 부른 이유는 김권주가 왕실의 인척이기 때문이다.

"대감께서 다시 조정을 이끌어 주셔야지요."

유언호가 김종수의 출사를 종용했다. 이 자리에 있는 사람들의 마음이 유언호와 다르지 않았다. 예로부터 좌종수 우제공이라 했다. 그런데 김종수가 관직에서 물러나면서 채제공이 이끄는 시파 세상이 된 것이다. 김종수가 돌아왔으니 반격에 나서야 한다.

"정리소도 채제공 대감이 장악할 것이란 소문이 무성합니다."

권유가 거들고 나섰다. 성역소에 이어 정리소마저 시파에서 차지하고 나면 벽파는 요직을 전부 잃게 된다.

"어디 그뿐이겠소. 천도며 양위 소문도 그치질 않고 있소이다."

이번에는 윤시동이 나섰다. 천도와 양위. 김종수의 눈썹이 꿈틀거렸다. 천도는 국운쇄신을 명분으로 하지만 실제로는 화성을 근왕의 중심지로 삼고서 천토天討의 칼날을 휘두르겠다는 뜻이다. 벽파는 사도세자가 비극적인 최후를 맞게끔 집요하게 물고 늘어졌다. 천토의 칼날이 벽파의 심장을 노릴 것은 자명하다.

좌중이 숙연해졌다. 사도세자의 비극적인 죽음의 내막을 기록한 금등金藤의 서書가 공개되는 순간 벽파를 향한 응징이 시작된 셈이다. 지금 화성에서 벌어지고 있는 공역과 내년의 원행은 실천의 첫걸음일 것이다.

김종수가 형형한 눈빛으로 좌중을 훑어보았다. 깡마른 몸매에 용서를 모르는 눈빛. 그리고 꼿꼿한 자태는 한마디 말이 없어도 좌중을 휘어잡기에 충분했다.

"태조께서 이 나라를 여신지 어언 400년의 세월이 흘렀소."

김종수가 낮은 목소리로 입을 열었다. 도저히 일흔일곱이라는 나이가 믿기지 않는 깐깐한 목소리다.

"왜란과 호란을 위시해서 크고 작은 내우외환을 겪었지만 종묘사직을 굳건히 지켜 온 것은 우리 사대부가 떠받치고 있는 나라의 기틀이 굳건했기 때문일 것이오."

조선은 사대부가 통치하는 나라다. 그러하기에 반정으로 임금이 둘씩이나 쫓겨났음에도 종묘사직이 보존되었던 것이다. 황제가 만기를 친람하는 명나라나 청나라 같으면 황제가 쫓겨나면 당연히 새로운 왕조가 들어선다.

주상은 걸핏하면 개혁을 내세우고 위민爲民을 입에 담는데 속내는 사대부를 제치고 만기를 친람하는 독재군주가 되겠다는 뜻이다. 그것은 명백히 국기를 뒤흔드는 일이다. 그리고 효를 내세우며 사도세자의 신원과 추존을 들먹이고 있는데 그 또한 충과 어긋나는 일이다. 선대왕은 임오년의 일을 재론하지 말 것을 하교했던 터다.

"국기를 어지럽히는 불충한 군주…."

좌정한 사람들의 가슴이 철렁 내려앉았다. 김종수가 반격의 신호탄을 쏘아 올린 것이다.

"이 몸은 이제 늙었소. 그만 물러갈 때가 된 것 같소."

그런데 김종수의 입에서 뜻밖의 말이 나왔다. 그리고 놀라서 쳐다보는 사람들에게 차례로 시선을 주었다. 마치 사람들의 반응을 읽기라도 하듯.

김종수와 눈이 마주치는 순간 심환지는 작지 않은 충격을 느꼈다. 깊은 눈빛에서 풍겨 나오는 강한 의지는 여전했지만 어딘지 모르게 사람이 변해 있었던 것이다. 뭘까. 그러나 그 이상의 속내를 읽기에는 너무 짧은 순간의 교차였다.

차례로 벽파의 중진들을 훑어본 김종수는 김권주에게 시선을 돌렸다. 김권주는 가슴이 철렁 내려앉았다. 형형한 눈빛에서 김종수 대감의 진의를 읽은 것이다. 김권주는 말없이 일어섰다. 자리를 비워야 할 것 같았다.

"그만 가시겠는가?"

김종수는 만류를 하지 않았다. 김권주는 김종수에게 예를 표하고서 총총히 사랑을 물러 나왔다. 두려움에 다리가 후들거렸다. 추측이 들어맞은 것이다. 김종수가 자기를 부른 이유는 정순왕대비와의 연계를 도모하기 위함이고, 중도 축객을 한 것은 네 목숨은 내 손안에 있다는 의미일 것이다. 김권주는 영조의 계비인 정순왕대비의 가까운 인척이면서 정조와는 불구대천의 사이다.

'죄인지자불위군왕罪人之子不爲郡王(죄인의 자식은 왕이 될 수 없다).'

김권주의 숙부 김한록은 이른바 8자 흉언을 떠들고 다니며 정조가 보위에 오르는 것을 철저히 방해했던 인물이다. 그러니 정조가 보위에 오르면서 경주 김씨 가문이 멸문지화를 입는 것은 당연했다. 김권주도 그때 목이 달아날 뻔했는데 정순왕대비가 끝까지 감싸고 도는 바람에 간신히 목숨을 건질 수 있었다. 요행히 목숨을 부지했지만 언제 목이 달아날지 모르는 판이다. 살아남으려면 벽파에 매달리는 수밖에 없다.

정순왕대비가 양자를 들이려 하고 있었다. 정순왕대비는 왕실 최고 어른이다. 만약에 주상이 폭붕暴崩(임금이 시역弑逆을 당해 세상을 떠나는 일)하면 후사는 정순왕대비가 정하게 된다. 김종수는 그 일로 자기를 불렀던 것이다. 종친 중에서 천거해야 할 텐데 누가 좋을까. 골똘히 생각하는 사이에 집에 당도했다.

"홍 단주가 사랑에서 기다리고 있습니다."

집사가 급하게 달려 나왔다. 홍재천洪載薦이? 잘 알고 있는 자이지만 이렇게 늦은 시각까지 기다리고 있다는 말에 김권주는 뭔가 긴한 일이 발생했음을 직감했다.

사랑에 들어서자 홍재천이 얼른 일어섰다. 중갓을 썼음에도 복색은 어엿한 양반 차림이었다.

"그간 평안하셨습니까?"

"오래 기다렸는가? 그래 무슨 일로?"

김권주가 거드름을 피며 물었다. 홍재천의 백부 홍계희는 사도세자를 죽음으로 몰아넣었고, 세손 시절의 정조를 사사건건 핍박했던 인물이다. 정조에게는 김권주의 숙부 김한록만큼이나 철천지원수인 셈이다. 정조가 보위에 오르자 궁지에 몰린 홍계희는 역모를 꾀했고, 남양 홍문은 멸문지화를 입고 말았다.

본명이 상필인 홍재천은 당시 어린아이여서 간신히 목숨을 건졌지만 양반 행세를 할 수 없게 되었다. 그래서 이름을 바꾸고 장사판에 뛰어들었는데 그 방면에 재주가 있었는지 재물이 눈덩이처럼 불어나면서 한양에서도 알아주는 부상富商이 되었다.

철저히 신분을 감추고 살았지만 김권주에게만은 예외였다. 그것은 동병상련의 처지인 데다 김권주가 예전에 홍재천의 부친에게서 글을 배웠던 인연도 있었기 때문이다.

"일전에 말씀드렸던 것 말입니다."

홍재천이 갑자기 목소리를 낮추었다. 일전에 무슨 말을 했더라? 김권주는 고개를 갸우뚱했다. 홍재천은 수시로 찾아와서 이런저런 얘기를 하고 돌아가곤 했다.

"화성 말입니다…. 순조롭게 진행되고 있습니다."

홍재천이 더욱 목소리를 낮추었다. 홍재천 상단은 지금 화성에서 굵직한 공역을 여러 개 맡고 있었다. 화성이라…. 그제야 홍재천이 무슨 말을 하는지 알아챈 김권주는 얼굴이 창백해졌다. 홍재천은 일전에 천도가 마무리되면 두 사람은 목이 열 개라도 살아남을 수 없을 테니 먼저 손을 쓰는 게 어떠냐는 얘기를 했었던 적이 있다. 그때 김권주는 불안한 마음에서 홍재천이 입에서 나오는 대로 지껄인 푸념 정도로 넘겼었는데 홍재천이 정말로 일을 추진하고 있는 모양이다. 그때 화약을 터뜨려서 주상을 시해하자고 했는데 얼핏 공심돈空心墩이니 누조漏槽니 하던 말이 떠올랐다.

"좋은 장소를 물색해 놓았습니다. 그러니 정확한 원행 일정을 알아 내 주시면…."

"이 사람이 지금 무슨 소리를 하는 겐가!"

김권주가 소리를 버럭 질렀다. 일국의 국왕을 시해하는 게 그리 쉬운 일인 줄 알았단 말인가. 물샐틈없는 호위에 잡인은 근처에 얼씬도 할 수 없다. 멸문을 자초하는 길일 뿐이다. 김권주는 입맛이 썼다. 그때는 그저 답답한 심정에서 맞장구를 쳤던 것 뿐인데 홍재천이 일을 크게 벌이려 하고 있었다.

"경거망동하지 말고 조용히 있게. 쓸데없는 짓을 벌이다가는 목이 열 개라도 모자랄 것일세!"

지금 벽파 중신들이 은밀히 일을 추진하고 있다. 괜히 홍재천 따위를 끌어들였다가는 일을 그르칠 수 있다. 김권주가 엄히 꾸짖자 홍재천은 머쓱해서 자리에서 일어섰다. 그리고 인사를 하는 둥 마는 둥 방을 나섰다.

'뭐야, 그래도 자기는 왕대비가 뒤에 있단 말인가.'

홍재천은 화가 치밀었다. 이제 와서 발뺌을 하는 김권주가 못마땅했던 것이다. 앉아서 죽을 수는 없기에 화약을 설치할 공간을 찾느라 그동안에 화성을 오가며 얼마나 노심초사를 했던가. 다행히 마땅한 곳을 찾아내고서 단숨에 달려온 길인데 이렇게 축객을 당할 줄이야.

분통을 터뜨리는 사이에 어느새 집에 다다랐다. 홍재천은 거칠게 문을 밀치며 들어섰다. 목멱산 기슭에 자리 잡은 홍재천의 집은 고관대작들의 고대광실 부럽지 않게 크고 호화로웠다. 홍재천이 들어서자 집사가 잰걸음으로 달려왔다. 비록 중인 신분이지만 상단에서는 왕처럼 행세하는 홍재천이다. 홍재천은 성큼성큼 사랑으로 들어섰다.

"화성에서 무슨 소식이 없느냐?"

홍재천이 심드렁한 투로 물었다. 화성 공역은 심복인 한장복 행수가 현지에서 대소사를 관장하고 있다.

"별 탈 없다고 한 행수로부터 전갈이 왔습니다. 그리고 등짐장수가 찾아와서 뇌록磊綠을 가지고 있다고 하길래 일단 견품을 받아 두었습니다."

뇌록을? 뇌록은 단청 일을 하는 데 없어서는 안 되는 물건인데 지금 화성에서는 없어서 난리다. 뇌록이 있으면 단청 일까지 도맡을 수 있다. 홍재천의 눈에서 빛이 일었다. 장사꾼 기질이 발동한 것이다.

"견품을 살펴봤더니 제법 상품이었습니다. 그래서 수일 내에 다시 들르라고 했습니다."

홍재천이 고개를 끄덕였다. 눈을 까뒤집고 찾아서 없던 뇌록이 제 발로 걸어 들어왔으니 분명 횡재였다. 그런데 큰 상단에서도 구하기 힘든 뇌록을 이름도 없는 떠돌이 등짐장수들이 어떻게 손에 넣었을까. 조금 이상했지만 돈 내고 사는 것이다. 홍재천은 그 이상 신경 쓰지 않기로 했다.

*

조선왕조 창업 이래 대공역이 펼쳐지고 있었다. 공역은 아직 끝나지 않았지만 성벽은 완성이 되고 행궁도 자리를 잡으면서 그런대로 도읍의 면모를 보였다. 이제 차례로 민가가 들어서고 성민들이 자리를 잡게 될 것이다. 공역이 완성되면 화성은 실사구시와 이용후생의 경제 도읍, 그리고 군사 도읍이 될 것이다.

갑인년(1794) 동짓달 경자일(11월 16일)에 약용은 암행어사 밀지를 받았다. 임지는 경기도 적성과 마전, 연천, 그리고 삭녕이지만 약용은 밀명을 따로 받았기에 화성으로 걸음을 바삐 옮겼다. 내년 원행에 대비해서 신작로를 살피고 화성 현지를 감찰해야 한다.

약용은 감회가 무량했다. 얼마 전까지 일했던 공역장에 다시 돌아온 것이다. 약용은 유수부로 발길을 돌렸다. 암행감찰이라고 하지만 화성 유수 조심태趙心泰는 주상과 채제공 대감으로부터 깊은 신임을 얻고 있어서 관청을 살필 필요는 없을 것이다. 그래서 약용은 성역소

관헌들의 손길이 닿지 않는 곳을 은밀히 살피기로 했다.

화성 유수留守며 장용영 외영사를 겸하고 있는 조심태는 행청에서도 군복을 하고 있었다. 공역장을 수시로 점검하려면 그게 편할 것이다. 약용은 예를 올리고서 한 걸음 다가앉았다.

"공역은 별 어려움 없이 잘 진행되고 있네. 그래 신작로는 살펴보았는가?"

여태까지 화성 원행은 과천의 남태령 길을 이용했지만 내년 원행부터는 시흥 쪽으로 새로 놓은 신작로를 지나게 된다.

"옛길에 비해서 평탄한 편이라서 한결 마음이 놓입니다."

"다행입니다. 원행에 맞추려면 늦어도 윤2월 초에는 완공되어야 하기에 부지런히 공원들을 독려하고 있습니다."

성역소 도청이며 행부사직行副司直으로 조심태를 보좌하고 있는 이유경이 입을 열었다. 그 역시 채제공의 심복이다.

화성 천도는 벽파를 중심으로 하는 조정의 수구 세력들을 몰아내고 그들의 영향 아래 있는 한양의 오군영을 대신해서 화성의 장용영을 조선의 핵심 군영으로 양성하는 게 목표다. 벽파들은 당연히 거세게 반발했고 군부도 합세를 하고 있었다. 장용영이 빛을 보면서 기존의 오군영, 훈련도감과 어영청, 금위영, 그리고 수어청은 점점 찬밥 신세로 내몰리고 있었다. 오군영 무관과 군병들의 불만이 날로 고조되고 있었다.

"아직 협수군協守軍 체제가 제대로 정비되지 않아서 걱정이네."

조심태의 표정이 흐려졌다. 화성이 완벽한 군사 도읍이 되기 위해서는 용인과 안산, 진위, 시흥, 그리고 과천 등 외곽에도 군병을 배치해야 하는데 시일이 너무 촉박했던 것이다. 화성 수비 체제가 완비되지 않은 상태에서 오군영에서 들고 일어서면 장용영이 감당키 힘들 것이다.

폭풍 전의 고요.

지금 군부의 실정이 그러했다. 동짓달 병오일(22일)에 대대적인 군부 인사이동이 있었다. 훈련대장에 이경무, 총융사에 신대현, 수어사에 심이지, 어영대장에 이한풍이 새로 제수되었고 장용영 제조는 이명식, 장용영 내영사는 서유대가 맡게 되었다. 전반적으로 벽파와 가깝게 지내던 무장들이다. 그만큼 벽파의 영향력이 여전했던 것이다. 신군부를 이끌고 있는 장용영 외영사 조심태로서는 신경이 쓰일 수밖에 없었다.

거기에 더해서 섣달 초에 벽파 수장 김종수가 한양으로 돌아왔다. 머지않아 대대적인, 그러면서 날카로운 반격이 시작될 것이다.

"성조城操(군사훈련)를 어찌 실시할 것인지 채제공 대감께서 몹시 궁금해하고 계십니다."

약용이 조심태의 표정을 살피며 입을 열었다. 내년 원행 때 대대적으로 실시될 성조는 중요한 의미를 지니게 될 것이다. 낮의 주조晝操와 밤의 야조夜操로 나뉘는 성조는 조선 군부의 중심이 한양의 오군영에서 화성의 장용외영으로 넘어가는 계기가 될 것이다. 개혁을 추진하기 위해서는 힘이 필요하다. 그리고 힘은 칼끝에서 나온다. 내년 윤2월에 펼쳐질 성조는 벽파의 운명을 가름하게 될 것이다.

"실은 그 일 때문에 고심이 많다네. 솔직히 아직은 인원과 장비, 그리고 훈련이 많이 부족한 상태네."

조심태가 이유경을 쳐다보고는 말을 이었다.

"그래서 말인데 성조정식城操定式을 화성 유수부에서 제작하게끔 해

달라고 채제공 대감께 말씀드려 주시게."

성조정식은 군사훈련에 동원되는 군병의 수와 배치, 병장기, 공격 방향과 시기 등을 자세히 기록한 지침서로 공격을 담당하는 가적과 방어를 담당하는 성정군城丁軍 모두 성조정식에 따라서 움직이게 된다. 조심태는 불충분한 전력을 보완하기 위해서 성조정식을 외영에게 유리하도록 작성할 계획을 가지고 있었다. 실무는 병법에 능통한 이유경에게 맡기면 된다.

"채제공 대감께 잘 말씀 드리겠습니다."

병조의 동의를 얻는 게 쉽지 않을 것이다. 그렇지만 주상의 뜻이 확고한 마당이다. 약용은 오군영 대장들을 설득해 보기로 했다.

이것으로 세 가지 밀명 중 두 가지, 신작로를 살피고 화성 유수부와 성조를 의논하는 임무는 마쳤다. 이제 남은 것은 공역을 암행감찰하는 일이다. 곧 갑인년이 저물고 을묘년이 된다. 빨리 일을 마무리 짓고 한양으로 돌아가서 채제공 대감을 도와야 한다. 벽파의 거두 김종수가 돌아온 마당이다.

"찾으셨습니까?"

약용이 그만 일어서려 하는데 젊은 무관이 당하에서 군례를 올렸다.

"들게."

조심태의 명에 젊은 무관이 성큼 당 위로 올라섰다.

"내가 신임하는 기총일세. 암행감찰에 도움이 될 걸세."

조심태가 젊은 무관을 약용에게 소개했다.

"최기수崔基秀라고 합니다."

무예가 만만치 않아 보이는 젊은 무관이 늠름한 자태로 약용에게 군례를 올렸다.

며칠 있으면 을묘년(1795)의 새 아침이 밝는다. 인왕산 복세암 골짜기를 스치고 지나가는 바람이 오늘따라 더 매서웠는데 잔설이라고 부르기에는 이른 눈을 밟으며 두 남자가 부지런히 걸음을 재촉하고 있었다.

"이름이 장인형이라고 했던가? 궁금하군. 대체 어떤 자이길래 그리도 입에 침이 마르게 칭찬을 하는지."

앞서서 성큼성큼 걷고 있는 남자가 생각이 난 듯 물었다. 도통 나이를 짐작할 수 없는 얼굴에 눈빛이 비할 데 없이 날카로웠다.

"칼 다루는 솜씨는 조선에서 당할 자 없다고 합니다. 관심을 보이는 것 같던데 잘 구스르면 끌어들일 수 있을 것 같습니다. 그런데 그자를 그냥 호위무사로 데리고 다니실 생각이십니까? 아니면 동패로…?"

뒤를 따르는 자가 조심스럽게 물었다.

"그건 직접 보고 나서 결정하겠네. 그리고 그 홍재천이라는 자가 홍계희의 일족인 것은 확실한가?"

"그렇습니다. 변성명을 하고서 장사꾼이 됐는데 그쪽에 제법 재주가 있는 모양입니다. 용천 현감 김권주와는 가끔 회동을 하는 것도 확인했습니다."

"잘됐군. 며칠 있으면 류구琉球(오키나와)에서 스기야마 소도주小島主가 한양에 당도할 것이네. 그 전에 뭔가 일을 꾸며 놓아야 할 것이야."

그 말을 마치고서 남자는 걸음을 멈추고서 감개무량하다는 듯 발

아래 펼쳐진 도성을 내려다보았다. 18년. 벌써 18년의 세월이 흐른 것이다.

문인방文仁邦.

개국 이래 400여 년의 세월이 흐르는 동안 크고 작은 역모가 여러 차례 일어났다. 그렇지만 전부 왕위 계승과 관련된 종실의 내분이거나 사대부들의 당쟁에서 비롯된 것들이었는데 임인년(1782)에 백성들이 나라를 갈아엎겠다며 들고일어난 사건이 처음으로 발생했다. 문인방이 강원도 양양에서 민란을 주도한 것이다.

준비가 미약했던 민란은 관군에 진압되었고 문인방을 비롯한 주모자들은 체포되어 전부 처형되었다. 하지만 당시부터 처형된 자는 가짜 문인방이고 진짜 문인방은 변장을 하고서 형장을 빠져나갔다는 소문이 끊이질 않고 있었다.

남자의 입에서 한숨이 새어 나왔다. 문득 18년 전에 형장의 이슬로 사라진 동지 이경래와 도창국의 얼굴이 떠오른 것이다. 간신히 사지를 탈출했던 문인방은 먼 남방을 전전하며 권토중래를 도모했고, 마침내 한양에 돌아온 것이다. 그사이에 열혈 청년은 중년이 되어 있었다.

'부끄럽게 혼자만 목숨을 부지했소. 분골쇄신하여 동지들의 뜻을 꼭 이루겠소.'

문인방은 그렇게 다짐하며 다시 걸음을 옮겼다. 어느덧 두 사람은 복세암 깊숙한 곳에 자리한 장인형의 집에 도달했다.

장작을 패고 있던 장인형은 갑자기 나타난 두 사람을 보고 본능적으로 경계 자세를 취했다. 그런데 살펴보니 그중 한 사람은 일전에 자신을 부상단 차인이라고 소개했던 남자였다.

"단주님을 모시고 왔소. 그래 생각해 보셨소?"

정한기가 웃음을 지으며 다가왔다.

"문씨 성을 쓰고 있소. 정 차인으로부터 얘기를 들었소."

갑작스런 방문에 장인형이 당황해하는데 문인방이 성큼 앞으로 다가섰다. 거칠 것 없는 자태와 상대를 압도하는 듯한 눈빛. 예사 인물이 아님을 직감할 수 있었다. 그렇지 않아도 장인형은 정한기에게 연통連通을 넣을 생각이었다. 만나 보고서 내키지 않으면 수하를 소개할 생각도 있었다. 그런데 부상단 단주가 직접 찾아온 것이다.

"들어가서 얘기를 했으면 합니다만."

정한기가 당혹해하는 장인형을 보며 안으로 들어가자고 했다. 부상단을 상대해 본 적은 없지만 어쨌거나 나를 찾아온 손님이다. 이렇게 밖에 세워 놓고 상대하는 것은 예의가 아닐 것이다. 장인형은 앞장서서 안으로 들어갔다.

"훈련도감 청룡기에 몸을 담고 계셨다고 들었소."

문인방이 입을 열었다. 얼굴은 미소를 띠고 있지만 눈매는 여전히 날카로웠다. 대답을 해야 할 텐데 장인형은 경어가 선뜻 입에서 나오지 않았다. 그렇다고 저들에게 손을 벌리려는 마당에 하대를 할 수도 없었다.

"재물을 지니고 다니다 보니 고약한 패거리들과 만나게 마련이지요. 기총이 우리를 도와주었으면 좋겠소."

정한기가 슬쩍 끼어들며 자존심을 쉽게 내려놓지 못하고 있는 무반의 입장을 배려했다.

어떻게 해야 하나. 칼을 드는 일이다. 그렇다면 내가 유일하게 잘하는 일이다. 말하는 품새로 봐서 통이 작은 사람들 같지는 않았다. 그럼 소향비를 기적에서 빼낼 수 있을 때까지만 저들을 따라다닐까. 연후에 모두 털어 버리고 소향비와 둘이서 아무도 모르는 곳에서 정을 나누며 사는 것도 나쁘지 않을 것이다.

"얼굴에 깊은 고뇌가 스며 있군요. 그렇다고 세상을 너무 탓하지 마시오. 우리와 함께 지내다 보면 좋은 세상이 올 것이니."

문인방이 차분한, 그러나 위엄이 가득한 말투로 더 고심하지 말 것을 권했다.

"하면 단주는 팔도임방도존위八道任房都尊位가 돼서 조선 팔도의 부상단을 호령하실 요량이시오?"

자신도 모르게 장인형의 입에서 불쑥 그 말이 나왔다. 뜻밖의 말에 본능적으로 반응했던 것인데 부상단을 업수이 본 면도 없지 않았다.

"어허! 선생님께 그 무슨 무례한 말을."

정한기가 황망한 표정으로 장인형을 나무라고 나섰다. 무례를 사과하려던 장인형은 의아한 생각이 들었다. 갑자기 선생님이라니. 등짐장수들에게는 어울리지 않는 말이다.

"과연 청룡기 기총답게 거칠 것이 없군요. 그런데 내가 한갓 팔도부상단의 우두머리 자리나 노릴 사람 같아 보이시오?"

당황해하는 정한기와는 대조적으로 문인방은 아무런 감정의 변화를 보이지 않았다.

"내 뜻은 그보다는 큰 데 있소."

갑자기 문인방이 형형한 눈빛으로 쏘아보자 장인형은 긴장이 되었다. 만만치 않은 상대와 대적할 때의 기분이 든 것이다.

"탐관오리들의 가렴주구에 촌민들은 초근목피로 연명하면서 유민이 되어 떠돌고 있소."

이 사람이 왜 갑자기 그런 얘기를 하는 걸까. 아무리 봐도 예사 부상단 단주 같지 않았다. 어쨌거나 맞는 말이다. 조정 신료들은 당파를 막론하고 백성들을 위해야 한다고 떠들어 대지만 결국은 권세를 잡고서 저들 잘 먹고 잘 살겠다는 당쟁에 불과했다. 정권이 바 다고 달라질 게 없을 것이다. 탐관은 시파나 벽파 모두에 있다. 이앙법이 보급되고, 상평통보가 활발하게 거래되면서 관헌과 부상들은 큰돈을 만지게 되었지만 촌민들은 더욱 곤궁에 몰리고 있었다.

"어지러운 세상을 구하고 싶소."

문인방이 비분강개한 장인형을 똑바로 쳐다보며 천천히 입을 열었다. 이 사람이 지금 무슨 말을 했나. 장인형은 혹시 뭘 잘못 들은 것은 아닌가 귀를 의심했다.

"그게 무슨 말이오?"

장인형의 얼굴에 경계의 빛이 서렸다. 어지러운 세상을 구하겠다니. 아무리 생각해도 부상단 단주의 입에서 나올 말이 아니었다.

"촌민들의 삶이 갈수록 핍박해지고 있소. 금조今朝는 더 이상 가망이 없소. 나는 새로운 세상을 열려고 하고 있소."

문인방의 눈에서 광채가 일었다. 장인형은 정신이 아득했다. 역모로 고발되기 충분한 말이다.

"당신 지금 무슨 소리를 하는 것이오!"

장인형은 여차하면 포박해서 포청에 넘기겠다는 뜻을 보였지만 문인방은 미동도 하지 않았다.

"흥분하지 마시오. 한갓 호위무사를 구할 요량이면 내가 직접 오지도 않았을 것이오. 기총이 우리와 뜻을 함께할 수 있는 동지라고 생각해서 예까지 왔고, 숨김 없이 대의를 밝힌 것뿐이니."

개벽에 이어서 동지라니. 장인형은 어이가 없었다. 그렇지만 자리를 박차고 일어서는 않았다. 마치 무엇에 끌린 듯한 기분이었다.

"문득 옛 동지들이 생각나는군. 좋은 동지들이었는데 오래전에 유명을 달리했소. 백성들 스스로 다스리는 나라를 세우겠다는 일념 하나로 목숨을 초개같이 버린 사람들이오."

"선생님!"

정 차인이 문인방의 말을 막았다. 아직 장인형으로부터 아무런 언질을 얻지 못한 마당이다.

장인형은 어이가 없었다. 백성들 스스로 다스리는 나라라니. 세상에 그런 나라가 어디에 있단 말인가. 성현치고 위민을 입에 담지 않았던 사람이 없지만 백성이 주인이 되어 나라를 다스린단 말은 금시초문이었다. 어쨌거나 제 발로 찾아온 손님을 포청에 발고할 수는 없다.

"…!"

축객을 하려던 장인형의 뇌리를 스치고 지나가는 것이 있었다. 선생님이라 불린 단주는 아까 자기 성을 문가라고 했다. 그리고 개벽으로 백성들 스스로 다스리는 나라를 세우겠다고 했다. 그렇다면…

"…혹시 당신은 옥포선생玉圃先生?"

장인형의 입에서 옥포선생이라는 말이 나오자 정한기의 얼굴이 창백해졌다. 그러나 문인방은 별반 놀라는 기색이 아니었다.

"하면 당신이 문인방이란 말인가?"

그 말과 동시에 장인형은 몸을 일으키며 세워 두었던 환도를 집어들었다. 스르렁 소리가 나면서 시퍼런 칼날이 어느새 문인방의 목을 겨누었다.

"내가 사람을 제대로 보았군. 가히 문무를 겸비한 인재로다."

칼이 목을 겨누고 있건만 문인방은 조금도 겁을 내지 않았다. 장인형은 흐뭇한 표정으로 자기를 쳐다보고 있는 문인방을 보며 당혹스러웠다. 하면 이자가 정녕 옥포선생 문인방이란 말인가. 눈이 마주치자 혼란이 가중되었다.

20년쯤 전일까. 막 철이 들 무렵에 장인형은 어른들로부터 백성들이 들고 일어났다는 말을 들었다. 어른들이 쉬쉬하는 통에 자세한 것을 알 수 없었지만 민초들이 봉기했다는 사실은 장인형에게 엄청난 충격으로 다가왔다.

조선 개국 이래 처음이라는 민란은 관군에 의해 진압이 되었고, 난을 주도했던 문인방과 이경래, 도창국은 체포되어 목이 잘려 나갔다. 하지만 호풍환무呼風喚霧의 술수를 부리고 허보법虛步法으로 하루에 천 리를 간다는 소문이 자자했던 문인방은 형장을 탈출을 했고, 그때 처형된 사람은 가짜라는 소문이 끊이질 않고 있었다.

"아직도 이조李朝에 충성을 바치고 있단 말인가? 정녕 백성들을 위한다면 그 칼부터 치우게."

어느새 문인방의 말투가 수하를 다루듯 하대로 변했다. 그리고 조선을 이조라고 부르며 남의 나라 대하듯 했다. 뭘 어떻게 해야 하나. 장인형은 판단이 서질 않았다. 문인방의 말대로 자신은 이제 훈련도감 기총이 아니다. 그렇지만 충성을 철회한 적도 없다.

"좋은 세상을 만들고자 함이네. 백성들 스스로 다스리는 세상 말일세."

문인방의 목소리가 아득히 먼 저편에서 들려오는 것 같았다. 장인형은 팔에서 일시에 힘이 빠져나가면서 환도를 떨어뜨리고 말았다. 무인이 칼을 놓친다는 것은 둘도 없는 수치다. 하지만 저항할 수 없는 힘이 억누르고 있는 것처럼 장인형은 꼼짝할 수 없었다. 칼을 든 이래 이렇게 두려움을 느껴 본 적이 없었다. 장인형은 자신의 패배를 인정했다.

*

화성 공역은 순조롭게 진행되고 있었다. 거리는 팔도에서 몰려든 사람들로 북적였고 저자에는 물건들이 가득 쌓여 있었다. 새로 낸 종로에는 기와를 얹은 가게들이 자리를 잡았고, 상인들이 모여들면서 활기를 더하고 있었다. 아직 공역이 끝나지 않았음에도 화성은 벌써부터 경제 도읍지로 자리매김을 하고 있었다. 하지만 화성을 한 발짝 벗어나면 사정이 확 달라진다. 가뭄과 흉작으로 촌민들의 삶이 하루가 다르게 피폐해지고 있었다.

약용은 신풍교 부근의 남성자내南城字內 주막에 행장을 풀었다. 제법 큰 주막인데 물건을 팔러 온 장사꾼들과 공역장에서 일을 하는 장인들로 북새통을 이루고 있었다. 약용은 서장 훈장 자리를 찾아다니는 몰락한 양반 행세를 하며 공역장을 비밀리에 살피고 있는 중이다. 부지런히 이곳저곳을 드나들고 여러 사람들 말을 듣다 보면 관에서는 모르고 있는 현장 사정을 알 수 있다. 일꾼들은 밥술을 놓기가 무섭게 일어섰다. 그만큼 공역장은 바쁘게 돌아가고 있었다.

무사히 천도를 마칠 수 있을까. 솔직히 걱정이 앞섰다. 약용을 하늘을 올려다보고는 술잔을 단숨에 비웠다. 앞날이 순탄치 않겠지만 반드시 주상의 뜻을 받들어 개혁을 완성해야 한다.

민산民産의 불균不均을 없애는 것이 개혁의 시작이다. 하지만 가진 자들은 순순히 재물을 내놓으려 하지 않을 것이다. 사대부들이 합심을 해서 천도를 막고, 개혁을 무산시키면 국왕도 어쩔 수 없는 게 조선의 법도다. 신권을 억누를 수 있는 강력한 왕권을 수립하는 데서 개혁이 시작되는 바, 그 첫걸음이 화성으로의 천도다.

개혁을 완성하려면 벽파를 몰아내는 것 말고도 문제가 또 있다. 혼란이 일면 혹세무민하는 무리가 나타나서 우매한 백성들을 선동하기도 하고, 제 세상을 만난 백성들 중에는 사대부보다 더 가혹하게 주위를 쥐어짜는 자도 나타날 것이다. 섣부른 개혁은 개악을 초래할 수도 있다.

부친의 비참한 죽음에 대한 원한 때문일까. 주상은 대놓고 적대시하고 있었다. 쥐도 궁지에 몰리면 고양이에게 덤비는 법이다. 하물며 벽파라면 고양이보다 더 큰 쥐일 것이다.

여하히 벽파와 적정한 선에서 융화를 하면서 개혁을 추진할 것인가를 고심하고 있는 채제공 대감에게는 일방적으로 몰아붙이고 있는 주상을 설득하는 것도 큰 문제일 것이다. 채제공 대감의 고뇌가 생생하게 전해지면서 약용의 입에서 짧은 한숨이 새어 나왔다.

객점이 조용해진 것으로 봐서 공여장 패거리들이 모두 주막을 나선 듯했다. 머지않아 시정을 살피러 나갔던 최기수가 돌아올 것이다. 조심태 대감의 말대로 날래고 충실한 무관 같았다. 약용은 최기수가 돌아오는 대로 한양으로 돌아가기로 했다. 조정이 자꾸만 마음에 걸렸던 것이다.

반격을 주도할 것으로 예상되었던 김종수가 뜻밖에 봉조하奉朝賀가 되어서 뒷전으로 물러났다. 그리고 너무 조용했다. 혹시 노론 벽파가 저항을 포기한 것일까. 약용은 고개를 가로저었다. 폭풍전야의 고요일 것이다. 여러 정파로 갈렸던 수구 세력들이 위기를 감지하고서 하나로 집결하는 중일 것이다.

그런데 개혁을 지지하는 쪽은 반대로 사분오열의 조짐을 보이고 있었다. 권세는 나누어 가지는 것이 아니라고 했는데 집권할 기미가 보이자 벌써부터 여기저기서 균열음이 들리고 있었다. 시파라도 남인과 소론의 입장이 달랐고, 규장각 각신들과 신흥 군부들도 추구하는 바가 따로 있었다.

귀근貴近들도 슬슬 골칫거리가 되고 있었다. 조정에는 주상과 벽파가 대립을 빚을 때마다 벌 떼처럼 들고 일어서는 중신들을 공박하고 나서는 젊은 신료들이 있다. 오군영의 돈줄을 쥔 것도 정동준을 필두로 하는 귀근들의 공이 크다. 그들이 설쳐 대는 통에 개혁을 밀어붙이는 데 힘이 된 것은 사실이다.

그렇지만 근자 들어 귀근들이 전횡을 일삼으면서 여기저기서 불만이 터져 나오고 있었다. 벽파가 그 틈을 놓칠 리 없다. 과격파들이 더 이상 설치기 전에 단속을 할 필요가 있다. 채제공 대감도 그 문제로 크게 고심하고 있을 것이다.

그렇지만 섣불리 귀근들을 몰아냈다가는 스스로 팔다리를 잘라 내는 우를 범할 수 있다. 불가원불가근不可遠不可近. 멀지도 않고 가깝지도 않게 거리를 두고 상대해야 할 텐데 그게 말처럼 쉬운 일이 아닐 것이다.

그런데 어쩐지 주상이 서두르고 있는 것 같았다. 아마도 잦은 신병과 이제 겨우 다섯 살 된 어린 세자 때문일 것이다. 주상이 원행을 게을리하지 않는 것은 비통하게 세상을 떠난 부친보다는 나이 어린 세자를 염두에 두고 있음이다.

정조는 화성으로 천도를 하고서 세자에게 양위하고 상왕으로 물러

앉을 계획을 가지고 있었다. 그래도 태종대왕처럼 병권은 놓지 않을 생각이다. 그래서 죄인의 자식이라는 굴레에서 벗어나 당당하게 군주의 위엄을 갖출 세자에게 든든한 울타리가 되어 줄 것이다.

그러나 천도와 양위는 그리 간단한 일이 아니다. 엄청난 반발이 따를 것이다. 약용은 결전의 날이 멀지 않았음을 직감했다.

"다녀왔습니다."

최기수가 밖에서 고했다.

"들게."

"여기저기를 돌아다니는 바람에 조금 늦었습니다."

최기수가 성큼 들어서더니 늠름한 자세로 고했다. 비록 변복을 하고 있지만 정예 무관의 자태가 느껴졌다.

"그래 뭐 들은 말이 있는가?"

"척서단滌暑丹이 나돈다는 얘기를 들었습니다."

척서단은 여름에 더위를 먹은 병자들을 치료하는 약이다. 그게 어쨌단 말인가. 약용이 의아한 표정으로 최기수를 쳐다보았다. 그런데 최기수의 표정이 심각했다.

"보통 척서단이 아닙니다. 주상께서 호궤품으로 하사하신 척서단으로 청나라에서 들어온 귀한 것입니다. 그런 것이 시정에 나돈다는 것은 공역장에서 누가 빼돌리고 있다는 얘기입니다."

그렇다면 성역소 관헌이 상단과 손을 잡고 호궤품을 빼돌렸을 것이다. 조사해서 엄히 문책해야 하지만 지금 그런 일에 신경을 쓸 만큼 한가하지 못하다. 약용이 별 반응을 보이지 않자 최기수가 정색을 하면서 사안의 중요성을 강조했다.

"소문으로는 와벽장瓦甓匠이 척서단을 내돌리고 있다고 합니다. 그게 수상합니다. 일개 벽돌공이 어떻게 귀한 그 호궤품을 손에 넣었는지 캐 보는 게 좋을 것 같습니다."

최기수는 장용외영으로 옮기기 전에 훈련도감과 포도청에 적을 두었던 적이 있다. 이왕 감찰에 나선 마당에 철저히 살피는 것도 나쁘지는 않을 것이다. 최기수의 말대로 척서단은 벽돌공에게는 차례가 돌아가기 힘든 귀한 물건이다.

"그리하게."

약용은 귀경을 잠시 미루기로 하고서 최기수에게 수사를 명했다.

＊

며칠 있으면 새해가 밝는다. 이조참판 심환지는 선정전宣政殿 돌담길을 걸어 나오며 하늘을 올려다보았다. 아침부터 흐렸던 하늘은 퇴청할 무렵이 돼도 여전히 어두웠다. 어두운 하늘만큼이나 무거운 심사로 심환지는 걸음을 재촉했다. 예순네 해를 살아오는 동안에 숱한 일을 겪었고, 많은 고비를 넘겼지만 요즘처럼 암담한 적이 없었다.

이제 타협과 공존은 물 건너간 것인가. 주상은 대놓고 벽파를 향해 날 선 칼을 휘둘러 대고 있었다. 민의와 개혁을 내세우고 있지만 결국은 부친의 비통에 죽음에 대한 응징을 벌이겠다는 것이다.

"왕안석의 신법新法은 혼란만 가중시켰습니다."

김종수 대감은 섣부른 개혁의 폐해를 간언했지만 주상은 기다렸다는 듯 김종수 대감을 내쫓고서 시파를 등용했다. 벽파와의 전쟁을 선포한 것이다.

그때의 일이 떠오르자 심환지는 상을 찡그렸다. 김종수 대감은 주상에게는 스승이며 은인이다. 죄인의 자식이라 핍박을 받던 주상이 보위에 오른 데는 김종수 대감이 공이 컸다. 김종수 대감은 동덕회同德會를 조직해서 기반이 허약한 주상의 울타리가 되어 주지 않았다면 주상은 보위에 오르지 못했을 것이다. 노론 벽파는 국정의 일정 지분을 가지고 있다.

노론과 소론, 남인 등의 당파는 문벌과 학연, 지연에 따라 주어진 것이지만 벽파와 시파는 각자의 정견에 따라서 새롭게 이합집산을 한 결과다. 그리고 노론 대부분은 벽파에 속했다. 당연히 벽파는 이 나라 사대부를 대표하는 파벌이다.

조선은 유교를 근본으로 하는 나라이고, 유교의 근본은 경연經筵을 통해서 신료들이 국왕을 훈도하고 계도하는 것이다. 그런데 주상은 사도師道를 표방하면서 도리어 신료들을 가르치려 들었다. 국왕은 국정의 중재자로 중립을 표방해야 하는데 주상은 독재군주를 표방하며 자기와 뜻을 같이하는 시파를 노골적으로 편들고 있었다.

심환지의 입에서 한숨이 새어 나왔다. 주상은 지금 몹시 위태로운 도박을 자행하고 있었다. 주상은 조정의 신료들을 내 편과 네 편으로 가르면서 편애를 일삼고 있었다. 중재자의 입장에서 스스로 내려앉음으로써 주상은 당파 싸움에서 자유로울 수 없게 되었다. 그렇다면 이제부터는 당파 싸움의 결과에 따라 주상이 바뀌게 될 것이다.

유배에서 돌아온 김종수 대감은 사람이 달라져 있었다. 출사를 거부하면서 더 이상 주상과 타협할 생각이 없음을 분명히 했다. 그것은 주상을 정적으로 돌리겠다는 의미였다.

'야속하군. 이제 와서 내게 몽땅 떠맡기다니.'

심환지는 김종수가 원망스러웠다. 그날 해배연에서 눈이 마주쳤던 순간이 떠오른 것이다. 그 매서운 안광과 마주치는 순간 심환지는 심장이 멎을 듯한 충격을 받았다. 그 눈빛은 항차 벽파의 앞날과 사대부의 나라 조선의 장래를 당신에게 맡기겠다는 뜻을 생생하게 전하고 있었다.

그날 이후로 심환지는 밥이 제대로 넘어가질 않았다. 속이 걱정으로 가득했다.

돌담길에 이르러서 심환지는 걸음을 빨리했다. 용천 현감 김권주에게 만나자는 전갈을 보낸 터였다. 그날 축객하다시피 보낸 것에 대해서 사죄할 겸해서 따로 부른 판에 집주인이 늦게 도착하는 것은 예가 아니다.

"퇴청하는 길이시오?"

선정문을 나서려는데 누가 심환지를 불렀다. 고개를 돌려 보니 훈련대장 이경무가 이쪽으로 걸어오고 있었다. 오군영 대장과 형조판서를 두루 역임한 군부의 원로로 심환지와는 오래전부터 친분을 나누고 있는 사람이다. 구군복具軍服 차림에 수종무관들을 거느리고 있는 것으로 봐서 병조에서 들어가는 것 같았다. 청렴함에 타협을 모로는 외골수 성품이 통했는지 두 사람은 문무를 달리하면서도 깊은 교분을 나누고 있었다.

"무비사武備司에서 점고가 있어서 입궐을 하는 길이오."

아마도 내년 원행과 관련한 일 같았다. 그렇다면 별 특별한 일이 아닐텐데 이경무의 얼굴에 수심이 가득 서려 있었다. 훈련대장은 오군영 대장들 중에서도 수장에 해당한다.

"무슨 일이 있소? 안색이 편치 않은 것 같소."

"갈수록 군병들의 사기가 땅에 떨어지고 있습니다. 그러다 보니 군령이 제대로 서질 않고 있지요."

이경무가 한숨을 내쉬었다. 갑의 익은 을의 손이라고 장용영, 특히 화성의 외영 군병들이 후대를 받는 만큼 오군영 군병들은 홀대를 받고 있었다.

"김종수 대감에게 큰 기대를 하고 있었는데…."

이경무가 말꼬리를 흐렸다. 수년 전, 군제 개혁의 일환으로 수어청과 어영청이 해체될 위기에 놓였을 때 김종수가 적극적으로 막아서는 바람에 무산되었던 적이 있었다.

심환지는 불만을 토로하는 이경무와 헤어지고서 소격동 자택으로 걸음을 재촉했다.

"용천 현감이 들르거든 사랑으로 모셔라."

심환지는 집사에게 그리 이르고 사랑으로 들어서서 얼른 옷을 갈아입었다. 깡마른 몸에 날카로운 눈매. 꼿꼿한 자태에 검소한 살림은 그가 타협을 모르는 청렴결백한 선비임을 여실히 보여 주고 있었다.

아까 이경무와의 만남에 대해서 잠시 생각을 정리하는데 김권주가 찾아왔음을 고하는 집사의 목소리가 들렸다.

"현감이 오해를 할 사람이 아니라는 건 잘 알지만 그래도 그날 일로 섭섭해하실 것 같아서 소찬이나마 주안상을 마련했소이다."

심환지는 만면에 웃음을 띠며 사랑으로 드는 김권주를 맞았다. 김종수의 당부를 실행하려면 김권주를 가까이할 필요가 있다.

"별말씀을 다 하십니다. 그런 것까지 신경을 써 주시는 대감의 배려에 그저 감읍할 뿐입니다."

김권주가 황망히 답례를 했다. 머지않아 심환지가 자기를 찾을 것이란 추측이 들어맞았다. 그날 김종수는 일선에서 물러서겠다고 했다. 그럼 누구에게 뒷일을 맡길까. 김귀주는 심환지를 예상했다. 심환지는 윤시동이나 유언호와 동년배이면서도 그들이 이미 정승 반열에 오른 데 비해서 이제 참판에 불과하다. 청렴결백한 성품과 타협을 모르는 강직함이 걸림돌이 되었을 수도 있다. 그만큼 흠이 없기에 정적들도 함부로 공격하지 못할 것이다. 거기에 더해서 두둑한 배짱과 시세를 정확하게 예측하는 능력. 그리고 신환지는 무관들에게 신뢰를 받고 있다. 항차 벽파를 이끌고 가는 데 부족함이 없는 사람이다. 연통이 온다면 심환지에게서 오는 게 좋을 텐데. 그렇게 생각하고 있던 차에 마침내 연통이 온 것이다. 김귀주가 속으로 쾌재를 부르는 것은 당연했다.

"김종수 대감께서 출사를 하지 않겠다니 걱정입니다."

김귀주가 그렇게 운을 떼었다. 일이 일이고 때가 때이니만치 말 한마디 한마디, 행동 하나 하나를 조심해야 한다.

"그래도 대감이 계시니 든든합니다."

김귀주는 탐색하는 듯한 심환지의 눈길을 의식하며 조심스럽게 말을 꺼냈다.

"며칠 전에 왕대비를 배알했는데 김종수 대감의 일을 듣고서 몹시 애석해하셨습니다."

김귀주는 자신의 소임이 왕실 최고 어른인 왕대비와 벽파를 연결해주는 일임을 잘 알고 있었다. 그날 김종수가 자기를 부른 것도 그 일로 자기를 떠보기 위함일 것이다.

심환지의 눈썹이 꿈틀거렸다. 반응을 보인 것이다. 김귀주는 침을 꿀꺽 삼키며 말을 이었다.

"왕대비께서 양자를 들이실 의향이신데 전계군이 어떻겠습니까?"

후사가 없는 대비가 종실의 남자를 양자로 들이는 것은 항용 있는 일이다. 그리고 전계군은 사도세자의 서자인 은언군의 셋째 아들로 정조에게는 조카가 되는 인물이다.

"전계군이라…. 좋겠지요."

심환지가 처음으로 입을 열었다. 혼란의 시기에 종실 최고 어른의 양자가 된다는 것이 무슨 의미인지 두 사람은 너무 잘 알고 있었다. 이것으로 벽파와 정순왕대비는 주상을 내치는 데 뜻을 같이하기로 했고, 전계군에게 보위를 잇게 하기로 밀계를 이룬 셈이다.

"대감!"

흥분한 탓일까, 김권주의 얼굴이 벌게졌다.

"머지않아 주상의 원행이 있습니다. 이어서 천도를 단행할 것이고 그다음은…."

응징의 피바람이 일 것이고, 그리되면 아무리 정순왕대비가 감싼다고 해도 김권주도 멸문을 피해 가기 힘들 것이다. 벽파가 추풍낙엽이 되는 것은 불문가지다.

"살아남기 위해서는 힘을 가져야 합니다. 그리고 힘을 가지려면 병권을 장악해야 합니다."

김권주가 심환지를 다그쳤다. 병권을 장악한다. 당연한 말이다. 권력은 결국 칼끝에서 나오는 것이다. 그런데 어떻게…? 그러나 김권주는 그다음은 당신이 알아서 할 일이라는 듯 입을 굳게 다물었다.

김권주는 자리에서 일어섰고 사랑에는 심환지 혼자 남았다. 심환지는 천장을 올려다보며 짧은 한숨을 토해 냈다. 그렇지 않아도 무거운 짐을 진 마당이다. 그런데 짐이 하나 더 생긴 것이다. 명백한 것은 화살이 이미 시위를 떠났다는 사실이다. 그렇다면 타협은 물 건너간 것

원행園幸

이다. 사느냐 죽느냐. 오로지 그것만이 남았다.

'조선이 어디 주상만의 나라더냐!'

심환지의 얼굴이 일그러졌다.

조선은 황제가 만기萬機를 친람親覽하는 청나라와 달리 사대부들이 중지를 모아서 통치하는 나라다. 국왕은 중재자일 뿐이다. 그것이 개국 이래의 조법이다. 그런데 주상은 조법을 깨고 독재군주가 되려 하고 있다.

'절대로 용납할 수 없는 일이다.'

심환지의 눈에서 불길이 일었다. 역모도 아니고 반정도 아니다. 사직을 누란의 위기에서 구하기 위한 정란거병靖亂擧兵일 뿐이다. 주상을 몰아낸 후의 일은 왕실 최고 어른인 왕대비가 알아서 할 것이다.

심환지의 눈썹이 또 한 번 꿈틀거렸다. 명분이 분명해진 마당에 더 이상 망설일 이유가 없었던 것이다.

김권주의 말대로 병권을 장악하는 것이 급선무다. 김종수 대감은 제 손으로 옹립한 주상을 제 손으로 내칠 수 없었기에 관직을 마다했겠지만 심환지는 그게 전부가 아닐 거라고 보고 있었다. 하면 김종수 대감의 원려가 무엇일까. 심환지는 김종수의 속뜻을 헤아리는 것에서 해답을 찾기로 했다.

＊

필운방 일대는 장안에서도 이름난 기방들이 몰려 있는 곳으로 아직 초저녁인데도 풍류객을 자처하는 자들이 벌써부터 모여들고 있었다. 기방 앞에 이른 장인형은 쭈뼛거리며 주위를 둘러볼 뿐, 선뜻 안으로 들어서지 못했다. 행여 누가 알아보는 사람은 없을까 신경이 쓰였던 것이다.

"기총 나리 아니십니까? 그런데 그 차림이…? 장사로 나선 것입니까?"

중노미 아이가 장인형을 알아보고 화들짝 놀라며 다가왔다.

"조용히 하거라! 기총이라 부르지 말라고 그리 일렀거늘."

장인형이 얼른 중노미 아이의 입을 막았다.

"소향비 아씨를 만나러 오신 겁니까? 그렇다면 저를 따라오십시오."

중노미 아이가 눈치 빠르게 장인형을 뒤채로 끌고 갔다. 아직은 이른 시각인지라 뒤채에는 주객이 들지 않았다. 장인형은 다행이다 여기며 방으로 올라섰다. 소향비가 등짐장사로 나선 자신을 보면 어떻게 생각할까. 자리를 잡고 앉자 장인형은 그날의 일이 새삼 떠올랐다.

'경거망동하지 말게. 그대와 더불어 좋은 세상을 만들고자 함이니.'

칼이 목에 닿았음에도 문인방은 태연자약했다. 벌써부터 수하를 다루듯 하는 태도에 장인형은 어이가 없었다.

'운이 좋아서 목숨을 부지했으면 조용히 살 일이지 조선에는 무엇하러 돌아왔소! 또 우매한 백성들을 선동해서 난리를 일으킬 셈이오?'

장인형이 쏘아붙였다. 칼은 여전히 문인방의 목을 겨누고 있었다.

'선동이라…. 하긴 나의 경솔함 때문에 동지들이 많이 희생되었지.'

문인방이 나직이 한숨을 내쉬었다. 그러더니 곧 태도를 돌변하고는 날카로운 눈빛으로 장인형을 쏘아보았다. 장인형은 그 서슬에 놀라서 자신도 모르게 칼을 거두었다.

'동지들을 데리고 소운릉小雲陵으로 갈 생각이네.'

소운룽이라니…. 문인방은 장인형이 그게 어디냐고 묻기 전에 말을 이었다.

'바다 저 건너편에 오곡이 풍요롭고 수복이 넘치는 땅이 있네. 병화兵禍가 없고 삼재도 들지 않는 오복동五福洞이지. 그곳에서 귀천도 없고 빈부도 없으며 백성들이 주인이 되어서 스스로를 다스리는 새로운 세상을 열 것이네.'

소운룽이라…. 그날 문인방은 분명히 그렇게 말했다. 장인형은 그날의 만남을 회상하며 장탄식을 내뱉었다. 그가 한갓 몽상가인지 아니면 정말로 어지러운 세상을 구할 의인인지는 여전히 판단이 서질 않았지만 아무튼 사람의 마음을 사로잡는 마력을 지닌 것만은 분명했다. 아무튼 돈을 모을 수 있는 기회다. 장인형은 일단 그의 부상단에 합류를 하기로 했다. 거사의 동패가 될 것인지 여부는 곁에서 지켜보면서 차차 결정할 것이다.

"서방님!"

허둥대며 방으로 들어서던 소향비는 장인형의 복색을 보고는 눈을 휘둥그레 떴다.

"그리 놀랄 것 없다. 부상단을 따라다니기로 했으니까."

"하면 서방님께서 등짐장사를 하신단 말씀입니까?"

"부상단의 호위무사가 되었다. 왜 나라고 등짐장사를 하지 말라는 법이라도 있단 말인가."

장인형의 속내를 알아챈 것일까, 소향비가 달려들듯 다가오며 장인형의 품에 안겼다. 속마음은 감출 수 없는 것일까. 마음을 정하고서 제일 먼저 소향비에게 달려온 마당이다. 영특한 소향비가 그걸 눈치채지 못할 리 없었다.

"한두 해 정도 부지런히 팔도를 누비면 속금을 마련할 수 있을 거야. 그 전에 변통이 될지도 모르고."

장인형이 소향비를 꼭 끌어안았다. 마음이 더없이 안온했다. 훈련도감에서 쫓겨난 이후로 처음으로 느껴 보는 행복이었다. 이렇게 소향비와 단둘이 지낼 수 있으면 얼마나 좋을까.

"이 몸을 그리 생각해 주시니 더없이 고마우나 그럼 훈련도감은 어찌 되는 겁니까? 소첩은 서방님께서 철릭에 전립 차림으로 다시 출사하실 날만을 손꼽고 있습니다."

소향비를 고개를 들어 장인형을 바라보았다. 맑은 눈에 근심이 서려 있었다.

"지난 일은 다 잊기로 했네. 그저 자네와 더불어 새로운 세상에서 한평생 근심 없이 지내고 싶을 뿐이네."

어느새 장인형의 말투가 변해 있었다.

"새로운 세상이라면…?"

소향비가 놀라며 장인형을 쳐다봤지만 장인형은 따로 말을 하지 않았다. 장인형이 어색함을 달래려는 듯 술잔을 잡자 소향비가 얼른 술잔을 채웠다. 벽향주가 짜릿하게 목구멍을 타고 내려갔다.

"주무시고 가시렵니까?"

소향비가 눈치를 살피며 물었다.

"오늘은 그만 일어서야겠네. 일행이 기다리고 있으니까. 일간 다시 찾아오겠네."

장인형은 아쉬어하는 소향비에게 작별을 고하고서 기방을 나섰다. 그사이에 날이 어두워져 있었다. 문인방과는 목먹골에서 만나기로 약조를 했다. 걸음을 재촉하면 늦지는 않을 것이다.

원행園幸

목멱골에 이르니 문인방과 정한기가 짐꾼 둘을 데리고서 벌써 와서 기다리고 있었다. 장인형은 서둘러 달려가서 문인방에게 예를 올렸다. 부상단을 따라다니기로 한 이상 이제부터 그를 단주로 모셔야 할 것이다.

"우리가 조금 일찍 왔으니 그리 미안해하지 않아도 되네."

문인방이 눈짓을 하자 짐꾼들이 얼른 지게를 멨다.

"지금 출발해야 하니 채비하게."

문인방이 앞장을 섰다. 장인형은 환도를 두른 보따리를 메고 짐꾼의 뒤를 따랐다. 건장한 체구의 장인형은 한눈에도 호위무사로 보였다.

뇌록을 넘기기로 한 홍재천은 한양 상단의 단주인데 지금 화성에서 커다란 공역 여러 개를 맡고 있다고 했다. 도성 한복판에 도적이 나타날 리도 없으니 이번 일은 장사 일을 익히라고 부른 것 같았다.

집이 으리으리했다. 장인형은 눈이 휘둥그레졌다. 아무리 돈 많은 사상도고라고 해도 그렇지 장사꾼이 이렇게 호화로운 집에 살다니. 장인형은 새삼 세상 많이 변했다고 생각하며 문인방의 뒤를 따라서 안으로 들어갔다.

"예서 기다리고 있게."

문인방은 장인형에게 그리 이르고는 정한기 차인을 대동하고서 당으로 올라섰다. 힐끗 당 위에 앉아 있는 자의 얼굴이 보였는데 아마도 상단주 홍재천일 것이다.

"내가 단주외다. 뇌록 두 관을 가지고 왔소. 흥정은 우리 차인하고 얘기가 끝났다고 들었소."

이자가 홍재천이군. 당 위에 오른 문인방은 탐욕 가득한 눈길로 자기를 쏘아보고 있는 홍재천의 얼굴을 찬찬히 살폈다. 거래 상대로 홍재천을 고른 것은 결코 우연이 아니다. 홍재천과 연계를 맺는 것으로부터 대계大計가 시작된다.

문인방이 수인사를 겸해서 먼저 얘기를 꺼냈다. 홍재천이 알고 있다는 듯 고개를 끄덕이자 당 아래 대령해 있던 상단 행수가 얼른 짐을 살피고는 틀림이 없다고 고했다. 그렇다면 이것으로 거래는 종결된 셈이다.

"보아하니 일본에서 들여온 뇌록 같은데 동래 상인들도 손에 넣기 힘든 물건을 어떻게 구했는지는 묻지 않겠소. 하지만 그래도 꼭 알고 싶은 것이 있소."

홍재천의 얼굴에 경계의 빛이 가득했다.

"무엇이 그리도 궁금하시오?"

문인방은 여유를 잃지 않고 있었다.

"알아보니 다른 상단에는 들리지도 않고 곧장 우리 상단으로 찾아왔던데, 저만한 물건이면 어느 상단에 가도 충분히 좋은 값을 받을 수 있을 텐데 왜 우리 상단으로 왔는지 솔직히 궁금하오."

사상도고가 일개 떠돌이 등짐장수를 직접 상대하는 경우는 드물다. 하지만 물건이 물건이고 때가 때인지라 홍재천은 문인방을 직접 만나기로 한 것이다. 그래서 한 점의 의혹이라도 있으면 주저 없이 뇌록을 포기할 생각이다.

"그야 홀아비 사정은 과부가 알아준다고 동병상련의 입장으로 홍단주를 찾아온 것이지요."

문인방의 입가에 의미심장한 웃음이 스치고 지나가는 것을 보며 홍재천은 가슴이 철렁 내려앉았다. 하면 뇌록을 앞세워서 자기에게 접근하려고 하는 것인가. 어쩌면 채제공 쪽에서 보낸 암행포교일지 모른다.

"동병상련이라니? 초면에 그 무슨 해괴망칙한 소리인가?"

홍재천이 언성을 높였다. 자신의 과거를 아는 사람은 김권주를 비롯해서 몇 안 된다. 혹시 화성에서 꾸몄던 일이 발각이라도…? 홍재천은 슬쩍 장인형에게 눈길을 돌렸다. 호위무사로 꾸민 포도청 군관일지 모른다는 생각이 들자 홍재천은 사색이 되었다.

"홍 단주에 대해서 잘 알고 있소. 천만요행으로 여지껏 목이 붙어 있지만 언제까지 붙어 있을지 장담할 수 없는 처지 아니오? 나 또한 이 땅에서는 이미 죽은 사람이니 어찌 동병상련이란 말을 쓰지 않을 수 있겠소."

"어허! 이자가 정말! 보자 보자 하니 못 하는 말이 없군! 얘들아!"

홍재천이 호통을 치자 당 아래서 눈치를 살피고 있던 상단의 짐꾼들이 일제히 달려들었다. 모두들 제법 주먹을 쓸 직한 자들이다. 말하는 품새로 봐서 포청에서 나온 자 같지는 않았다. 그렇다면 겁을 주어서 기선을 제압할 필요가 있다.

달려드는 상단의 짐꾼들을 보며 장인형은 일이 의외로 진행된다고 생각했다. 흥정이 다 된 마당에 이런 일도 있는가. 장인형은 메고 있던 보따리를 내려놓았다.

인상을 쓰며 달려들던 상단 짐꾼들이 장인형의 기세에 겁을 먹고서 걸음을 멈추었다. 당 위에서는 문인방과 홍재천이, 당 아래에서는 장인형과 상단 짐꾼들이 서로를 노려보는 가운데 목멱골에 팽팽한 긴장이 흘렀다.

"단주님!"

그때 무슨 급한 일이 생겼는지 상단 차인이 숨을 헐떡이며 뛰어들었다. 또 뭐란 말인가. 홍재천이 짜증 섞인 얼굴로 차인을 쳐다봤다.

"급히 고할 일이 있습니다."

차인이 문인방을 힐끗 살피며 말했다. 은밀히 고할 일인 모양이다. 대체 또 무슨 일이란 말인가. 홍재천은 일진을 탓하며 몸을 일으켰다. 대치를 하고 있던 장인형과 상단 짐꾼들은 서로를 노려보며 한 걸음씩 뒤로 물러섰다.

"무슨 일이냐?"

홍재천이 짜증을 냈다.

"화성의 한장복 행수로부터 급한 전갈이 왔습니다."

한장복은 홍재천의 심복으로 화성에 상주하면서 공역을 총괄지휘하고 있는 자다.

"척서단이 흘러다니고 있는데 빨리 손을 쓰지 않으면 관에서 기찰에 나설 것이라고 했습니다."

차인이 더듬거리며 고했다.

"척서단? 척서단이 왜 흘러다닌단 말이냐?"

"니장泥匠이 우연한 기회에 장안문 오성지五星池 속이 비어 있는 것을 발견하고서 부실 공역으로 성역소에 고변하겠다고 한장복 행수를 협박하는 통에 입막음으로 척서단을 내주었다고 합니다. 꼭 쥐고 있다가 여름에 팔면 큰돈이 될 것이라고 일렀는데도 그자가 술이 궁했는지 계집이 그리웠는지 그걸 헐값에 내돌린 모양입니다."

이런 변이 있나. 홍재천의 얼굴에 핏기가 가셨다. 귀한 척서단이 한겨울에 나돌면 필시 관에서 기찰에 나설 것이다. 니장은 벽돌 쪼가리나 빼돌리려고 오성지 속을 비워 놓은 줄 알지만 그것은 화약을 설치하려고 일부러 속을 비워둔 것이다. 홍재천은 화성 원행에 나선 주상을 폭사시킬 계책으로 몇 군데 손을 대 놓고 있었다.

"척서단을 내주면 입을 꾹 다물겠다고 하길래 더위가 찾아올 때까지 절대로 내돌리지 말라고 신신당부를 했건만…"

차인은 제 잘못인 양 변병을 늘어놓았다. 일이 꼬이려면 사소한 곳에서부터 시작된다고 하더니…. 홍재천은 앞이 깜깜했다. 아직 김권주에게도 밝히지 않은 비책인데 엉뚱한 데서 사단이 날 줄이야. 도로메울까. 그래도 일단 포청의 수사망에 걸려들면 그냥 넘어가기 힘들 것이다.

이렇게 이런 일이…. 그렇지 않아도 정체가 수상한 자가 찾아와서 협박 비슷한 말을 늘어놓고 있는 판이다.

"…!"

문인방을 흘겨보던 홍재천은 순간 묘안이 떠올랐다. 홍재천은 급히 당으로 향했다.

"무슨 일이라도 생겼소?"

문인방이 홍재천을 살피며 물었다.

"나와 동병상련이며 동패가 되고 싶다고 했소?"

"그랬소만…"

문인방이 고개를 끄덕였다. 홍재천이 잠시 문인방을 살피더니 엉거주춤 서 있는 짐꾼들에게 물러갈 것을 지시했다.

"아무래도 무슨 일이 생긴 모양이오."

"화성에서 공역을 맡아서 행하고 있는데 골치 아픈 일이 생겼소."

"골치 아픈 일이라면?"

"상단을 협박하는 자가 있다는 전갈이 왔소."

힐끗 장인형을 쳐다보며 입을 여는 홍재천을 보면서 문인방은 그가 무슨 생각을 하고 있는지 알아챘다.

"그런 일이라면."

문인방이 속으로 쾌재를 불렀다. 우리 쪽 실력을 보여 줄 좋은 기회를 잡은 것이다. 그런 일이라면 장인형에게 맡기면 말끔하게 처리할 것이다. 문인방은 의연한 자태로 서 있는 장인형에게 가까이 오라고 손짓을 했다.

암운
暗雲

봉수당진찬도 奉壽堂進饌圖
윤 2월 13일, 정조가 봉수당에서
혜경궁 홍씨의 회갑을 기념해 진찬례를 올리는 장면

꽤나 을씨년스러운 날씨다. 팔달산 그림자는 오래전에 어둠에 잠겼고 밤하늘에는 별빛만 총총했다. 행인은 일찌감치 자취를 감추었고 사위는 쥐 죽은 듯 고요했다. 시각이 얼마나 되었을까. 아마도 자시를 지나서 축시가 다 되었을 것이다.

최기수는 으스스 떨리는 몸을 추스르며 니장을 기다렸다. 그런데 이자는 왜 이렇게 나타나지 않는 걸까. 수소문 끝에 간신히 척서단을 가지고 있다는 니장과 연결이 되었고, 지금 여기서 만나기로 약조를 한 터였다.

그때 어둠 저편에서 인기척이 느껴졌다. 최기수는 얼른 주위를 둘러보았다. 주위에 다른 사람은 없었다. 최기수는 침착하게 그쪽으로 걸어갔다.

"척서단이 필요하시다고?"

어둠 속에서 목소리가 들려왔는데 제법 기골이 장대한 자였다.

"그렇소. 안성에서 왔소. 꾹 움켜쥐고 있다가 여름철에 풀면 돈이 될 것 같아서."

최기수는 여차하면 달려들어서 포박할 요량으로 거리를 쟀다.

"값이 제법 나가는데…. 돈은 가지고 왔겠지?"

니장은 경계를 풀지 않은 채 흥정을 이어 갔다.

"물론이오."

최기수가 옆구리에 차고 있는 엽전 꾸러미를 들어 보였다.

"좋소. 따라오시오. 척서단은 동패가 가지고 있소."

동패가? 그렇다면 혼자가 아니라는 말인가. 최기수는 환도를 가지고 오지 않은 것을 후회했다. 제법 완력을 쓸 것 같은 자들을 맨손으로 둘이나 상대하는 것은 간단치 않을 것이다. 그렇다고 여기서 발걸음을 돌릴 수는 없다. 최기수는 말없이 니장의 뒤를 따라갔다.

"…!"

최기수가 깜짝 놀라며 걸음을 멈추었다. 홀연 복면을 한 괴한이 앞을 가로막고 선 것이다. 복면 괴한은 칼을 뽑아 들고 있었다. 그럼 함정이었단 말인가. 최기수는 방심을 탓하며 얼른 물러섰다.

괴한은 채 방어 자세를 취할 틈을 주지 않고 달려들었고 바람 소리를 내며 칼이 허공을 갈랐다. 가히 전광석화와도 같은 솜씨였다.

"악!"

그러나 비명을 지르며 쓰러진 것은 니장이었다. 엉거주춤 뒤로 물러서던 최기수는 놀라서 복면 괴한을 노려보았다. 니장은 정확하게 급소를 베인 듯했다. 흔히 보는 솜씨가 아니었다.

도대체 이자는 누구이며 왜 니장을 죽였을까. 머릿속을 채 정리하기도 전에 멀지 않은 곳에서 인기척이 나더니 그림자 하나가 구성문 쪽에서 쏜살같이 달아나는 것이 눈에 들어왔다. 아마도 죽은 니장과 동패인 모양이다. 그렇다면 니장이 죽은 마당에 배후를 알아내기 위해서는 어떻게 해서든 저자를 포박해야 한다.

"...!"

그런데 복면 괴한이 추격하려는 최기수의 앞을 가로막고 섰다. 그렇지만 공격할 뜻은 없는 것 같았다. 도대체 이자의 정체가 뭘까. 알 수 없지만 언뜻 보기에 칼 없이 달려들기에는 역부족인 상대 같았다. 최기수는 복면 괴한과 어둠 속으로 사라지고 있는 동패를 번갈아 쳐다보며 안타까워했다.

최기수를 가로막고 선 복면 괴한은 제가 동패를 잡겠다는 듯 비호처럼 어둠 속으로 몸을 날렸다.

"서라!"

최기수는 괴한을 쫓아갔다. 환도는 없지만 그래도 쫓아가고 볼 일이다. 최기수는 사력을 다해서 어둠 속으로 쫓아갔지만 달아난 동패도, 쫓아간 복면 괴한도 이미 보이지 않았다. 그리고 아무 소리도 들리지 않았다. 거리가 제법 떨어진 데다 사방이 어두웠기에 복면 괴한도 그자를 놓친 것 같았다.

낭패였다. 자객이 나타날 줄이야. 누군지는 몰라도 자객은 무예가 아주 출중한 자였다. 최기수는 낙담해서 걸음을 돌렸다. 생각할수록 이상했다. 호궤품을 빼돌린 것은 가벼운 죄가 아니지만 그렇다고 자객이 나설 만큼 중차대한 일도 아니다. 도대체 자객은 무슨 이유로 니장과 동패의 목숨을 노렸을까. 아마도 복면 자객은 내가 관헌이라는 사실을 알고 있다는 듯했다. 그렇다면 단순히 재물을 노리고 칼을 휘두른 것도 아닐 것이다.

혹시 커다란 음모가 도사리고 있는 것일까. 최기수는 퍼뜩 그런 생각이 들었다. 여하튼 빨리 암행어사에게 보고를 해야 할 것이다. 최기수는 약용이 머물고 있는 주막으로 내달았다.

늦은 시각인데도 약용의 방에서 불빛이 새어 나오고 있었다. 최기수는 가볍게 인기척을 내고는 문을 열고 들어섰다.

"무슨 일이라도 생겼는가?"

최기수의 표정이 심상치 않았다. 약용이 얼른 자세를 고쳐 잡았다.

"참으로 송구스럽습니다. 갑자기 자객이 나타나는 바람에 니장을 포박하지 못했습니다. 소장의 불찰이었습니다. 칼을 가지고 나갔어야 했는데."

최기수가 고개를 떨구었다.

"하면 자객이 니장을 죽였단 말인가?"

약용의 눈이 휘둥그레졌다. 적당한 선에서 마무리 짓고 한양으로 돌아가려던 차였는데 자객이 나타났다니. 그렇다면 그냥 넘길 사안이 아니다.

"정황으로 봐서 자객은 소장이 관헌이라는 사실은 눈치챘지만 동패가 있다는 사실은 몰랐던 것 같습니다. 짐작건대 아마도 척서단을 흘린 쪽에서 니장의 입을 막고자 자객을 보낸 듯 합니다."

일리가 있는 추론이다. 하지만 이상하다. 자객을 시켜서 입막음을 할 것 같으면 애초부터 척서단을 흘리지 말았어야 했다. 그렇다면 뭔가 심상치 않은 일이 화성에서 벌어지고 있단 말인가. 최기수도 같은 생각을 하고 있는지 표정이 몹시 심각했다.

"어찌 할까요?"

최기수의 물음은 화성 유수부에서 직접 나서서 수사를 펼치는 것이 어떻겠냐는 뜻이다. 약용이 고개를 끄덕였다. 그렇지 않아도 유수부를 찾아가서 조심태에게 하직 인사를 올리려던 참이다.

"일단 조심태 대감을 뵙고 차후책을 의논하겠네."

"하면 소장은 피살된 니장 주변부터 은밀히 탐문하겠습니다."

최기수의 눈에서 빛이 일었다. 꼭 실수를 만회하겠다는 결의가 인 것이다. 최기수는 성큼 몸을 일으켰다.

*

팔달산 와벽소瓦甓所는 늘 분주하다. 화성 공역에 쓰이는 각양각색의 벽돌들을 굽고, 말리고 또 실어 날라야 하니 하루 종일 사람들 발길이 그치질 않았다. 대부분 벽돌들은 광주의 왕륜旺倫 와벽소에서 실어 오지만 홍예벽虹蜺甓이나 종벽宗甓 같은 특수 용도에 쓰이는 벽돌들은 이곳 팔달산 와벽소에서 직접 굽고 있었다.

배정태는 마지막으로 와벽장들이 가마에 물을 제대로 부었는지 확인하고서 와벽소를 나섰다. 이제부터 나머지는 편수片手인 그가 없어도 문제없이 벽돌이 구워질 것이다. 잔뜩 굳어서 배정태의 눈치를 살피던 와벽장들은 그가 별 까탈을 잡지 않고 자리를 뜨자 안도의 숨을 내쉬었다. 제법 배짱도 있는 데다 머리도 잘 돌아가는 배정태는 팔달산 와벽소에서 왈짜패로 군림하고 있었다. 상단의 행수들도 좋은 벽돌을 구하기 위해서는 그에게 고개를 숙이고 들어가는 판이다.

와벽소를 벗어나자 시원한 공기가 얼굴에 닿았다. 그렇지만 배정태의 심사는 납덩이를 얹은 것처럼 무거웠다. 하마터면 어젯밤에 목숨을 잃을 뻔했다. 복면 자객이 휘두르던 칼날이 뇌리를 스치고 지나가면서 배정태는 부르르 떨었다.

팔달문을 들어서자 크고 작은 가게들이 자리를 잡고서 십자가로를 따라서 죽 늘어서 있었다. 저자는 팔도에서 올라오는 물건들이 산더미처럼 쌓여 있었고 흥정을 하는 사람들로 문전성시를 이루고 있었다. 배정태는 대천大川을 따라 걸으며 어제 일을 차근차근 되새겨보았다.

일을 끝내고 술 생각이 나기에 인근 주막으로 걸음을 했다가 그곳에서 그런대로 안면이 있는 니장을 만나면서 일이 시작된 것이다. 니장은 구석에 쭈그리고 앉아서 잔뜩 찌푸린 얼굴로 독작을 하고 있었다. 니장 주제에 초저녁부터 술잔을 기울이고 있는 꼴이 어디서 벽돌 쪼가리라도 빼돌린 모양이라고 생각하며 배정태는 니장에게 접근했다. 배정태가 슬그머니 옆자리에 앉자 니장은 대번에 경계의 빛을 띠었다.

"좋은 게 있으면 같이 좀 먹고살자고."

배정태는 여차하면 관아에 고발하겠다는 눈매로 니장의 위아래를 훑어보며 그렇게 운을 떼었다.

"실은 척서단을 가지고 있소."

잠시 주저하던 니장이 순순히 척서단을 가지고 있다는 사실을 털어놓았다. 척서단이 시중에 돌면서 이런저런 말들이 나오자 겁이 덜컥 났던 차에 배정태가 접근을 하자 솔직하게 털어놓은 것이다.

배정태는 깜짝 놀랐다. 척서단이 나돌고 있다는 소문은 들었다. 그래서 성역소나 상단에서 빼돌렸으려니 짐작하고 있었는데 한갓 니장이 척서단을 빼돌렸을 줄이야. 무슨 재주로 척서단을 손에 넣었는지는 몰라도 분명히 돈이 되는 물건이다.

"당신이었군. 나도 척소단 소문은 들었어. 지금 화성 유수부에서 눈에 불을 켜고 찾고 있을 텐데."

배정태가 적당히 겁을 주자 니장은 와들와들 떨었다. 산전수전을 다 겪은 배정태와는 달리 니장은 이런 일이 처음이었다. 니장은 지금 최기수를 만날까 말까 고심 중이었다.

"내가 망을 봐 주겠어. 행여 관헌이 잠복해 있거든 신호를 보내지. 혼자라면 거래해도 좋아. 수틀리면 내가 뛰어들 테니까."

니장이 전후 사정을 털어놓자 배정태는 동패가 되어 주겠다고 했다. 설혹 상대가 포교라고 해도 혼자면 얼마든지 완력으로 제압할 자신이 있었다.

그래서 함께 밀거래 장소로 나갔던 것인데 느닷없이 자객이 나타난 것이다. 재빨리 달아났기에 마련이지 하마터면 목이 달아날 뻔했다.

짐작건대 니장에게 접근했던 자는 포청 관헌일 것이다. 그럼 자객은 니장에게 척서단을 내준 상단에서 고용한 자일까? 그럴 수 있겠지만 그래도 이상한 구석이 남는다. 그럴 거라면 애초부터 자객을 쓰면 될 걸 뭣하러 척서단을 내주었단 말인가.

꼬리가 잡히기 전에 화성을 떠 버릴까. 배정태는 고개를 가로저었다. 그럴 이유가 없었던 것이다. 포청도 자객도 자기가 누군지 모른다. 여기서 손을 털면 나만 억울하다.

그런데 죽은 니장은 어떻게 척서단을 손을 넣었을까. 니장은 누구에게서, 무슨 이유로 얻었다는 사실만큼은 입을 꾹 다물었다. 상단에서 흘러나왔을 텐데 그 귀한 척서단을 니장에게 내준 것으로 봐서 니장은 엄청난 비리라도 알아낸 모양이다.

척서단을 선뜻 내줄 정도의 비리라…. 그게 뭘까? 배정태는 강한 호기심이 일었다. 그러면서 직접 뛰어들어 내막을 파헤쳐야겠다는 생각이 들었다. 위기는 기회라고 했다. 잘하면 척서단보다 더 귀한 재물을 손에 넣을 수 있을지 모른다.

종로 거리는 행인들로 붐볐다. 배정태는 인파를 헤치고 나가며 대책을 궁리해 보았다. 니장 주변부터 살펴봐야 할 텐데 일이 쉬울 것 같지 않았다. 니장은 상단에 소속된 장인이 아니고 그때그때 여기저기서 일거리를 받아서 일하던 자다. 그러니 어떤 상단의 어느 공역장에서 무엇을 봤는지를 알아내는 게 쉽지 않을 것이다.

어느새 발걸음이 화홍문華興門에 이르렀다. 화홍문은 그 옆의 깔끔하게 마무리된 방화수류정訪華隨柳亭의 단아한 자태와 잘 어울리며 화성의 명소로 자리 잡고 있었다. 정처없이 나선 길이지만 그렇다고 성 밖으로 나갈 것까지는 없다. 허탈해진 배정태는 걸음을 멈추었다. 갑자기 다리에 힘이 풀리면서 배정태는 그대로 털썩 주저앉았다.

될 대로 되라는 심정으로 사방을 둘러보자 저만치에 홍예수문이 눈에 들어왔다. 일곱 칸짜리 홍예수문은 한양에서도 구경하기 힘든 것으로 광교산에서 흘러내린 물이 화홍문의 홍예수문을 지나고 유천流川을 흐르며 화성을 풍요롭고 삶이 넘치는 도읍으로 만들어 줄 것이다.

홍예수문이 눈에 들어오자 배정태는 니장이 근자에 와벽소에서 홍예벽을 수령해 갔다고 얘기했던 게 떠올랐다. 니장은 요즘은 홍예벽 틈을 메우는 일에 매달리고 있다고 했다. 혹시 홍예벽이 쓰인 공역장을 뒤지면 무슨 단서라도 건질 수 있지 않을까. 퍼뜩 그런 생각이 스치고 지나갔다. 하지만 그 넓은 공역장에서, 그것도 남들이 눈치를 채지 못하게 살피는 게 쉬운 일이 아닐 것이다. 그리고 니장의 죽음이 꼭 홍예벽과 관련이 있다고 단정 지을 수도 없다.

그래도 해 볼 만한 일이란 생각이 들자 배정태는 야릇한 흥분에 휩싸였다.

아직 날이 채 밝지 않았지만 이대로 마냥 방 안에만 있자니 몹시 답답했다. 장인형은 문을 열고 살그머니 밖으로 나섰다. 상쾌할 정도의 한기가 느껴졌다. 홍재천 상단의 화성 공역소 현장 분소는 남성자 내에 있는 번듯한 저택인데 장인형은 화성에 머무르는 동안 이곳에서 유숙키로 했다.

장인형은 머릿속이 복잡했다. 일이 묘하게 꼬이고 있었다. 옥포선생의 지시는 크게 힘든 것이 아니었다. 공역장에는 왈짜패들이 있게 마련인데 그들을 쫓아내는 것도 호위무사의 소임이다. 그래서 장인형은 말썽을 부린다는 니장을 단단히 혼내서 다시는 행패를 부리지 못하게끔 할 요량으로 화성에 내려왔고, 수소문 끝에 밀매 장소를 알아내서 그리로 달려갔던 것이다.

그런데 벌써 관에서 냄새를 맡고 덫을 놓고 있었다. 신분을 숨기고 접근하는 관헌은 무예에 능한 자 같았다.

'…!'

그런데 구름 사이에서 모습을 드러낸 달빛에 비친 얼굴은 뜻밖에도 훈련도감 시절 안면이 있던 기총이었다. 이름이 최기수라고 했던가. 오래전에 화성의 장용외영으로 옮겨 간 것으로 알고 있었다. 그렇다면 유수부가 아니고 외영에서 직접 기찰에 나섰단 말인가. 한장복 행수가 모르는 것으로 봐서 암행기찰인 듯한데 외영 기총이 직접 나선 것으로 봐서 단순히 척서단 때문만은 아닐 것이란 예감이 스치고 지나갔다.

'함정이다.'

위기임을 직감한 장인형은 지체하지 않고 니장의 급소를 노렸다. 죽일 생각은 없었지만 동정을 베풀 상황이 아니었다. 하지만 그것으로 소임을 다한 것이 아니었다. 니장에게 동패가 있었던 것이다.

찜찜함이 가시질 않았다. 동패를 놓친 것이 못내 마음에 걸렸던 것이다. 한장복 행수도 동패가 있음을 몰랐다고 해도 어쨌든 소임을 말끔하게 처리하지 못한 것은 사실이다. 일을 너무 쉽게 생각했던 것이 불찰이었다. 도대체 홍 단주는 무슨 짓을 꾸민 것일까. 그러고 보니 척서단을 선뜻 내준 것부터 이상했다.

"벌써 일어나셨소?"

한장복 행수가 다가왔다.

"니장은 술먹고 자기네들끼리 칼부림을 하다가 죽은 것으로 처리되었소."

한장복이 그새 유수부에 알아본 모양이다. 조선 팔도에서 사람과 돈이 화성으로 몰려들고 있다. 사람이 들끓다 보니 주먹다짐이 일고, 칼부림이 벌어지는 것은 당연지사다. 그러다 보니 일꾼 한두 명 죽었다고 관아에서 크게 문제 삼지도 않는다.

그러나 한장복 행수의 바람대로 일이 그것으로 끝일지는 두고 봐야 할 것이다. 장인형은 관헌이 유수부의 나졸이 아니고 외영의 기총이었다는 사실을 일단 함구하기로 했다. 저들도 뭔가를 숨기고 있는 마당이다. 그렇다면 사태를 좀더 지켜볼 필요가 있다.

"동패는 벌써 화성을 떴을 것이오."

정말로 한장복의 말대로 동패가 겁을 먹고서 줄행랑을 쳤다면 불행 중 다행일 것이다. 하지만 장인형은 확인하기 전에는 안심할 수 없다. 장인형은 한장복에게 일의 자초지종을 묻기로 했다.

"확인될 때까지 당분간 화성에 머물겠소. 그런데 왜 일개 니장에게 귀한 척서단을 선뜻 내주었는지 말해 주시오."

장인형이 정색을 하고 몰아붙이자 한장복은 사색이 되었다.

"아무래도 홍 단주는 사연이 있는 사람 같소. 그리고 그때 니장에게 접근했던 자는 안면이 있는 외영 기총이었소. 외영 기총이 직접 나선 것으로 봐서 일이 적당히 넘어갈 것 같지 않소. 어쩌면 달아난 동패가 관에 발고할 수도 있소. 빨리 수습하지 않으면 파급이 우리 상단에게도 미칠 수 있소. 그러니 내게 솔직하게 자초지종을 얘기해 주시오."

장인형이 옥박지르자 한장복은 사시나무 떨듯 부들부들 떨었다. 니장에게 공심돈을 들킨 것부터 시작해서 섣불리 척서단을 내준 것, 동패가 있음을 알아내지 못한 것, 또 암행어사가 뜬 것도 모르고 있었던 것 모두 자신의 불찰이었다.

"우리는 한배를 탔다는 사실을 잊지 마시오!"

장인형이 거듭 몰아붙이자 어쩔 수 없다는 듯 한장복이 털어놓기 시작했다.

"홍 단주는 주상과는 한 하늘을 이고 살 수 없는 사람입니다. 쥐도 궁지에 몰리면 고양이에게 덤벼든다고 숨어 지내는 것도 불가능해질 듯하자 홍 단주는 원행에 나서는 주상을 위해하기로 했소. 그래서 화성 곳곳에 은밀히 화약을 숨겨 놓았다가 원행 때 폭파시키려 했던 것인데 그만 그것을 니장에게 들키고 말았소. 그래서 급한 김에 입을 막을 생각으로…"

장인형은 순간 귀를 의심했다. 하면 지금 이자들이 역모를 꾀하고 있었단 말인가. 가슴이 쿵쿵 뛰면서 호흡이 가빠졌다. 엄청난 충격을 받은 것이다.

옥포선생은 어디까지 알고 있는 것일까. 왠지 홍 단주라는 자가 대역을 도모하고 있다는 사실을 알고서 접근을 했을 지도 모른다는 예감이 들었다. 새로운 세상이라…. 장인형은 비로소 그가 말하는 새로운 세상이라는 것이 무엇을 의미하는지를 깨닫게 되었다.

어쩌다 여기까지 왔단 말인가. 다시 훈련도감으로 돌아갈 생각일랑 버린 지 오래다. 그렇지만 역모를 꾀하는 무리들과 한편에 서게 될 줄이야. 장인형은 숨이 멎을 것만 같은 충격에 휩싸였다.

"도대체 어디 어디에 손을 댔소?"

간신히 정신을 되찾은 장인형이 한장복을 다그쳤다. 옥포선생도 이 사실을 모르고 있다. 그렇다면 일단 일이 크게 번지는 것을 막아야 한다.

"공심돈하고 돈대, 그리고 장안문 오성지 누조에 벽돌을 들어내고서 화약을 설치할 틈을 마련해 놓았습니다. 그러다 니장의 눈에 띄는 바람에…."

한장복이 기어들어 가는 목소리로 대답했다. 장인형은 어이가 없었다. 그게 말이나 될 법한 얘기인가. 어가의 호위가 얼마나 삼엄한지 알았다면 이렇게 말도 안 되는 짓을 애초에 벌이지를 않았을 것이다.

"급히 복구를 해 놓았습니다만 정말로 달아난 자가 관에 고변을 하면 발각될지도 모릅니다."

한장복이 사색이 되었다. 그의 말대로 성역소에서 조사에 나서면 제아무리 감쪽같이 메꿔 놓았다고 해도 들통이 날 것이다. 그리고 대역의 죄는 삼족을 멸한다.

장인형은 다시 포도군관이 된 기분으로 대책을 숙고했다. 동패가 화성을 떠났는지, 또 역모에 대해서 얼마나 알고 있을지 당장은 아무것도 가늠할 수 없지만 뒤탈이 없으려면 동패를 찾아서 입을 영원히 막아야 한다. 그렇지만 조심해야 한다. 암행어사가 낌새를 챈 마당이다.

"빨리 동패를 찾아내야 할 것이오. 나를 도와주시오."

"여부가 있겠습니까. 뭐든 시켜만 주십시오."

한장복이 반색을 하며 대답했다.

"우선 니장이 근자에 어디서 무슨 일을 했는지, 그리고 혹 동향인이나 가깝게 지내던 자가 있는지, 그리고 어제 오늘 갑자기 공역장에서 자취를 감춘 자들이 있는지를 은밀히 알아보시오."

"알겠습니다."

앞뒤를 가늠해 보건대 처음부터 동패가 있었던 것은 아닌 듯했다. 그렇다면 중간에 끼어든 모양인데 조심스러움이나 영악함은 동패 쪽이 니장보다 윗길인 것 같았다. 그날 보니 동작도 제법 날렵했다.

일단 줄행랑을 놓거나 관에 고변할 것 같지는 않다는 판단이 섰다. 겁을 먹고 줄행랑을 놓을 자 같으면 애초부터 끼어들지 않았을 것이다. 그리고 이제 와서 관에 고변해 봤자 저도 무사하지 못할 판이다. 그보다는 직접 나서서 상단을 협박할 공산이 크다.

"암행어사가 뜬 것 같으니 괜한 소란은 피우지 말고 은밀히 움직이시오."

"잘 알겠습니다."

한장복은 꾸벅 절을 하고 물러갔다. 혼자가 된 장인형은 입맛이 썼다. 어쩌다 역모를 꾀하는 자들과 한편이 되었단 말인가.

'조선은 나를 헌신짝처럼 버렸다. 그렇다면 내가 충성을 철회할 차례다.'

장인형은 그렇게 스스로를 위로하며 밀려오는 번뇌를 떨쳐 버렸다. 불현듯 소향비 생각이 났다.

'조금만 참고 기다려 주시게. 귀천이 없고 오곡이 넘치는 땅으로 데리고 갈 테니까.'

그날 간절한 눈빛으로 배웅하던 소향비의 모습이 떠오르면서 장인형은 흔들리는 마음을 진정시켰다. 일이 엉뚱하게 번졌지만 문인방의 신임을 얻을 수 있는 기회다.

장인형은 일꾼으로 변장을 하고서 공역장에 잠복하기로 했다. 동패가 다시 상단을 협박할 요량이라면 틀림없이 현장에 모습을 드러낼 것이다.

*

약용의 말을 들은 조심태와 이유경은 표정이 굳어졌다. 자객까지 나타났다면 분명 예삿일이 아닐 것이다.

"한양으로 돌아가야 할 테니 유수부에서 수사를 하겠네."

"은밀히 움직여야 좋을 듯하니 이곳에 머물면서 직접 수사하겠습니다."

약용이 생각을 전했다.

"그렇게 하게. 공역장에서 사람이 살해되었다는 소문이 돌면 원행에 차질을 빚게 될지도 모르니."

조심태가 고개를 끄덕였다. 지금 벽파에서 눈에 불을 켜고서 화성을 지켜보고 있다. 조그마한 꼬투리라도 잡혔다가는 벌 떼처럼 들고 일어서서 천도를 반대할 것이다.

"성조정식은 마련되었습니까?"

약용이 이유경에게 고개를 돌렸다.

"초안을 마무리했소."

고생이 많았는지 이유경의 얼굴이 많이 수척해 있었다. 이유경이 초안을 마련한 성조정식은 성을 수비하는 외영 위주로 짜여 있다. 그래서 공격을 맡은 오군영은 병력과 병장기, 그리고 공격로 등에서 철저하게 통제를 받고 있었다. 아직은 외영의 힘이 미비하기에 혹시 있을지 모를 만약의 사태를 대비할 필요가 있었다.

을묘원행을 계기로 수어청과 어영청은 오군영에서 장용외영으로 이관될 예정이다. 그리되면 장용외영은 명실상부하게 조선을 대표하는 군영이 될 것이고 화성은 주상의 친위군이 주둔하는 강력한 군사 도읍으로 자리매김하게 된다.

"어째 너무 조용하지 않은가?"

조심태가 물었다. 폭풍 전의 고요가 이러할까. 세력이 대폭 깎일 병조와 오군영에서 강력하게 반발하고 나설 텐데 이상하게 조용했다.

"머지않아 삼정승과 육판서가 새로 보임될 듯한데 누가 병판을 맡을지 신경이 쓰입니다."

약용이 같은 마음임을 전했다. 약용이 삼정승을 놔두고 병조판서를 지목한 데는 그만한 이유가 있다. 무관들 인사는 오군영에서 주관했고, 이임하는 무관이 자신의 후임을 지정하는 자벽권自辟權이 관례로 굳어지면서 병조는 크게 주목받지 못하는 아문이었다. 별로 할 일이 없는 관아였다. 그런데 정조가 군제 개혁을 단행하면서 얘기가 달라진 것이다.

'다문가병多門家兵의 폐단을 혁파하라!'

군제 개혁을 통해서 여러 곳에서 제각각 나오던 군령과 군정을 하나로 통일하면서 병조판서는 명실상부한 조선 군부의 수장이 되었다. 조직에서 제일 큰 힘을 발휘하는 것은 인사권이다. 인사권을 쥔 사람에게 고개를 숙일 수밖에 없다.

누가 병조판서가 될 것인가. 그것은 개혁파와 수구 세력 모두에게 초미의 관심사였다. 조정 인사는 탕평책에 따라서 벽파와 시파, 그리고 중도파가 일정한 비율로 나누고 있다. 정승은 삼상체제三相體制에 따라서 영의정과 좌의정, 그리고 우의정을 각 당파에서 한자리씩 골고루 차지하고 있고, 육판서도 같은 비율로 자리를 나누고 있었다.

그런데 채제공이 성역소와 정리소 양 도청의 당상을 맡은 반면에 김종수는 일선에서 물러서면서 벽파 지분이 크게 늘어났다. 얼마 전의 오군영 대장 인사에서 주상과는 불구대천이었던 구선복과 친분이 두터웠던 무장들이 대거 요직을 차지했는데 병조판서도 사정이 크게 다르지 않을 것이다. 정조의 개혁은 탕평책을 없애고, 군주가 전권을 장악하는 것을 골자로 하고 있다.

"채제공 대감은 이주국李柱國 장군을 염두에 두고 있는데 사정이 녹록지 않은 듯하네."

조심태가 무거운 표정으로 입을 열었다. 이주국은 군부의 원로로 군제 개혁을 적극 찬성하고 있는 인물이다.

벽파에서는 누구를 병판으로 밀까. 약용은 벽파의 중진들의 면면을 떠올려 보았다. 김종수 다음은 유언호와 윤시동인데 두 사람은 이미 정승 반열에 오른 사람들이다. 그다음은 권유일 테고 다시 그 아래로 김달순이 있지만 김달순은 아직 판서의 반열에 오르기에는 경륜이 모자란다.

권유라…. 약용은 생각에 잠겼다. 권유는 사사건건 채제공 대감을 물고 늘어지는 벽파의 선봉장이다. 하지만 군부와는 연관이 없는 인물이다. 경력으로 보면 이명식이 어울리겠지만 그는 얼마 전에 장용영 제조로 자리 바꿈을 했다. 그러니 이번 인사에서는 제외될 것이다. 그럼 또 누가…. 얼핏 떠오르는 인물이 없었다.

"중차대한 시기일세. 꼬투리가 잡히는 일이 없도록 철저하게 수사해 주게."

조심태가 수사에 관해서 전권을 위임하겠다는 뜻을 밝혔다.

"알겠습니다."

약용은 예를 올리고 유수부를 빠져나왔다. 현안을 논의했고, 수사를 내락받았으니 찾아온 목적을 달성했다. 이제부터는 적극적으로 뛰어들어야 한다.

*

심환지의 집은 지대가 높은 편이어서 소격동 일대가 훤히 내려다보였다.

"그간 강녕하셨습니까. 진작부터 찾아뵈었어야 하는데 송구스럽습니다."

훈련도감 배행교련관 구명록이 넙죽 절했다. 그의 말대로 오랜만에 심환지의 집에 들른 것이다.

"괘념치 말게. 요즘 군문의 일로 눈코 뜰 새 없이 바쁜 줄 잘 알고 있네."

심환지가 손을 내저으며 앉을 것을 권했다. 그리 늦은 시각이 아님에도 해가 한참 짧은 때인지라 사방이 어두웠다. 구명록은 구선복의 가까운 인척이다. 구선복이 병오년(1786)에 역모로 처형되었을 때 연루되면서 참수될 뻔했던 것을 심환지가 적극적으로 구명에 나서면서 간신히 목숨을 부지한 후로 심환지를 은인으로 생각하고 있었다.

"실은 몸이 열 개라도 모자랄 판입니다. 조련에, 병장기 점고에, 툭하면 회합에…. 뭐 그런 것은 그런대로 견딜 수 있는데 장용외영에서 대놓고 상전 노릇을 하려 드는 통에 정말 죽겠습니다."

구명록이 넋두리를 늘어놓았는데 꼭 핑계만은 아니었다. 오군영 무관과 군병들의 사기가 요즘 땅에 떨어져 있었다.

"외영에서 월말까지 원행에 나설 당마塘馬(말을 타고 척후斥候의 임무를 맡아보던 군사)와 척후를 정해서 보고를 올리라고 하는데 내일모레면 금월도 다 지나가는데 어떻게 초안을 마련할까 걱정입니다."

구명록이 푸념을 늘어놓았다.

"당마와 척후는 오군영 소관 아닌가? 그런데 왜 외영에서 닦달하는 건가?"

심환지가 위엄 가득한 자태로 물었다.

"대감 말씀대로 원행길에 경계초소를 세우고 호위군병을 배치하는 것은 오군영 소관입니다. 외영에서 나설 일이 아니지요. 그렇지만 지금은 외영 세상 아닙니까. 오군영을 아예 휘하의 군영으로 알고 있습니다."

구명록이 핏대를 세웠다.

"성조정식 초안을 보내왔는데 기가 차서 말도 안 나옵니다. 차포 다떼고 장기를 두라는 격입니다. 정예 오군영을 오합지졸로 만들 생각인 모양입니다."

구명록은 흥분을 감추지 못했다. 심환지는 생각에 잠겼다. 오군영 군병들의 불만이 극에 달했음은 시파도 잘 알고 있을 것이다. 그럼에도 거듭 몰아붙이는 것은 결판을 내겠다는 뜻일 것이다. 상은 나누어 주되 벌은 단칼에 다스리라고 했다.

주상은 예상보다 훨씬 적극적으로 나오고 있었다. 이렇게 되면 오히려 역모는 국초 이래의 조법을 깨려는 주상이 꾀하고 있는 꼴이다.

구명록이 돌아가고 혼자 남자 만감이 밀려왔다. 주상은 상언上言과 격쟁擊錚을 통해서 백성과 직접 소통하는 것을 대단한 덕치로 알고 있다. 하지만 사람들은 제 이익을 앞세우기 마련이다. 각양각색의 사람들이 제 입장에서 떠들어 대는 말 중에서 제 귀에 들어오는 것만 골라서 민의로 치부하는 것이 전형적인 독재군주의 통치 방식이다. 백성들의 억울함을 듣겠다며 내건 신문고도 득보다는 실이 더 많아서 폐지되었다. 치자治者는 인망人望에 연연해서는 안 된다. 나라를 망친 군주 중에는 초기에 성군 소리를 듣던 사람들이 많이 있다.

화살은 이미 시위를 떠났다. 이제 승패만 남았다. 승자가 되려면 군심軍心을 사야 한다.

생각이 거기에 미치자 심환지는 영의정과 성역소 총리대신을 미련 없이 버리고 병조판서를 선택한 김종수의 혜안에 새삼 감탄했다. 병조판서는 주상 유고 시에 군부의 수장이 되어서 오군영 대장들을 통솔하는 자리다. 충분히 정란거병을 주도할 수 있다. 참으로 살은 내주고 뼈를 취하는 묘책이었다.

툇마루로 나서자 비를 뿌리려는지 잔뜩 흐린 하늘이 눈에 들어왔다. 주상의 뜻은 확고하다. 그렇다면 이쪽에서 답을 할 차례다.

*

"나리를 이렇게 다시 뵙게 될 줄은 정말 몰랐습니다. 화성에 계신 줄 알았으면 진작에 찾아뵈었을 텐데."

엄 화공畵工이 약용에게 넙죽 절했다. 엄 화공은 약용이 성역소에서 일했을 때 약용을 따라다니며 공역장의 도면을 그렸던 자다. 그러니 공역장에 대해서 그만큼 속속들이 자세히 아는 사람도 없을 것이다.

"네 도움이 필요하다. 무슨 일인지는 군관으로부터 대강 들었을 것이다."

약용이 최기수를 쳐다보며 말했다.

"단서도 별반 없는 데다 시일도 촉박하지만 어떻게 해서든 실마리를 찾아야 한다."

약용이 사건의 중요성을 전했다.

"자객보다는 달아난 동패의 뒤를 쫓는 쪽에 주력해야 할 것 같습니다."

최기수가 의견을 밝혔다.

"나도 그리 생각하네. 일단 관아에 들러서 니장의 시신을 살펴보도록 하세."

수사는 시신을 살피는 데서부터 시작해야 할 것이다. 약용은 최기수와 엄 화공을 데리고 유수부로 향했다. 원행이 얼마 남지 않은 마당이다. 막막하지만 부지런히 뛰어다니다 보면 뭔가 단서를 찾게 될지도 모른다.

＊

배정태는 힐끔 주위를 살피고는 걸음을 서둘렀다. 그날 이후로 가끔 주위를 살피는 버릇이 생겼다. 동북공심돈이 눈에 들어왔다. 공심돈은 화성에 처음 설치되었는데 군사가 저 안에 들어가서 총탄과 화살을 퍼부으면 적병은 성에 접근하기 힘들 것이다. 동북공심돈은 이미 공역이 다 끝나고 간단한 뒷마무리만 남겨 놓고 있었다.

"편수께서 여기는 웬일이시오?"

총안銃眼을 다듬고 있던 마벽패장磨甓牌將이 배정태를 보고서 말을 걸었다. 그런대로 안면이 있는 자다. 와벽장의 편수가 공역장에 들르는 것은 흔치 않은 일이다.

"혹시나 홍예벽 치수가 어긋난 데는 없는지 살피고 있는 중이네."

배정태는 미리 준비해 두었던 말을 뇌까리며 공심돈으로 들어섰다. 그러면서 슬쩍 위를 올려다보았다. 홍예벽이 둥글게 반원을 이루며 무지개 문을 이루고 있었다. 자신이 팔단산 와벽소에서 직접 구운 벽돌들인데 무슨 문제가 있는 걸까.

삼층으로 돼 있는 동북공심돈은 소라각이라는 별칭답게 계단이 벽을 타고 빙글빙글 돌며 올라가게 되어 있다. 혹시 계단 어디에 무슨 문제가 있을까 배정태는 주위를 조심스레 살피며 동북공심돈을 올라갔다. 구실이 그럴듯했는지 따로 제지하는 사람이 없었다.

빙글빙글 돌며 올라감에 따라서 비스듬히 깎은 총안 너머로 동포루東鋪樓와 동장대東將臺가 차례로 눈에 들어왔다. 배정태는 주위에 아무도 없음을 확인하고서 슬며시 공심돈을 두드려 보았다. 홍예문 바로 위에 해당하는 곳이다. 홍예벽과 관련된 일이라면 하나부터 열까지 모르는 것이 없다. 그러니 혹시라도 뭔가 이상이 있다면 느낌이 손끝에 전해질 것이다. 동북공심돈 공역을 관장한 송파상단은 깐깐하기로 소문이 났다.

별 이상이 감지되지 않자 배정태는 동북공심돈을 나섰다. 서둘러야 한다. 자객도, 그리고 관에서도 지금쯤 움직이기 시작했을 것이다. 털끝만 한 꼬투리라도 잡혔다가는 그날로 세상을 하직할 판이다. 배정태는 서북공심돈을 향해서 발걸음을 재촉했다.

서북공심돈에 이어서 장안문 옹성을 살펴야 할 텐데 동북공심돈처럼 쉽게 일을 마칠 수 있을지 걱정이 되었다. 서북공심돈은 한양의 이경하 상단에서, 그리고 장안문 옹성은 같은 경상인 홍재천 상단에서 공역을 맡고 있다. 이번에도 구실이 통할까. 알 수 없지만 화살은 이미 시위를 떠났다. 수사망이 좁혀 오기 전에 살길을 찾아야 한다. 배정태는 모질게 마음을 먹고 서북공심돈으로 향했다.

*

이게 말로만 듣던 누조란 말인가. 장인형은 장안문 옹성 위에 설치된 누조를 보며 감탄이 절로 나왔다. 저 안에 저장된 물이 오성지를 통해서 성 밖으로 흘러내리면 화공火攻은 무용지물이 될 것이다. 옹성과 공심돈, 돈대, 포루를 골고루 갖춘 화성은 가히 난공불락의 성이다. 공역을 마친 장안문이 위용을 자랑하고 있었고 새로 닦은 신작로가 시원스레 뚫려 있었다. 가히 조선의 새 도읍지의 관문으로서 손색이 없었다. 장인용은 화성의 위용에 탄복을 하면서 누조를 내려왔다.

누조 아래는 바로 옹성 홍예문이다. 홍재천 일당은 누조 바닥에 화약을 설치하고서 주상이 장안문을 지날 때 폭파시킬 계획이었다. 장인형이 혀를 찼다. 어떻게 일을 이렇게 허술하게 도모했단 말인가. 차라리 사단이 난 게 다행이라는 생각이 들었다. 그렇지 않으면 사전 점검 때 발각되었을 것이다.

"말끔하게 복구해 놓았소?"

"속은 채우지 못했지만 입구는 확실하게 복구시켜 놓았습니다."

한장복이 얼른 대답했다.

"사소한 흔적만 남아도 기찰이 시작될 것이니 빈틈없이 처리해야 할 것이오."

장인형이 눈을 부릅뜨며 으름장을 놓았다.

"잘 알고 있습니다. 그 점은 염려하지 않아도 됩니다."

한장복이 기어들어 가는 목소리로 대답했다.

"그런데 여태 아무런 낌새가 없는 걸로 봐서 동패가 그날 밤으로 줄행랑을 놓은 게 아닐까요?"

한장복은 제발 그랬으면 하는 심정으로 말을 했지만 장인형은 생각을 달리하고 있었다. 본능적으로 위험이 감지되고 있었던 것이다. 방향은 확실치 않지만 분명히 그리 멀지 않은 곳에서 먹구름이 밀려오고 있었다.

"이제 뭘 어떻게 하면 좋겠습니까?"

한장복은 모든 걸 장인형에게 의지하고 있었다.

"옹성 지붕을 보수토록 하시오. 구실은 행수가 적당히 알아서 붙이고."

장인형은 그동안 고안했던 방책을 밝혔다.

"예? 괜히 소란을 떨다 누조 밑이 비어 있다는 사실이 발각되면 어쩌려고…?"

한장복이 소스라치게 놀랐다. 달아난 동패는 제법 배짱도 있고 눈치도 빠른 자 같았다. 그렇다면 혼비백산해서 달아나지 않았을 것이다. 숨어서 상황을 지켜보고 있을 것이다. 그렇다면 그럴듯한 미끼를 던져 놓으면 제 발로 찾아올 것이다. 어쨌거나 녹록한 상대가 아니다. 이번에는 절대로 실수해서는 안 될 것이다.

그런데 최기수는 지금 뭘 하고 있을까. 어디까지 파악했을까. 동패가 잡히지 않았다면 홍재천 상단이 뒤에 있다는 사실을 알 길이 없을 것이다. 그래도 빨리 일을 마무리 짓고 여기를 떠나야 한다. 뜻하지 않게 만만치 않은 상대를 만났다. 어물대다가는 꼬리를 잡히게 될 것이다.

*

니장의 시신을 살핀 약용은 거적을 다시 덮을 것을 지시했다. 최기수의 말대로 니장은 단 일격에 급소를 베였다. 짐작대로 무예가 아주 출중한 자의 솜씨다.

"술버릇 고약하고 성질 사납고 해서 주변에서 별로 좋은 소리를 듣지 못한 자입니다. 시신을 수습할 식솔도, 지인도 없다고 합니다."

최기수가 알아본 바를 전했다. 행여 뭔가 단서를 얻지 않을까 해서 왔던 길인데 아무것도 손에 넣은 게 없다. 이제 뭘 어떻게 해야 하나. 최기수가 직접 목격을 하지 않았다면 정말로 시비 끝에 우발적으로 살해당한 것으로 간주될 것이다.

"잡일을 하던 자이다 보니 성역소에서도 별반 알아낼 게 없습니다.

소란을 떨 수도 없어서 별반 건져 낸 게 없습니다."

최기수가 미안해했다. 그때 자객을 붙잡았다면 이렇게 곤경에 빠지지는 않았을 텐데. 그런데 그날 칼이 있었더라도 과연 자객을 제압할 수 있었을까 하는 의문이 일었다. 솔직히 장담을 할 수 없었다. 그만큼 자객은 출중한 무예를 지니고 있었다.

대체 그처럼 출중한 무예를 지닌 자가 조선에 몇이나 된단 말인가. 그자는 대체 무슨 연유로 살수가 되었을까. 그만한 실력이면 훈련도감 무관이 되고도 남았을 것이다. 훈련도감이라…. 그러고 보니 복면 사이로 드러났던 눈매가 어디서 본 듯도 했다.

"나리!"

엄 화공이 약용을 불렀다.

"손톱에 뭐가 끼어 있습니다."

엄 화공이 거적 밖으로 빠져나온 니장의 손을 들어 보였다. 살펴보니 과연 손톱에 뭐가 잔뜩 끼어 있었다.

"그게 무엇인지 알겠는가?"

엄 화공이 뾰족한 나무 막대로 니장의 손톱 밑을 파내더니 손으로 문질러 보고는 자신 있는 어조로 대답했다.

"청회입니다. 빨리 굳고 단단하게 붙어서 주로 홍예벽을 쌓을 때 씁니다."

"확실한가?"

과연 가루는 푸른빛을 띠고 있었다.

"틀림없습니다."

엄 화공이 단언했다. 약용은 니장의 손톱을 조심스레 살폈다. 손톱 아래 때가 덕지덕지 낀 틈에 청회가 섞여 있었다. 그렇다면 니장은 피

살되기까지 홍예벽 공사를 하고 있었단 말인가. 확인해 봐야겠지만 어쨌든 처음으로 단서를 잡았다.

무지개 모양의 홍예문을 만들려면 홍예석이나 홍예벽돌이 힘을 골고루 받도록 정밀하게 시공해야 한다. 조금이라도 틈이 벌어졌다가는 무게가 쏠리면서 홍예문이 주저앉는다. 그래서 홍예석은 아주 반듯하게 다듬은 무사석武砂石을 쓰고 홍예벽은 청회를 사용해서 단단하게 접착시킨다.

"홍예문을 보수하기 위해서는 성벽 위를 다 들어내야 하는데 근자에 그렇게 큰 보수공사가 있었다는 얘기는 들어 보지 못했습니다."

엄 화공이 이상하다는 듯이 고개를 갸우뚱했다. 엄 화공의 말대로 홍예문을 보수하려면 성벽 상당 부분을 뜯어내야 한다. 그리고 화성의 홍예문들은 전부 막 완공되어서 간단한 덧손질이라면 모를까 성벽을 들어낼 정도의 대공사는 생각하기 힘들다.

그렇다면 니장의 손톱에 낀 청회는 홍예벽 공사와는 관련이 없는 것일까. 최기수는 낙담했지만 웬일인지 약용은 실망하는 표정이 아니었다.

"내가 알기로는 성벽을 들어내지 않고도 간단하게 홍예벽을 손볼 수 있는 곳이 세 군데 정도 있는 것 같은데 엄 화공의 생각은 어떤가?"

"바로 보셨습니다. 서북공심돈과 동북공심돈, 그리고 장안문 옹성에도 홍예벽이 쓰였는데 그곳이라면 간단하게 보수를 할 수 있습니다."

엄 화공이 즉각 대답하고 나섰다. 속이 빈 공심돈이나 위가 누조로 된 장안문의 옹성은 바닥 벽돌을 몇 개만 들어내면 금방 홍예벽을 손볼 수 있는 구조다. 공역의 기본 설계도가 되는 성설城說과 누조도설漏槽圖說을 제작한 사람이 바로 약용이다. 그리고 그것에 일일이 그림을 그려 넣은 사람이 엄 화공이다. 화성 공역장에 대해서 두 사람만큼 속속들이 자세히 아는 사람이 없었다.

약용은 자신이 사건을 맡게 된 것이 운명처럼 느껴졌다. 그러면서 꼭 해결하고 말겠다는 결의가 솟구쳤다. 그렇다면 저것은 홍예벽의 조각일까. 약용은 죽은 니장의 옷섶에 끼어 있는 작은 조각 하나를 집어 들었다.

"최 기총은 유수부로 가서 세 곳의 공역을 담당한 상단에 대해서 은밀히 알아보게. 그리고 엄 화공은 행여 누가 나에 대해 묻거든 한양의 성역소에서 시찰차 내려온 감동監董이라고 둘러대게."

"잘 알겠습니다. 그런데 세 상단에 대해서 자세한 것을 알아보기 위해서는 아무래도 한양의 포도청에 의뢰를 하는 것이 좋겠습니다. 여기서 알아낼 수 있는 것은 기껏해야…"

약용이 손을 내저으며 최기수의 말을 가로막았다.

"그럴 시간도 없지만 소문을 낼 형편도 아니네. 조용히, 그리고 신속하게 처리해야 할 것일세."

약용은 집어 든 조각에 눈을 돌렸다. 벽돌 조각은 분명했는데 조각이라기보다는 부스러기에 가까울 만큼 작아서 홍예벽인지 아닌지 구분하기 힘들었다. 어쨌거나 지금으로서는 소중한 단서다. 약용은 혹시 다른 조각이 더 있는지를 살폈다.

"설사 홍예벽 조각으로 밝혀진들 무슨 소용이 되겠습니까? 니장은 무실 홍예벽을 다루는데."

최기수가 조각을 유심히 들여다보고 있는 약용을 보며 의문을 표했다. 그보다는 니장과 같이 일했던 자들을 모조리 소환해서 신문하는 게 좋을 것이다. 그것이 제일 빨리, 그리고 확실하게 단서를 찾는 방법이다. 하지만 약용은 최기수와 생각이 달랐다. 현장에서 확보한 단서를 가지고 추적해 들어가기로 한 것이다.

"벽돌에도 종류가 있네. 엄 화공은 이것을 가지고 유수부 책응도청策應都廳에게 믿을 만한 와벽편수를 불러 달라고 하게. 입이 무거운 자로 말이네."

"그야 어렵지 않지만…."

최기수와 엄 화공이 어쩔 셈이냐는 표정으로 약용을 쳐다보았다.

"비록 작은 조각이지만 숙달된 와벽편수라면 이것이 공기를 넣고 구운 것인지 공기를 막고 구운 것인지 알 수 있을 걸세."

벽돌에는 두 종류가 있다. 끝까지 가마에 공기를 넣고 구운 벽돌과 중도에 공기를 빼고 구운 벽돌이 있는데 특성에 따라 서로 다른 용처에 쓰이고 있었다. 화성 공역이라면 속속들이 알고 있는 약용이다. 세 곳 중에서 공심돈 두 곳은 공기를 넣고 구운 벽돌을, 그리고 옹성은 공기를 빼고 구운 벽돌을 사용했다. 비록 작은 조각에 불과하지만 둘 중 어떤 종류의 벽돌인지를 알아낸다면 수사 범위를 축소할 수 있다.

"현장을 직접 살펴보는 게 더 빠르지 않겠습니까?"

최기수가 의문을 표했다. 세 군데로 압축된 마당이다. 그렇다면 돌아갈 필요가 없을 것이다.

"먼저 확인을 한 후에 현장을 살피는 게 좋을 것이네."

약용이 고개를 가로저었다. 최기수의 말이 틀리지 않다. 그렇지만 일개 니장에게 척서단을 내줄 만큼 심각한 일이고, 자객을 동원할 정도로 힘이 있는 자를 상대하는 일이다. 조그마한 틈만 보여도 만사가 수포로 돌아갈 것이다.

＊

배정태는 장안문으로 걸음을 재촉했다. 옹성 지붕을 보수한다고 했다. 장안문을 자연스럽게 살펴볼 좋은 기회다. 지붕 보수를 하는 데 와벽편수가 드나드는 것은 당연하다. 혹시 함정은 아닐까. 그런 생각을 안 해 본 것은 아니다. 하지만 정체가 전혀 밝혀지지 않은 마당이다. 그리고 사람을 붙잡고 이것저것 물어보려는 것도 아니다. 손끝 촉감으로 뜻을 달성하고서 속히 빠져나오면 된다.

두 공심돈에 별 이상이 없는 것은 확실하다. 적어도 홍예벽과 관련해서는 그렇다. 그렇다면 장안문 옹성이 문제일까. 장안문 공역은 한양의 홍재천 상단에서 맡았는데 알아본 바 홍재천 상단은 경력은 일천하지만 여기저기 손을 대면서 빠르게 커 가고 있다고 했다.

장안문 옹성에 이르자 벌써부터 니장과 석수들이 팔을 걷어붙이고 일할 채비를 하고 있었다. 일당이 거의 두 배에 달했는지라 일꾼들 모두 싱글벙글하고 있었다.

"많이들 모였군. 지붕이 새기라도 하는 건가? 우리 와벽소 벽돌이 잘못됐을 리는 없겠지만 그래도 보수를 한다니 안 와 볼 수가 없어서."

배정태는 상단 서리가 들으라는 듯 호기를 부리며 옹성으로 들어섰다. 그러면서 힐끗 홍예문을 올려다보았다. 대체 저기에 뭐가 있기에 척서단이 나돌고 자객이 칼을 휘두른단 말인가.

그날 자객이 칼을 들고 쫓아오던 생각이 나자 배정태는 다리가 후들거렸다. 산전수전 다 겪었다고 자부하고 있지만 그런 일은 처음이었다. 혹시 자객이 몸을 숨기고서 출입하는 사람들을 감시하고 있는건 아닐까. 얼굴을 드러낸 적은 없지만 남의 눈에 띄는 행동은 하지말아야 한다. 배정태는 태연을 가장하며 계단을 올라갔다.

*

한장복은 몰려드는 일꾼들을 보며 겁이 덜컥 났다. 장인형이 시키는 대로 일은 벌인 것인데 괜히 제 손으로 무덤을 파는 게 아닌가 걱정이 되었다.

"공연한 짓을 하는 것 아니오? 달아난 자가 나타날지 어떨지도 모르고 또 나타난다고 해도 누군지 어찌 안단 말이오?"

한장복이 장인형에게 다가갔다. 장인형은 일꾼 복색을 하고서 출입하는 사람들을 유심히 살피고 있었다. 두 사람이 서 있는 곳은 지붕으로 오르는 계단의 후면으로 누조와는 벽을 맞대고 있는 곳이다.

"내가 알아서 할 테니 행수는 모른 체하고 있으시오."

장인형이 목소리를 낮추며 얼른 저리 갈 것을 일렀다. 달아난 자는분명히 여기를 찾아올 것이다. 그가 죽은 니장으로부터 어디까지 들었는지 몰라도 영특한 자라면 범위를 좁힐 수 있을 것이고, 결국 장안문 옹성을 지목할 것이다.

니장은 동향인도 없고 가깝게 지내는 동료도 없다고 했다. 그렇다면 달아난 동패는 공역과 관련해서 알게 된 자일 테고, 니장의 행적을 캐 보면 와벽편수 아니면 회장灰匠일 것이다. 장인형은 틀림없이 보수를 핑계로 여기에 나타날 것이라 믿고 있었다.

*

배정태는 여기저기를 둘러보는 시늉을 하며 옹성문 위로 올라섰다. 석수와 니장이 지붕 위에 올라가 있을 뿐 다른 사람들은 눈에 띄지 않았다. 배정태는 지붕 따위는 관심도 없었다. 오로지 홍예벽에 가까이 접근할 수 있는 누조를 살피는 게 급선무다.

이쯤에 누조가 있을 텐데…. 배정태는 거리를 가늠하며 옹성벽을 손끝으로 가볍게 두드려 보았다. 손끝에서 느껴지는 미세한 진동으로도 벽돌들이 제자리에 제대로 놓였는지를 알아챌 정도로 배정태는 숙달된 와벽장이다.

별반 이상이 없는 것 같았다. 배정태는 주위를 확인하며 천천히 걸음을 옮겼다. 그러면서 계속해서 손끝으로 성벽을 두드려 보았다.

"…!"

순간 손끝에 전해지는 느낌이 조금 이상했다. 배정태는 저도 모르게 걸음을 멈추었다.

*

장인형은 초조해지기 시작했다. 제법 시간이 흘렀지만 아무런 단서도 포착하지 못한 것이다. 어쩌다 이런 일에 휘말리게 되었단 말인가. 하지만 사람의 목숨을 취한 마당이니 싫든 좋든 이제는 옥포선생과 한배를 탈 수밖에 없다. 이쯤에서 일을 접고 옥포선생에게 사실대로 보고할까. 장인형은 고개를 가로저었다. 자존심이 허락하지 않았던 것이다.

소향비는 지금 뭘 하고 있을까. 필시 내 걱정을 하고 있을 것이다. 이 일을 잘 마무리 짓고, 부지런히 상단을 따라다니다 보면 둘이서 오붓하게 살 수 있을 것이다. 속히 그런 세상이 왔으면…. 그런데 정녕 귀천이 없고 오곡백과가 넘쳐나는 땅이 있을까. 옥포선생은 팔도에 흩어져 있는 동지들을 규합해서 제주도로 간 연후에 대만, 류구와 여송呂宋(필리핀)을 연결하는 해상국 소운룽을 세울 것이라고 했다. 『정감록』에서 말한 백성들 스스로 다스리는 나라가 소운룽이라고 했다.

장인형은 얼마 전까지만 해도 『정감록』을 허무맹랑한 글로 치부하고 있었다. 하지만 훈련도감에서 쫓겨난 후로 세상을 보는 눈이 달라졌다. 이 생각이 이 세상의 전부가 아니라는 사실을 깨달은 것이다. 그 후로 눈에 보이는 것, 손에 잡히는 것만 믿기로 했다. 지금 믿는 것은 소향비와 옥포선생뿐이다.

그런데 옥포선생은 류구의 해적들과 연계되어 있는 듯했다. 그렇다면 소운룽은 실재할지 모른다.

'조금만 기다려. 말끔하게 마무리하고 올라가는 즉시 찾아갈 테니까.'

소향비의 근심 가득한 얼굴을 떠올리며 장인형은 다른 생각을 않기로 했다.

"…!"

장인형이 본능적으로 성벽에 몸을 밀착시켰다. 성벽 반대편에서 미세하나마 진동이 느껴진 것이다. 극히 작은 떨림이지만 장인형은 똑똑히 느낄 수 있었다. 틀림없이 누가 손끝으로 성벽을 두드리고 있었다. 우연일까. 아니면 제대로 걸려든 것일까. 장인형은 신경을 곤두세웠다.

잠시 간격을 두고서 진동이 이어졌다. 점점 가까이 접근하고 있었다. 진동이 반사되면서 장인형도 누조 바닥이 비어 있다는 사실을 확인하게 되었다. 더 머뭇거릴 이유가 없다. 장인형은 날듯 옹성 위로 올라섰다. 성벽 반대편에 있는 자의 얼굴을 확인해야 했다.

지붕으로 올라간 장인형은 과연 성벽에 웬 자가 꼭 붙어 있는 것을 확인했다. 돌아서 있어서 얼굴은 보이지 않았지만 제법 기골이 장대하고 몸도 날랜 자 같았다. 저자가 그날 달아난 동패란 말인가.

갑자기 사내가 몸을 일으키더니 계단으로 향했다. 몹시 서두르고 있었다. 장인형은 몸을 날리며 아래로 내려섰다.

"…!"

홍예문을 나서려던 장인형은 순간 움찟하며 얼른 몸을 숨겼다. 저쪽에서 두 남자가 황급히 걸어오고 있는데 그중 한 명은 최기수였다. 장인형은 가슴이 철렁 내려 앉았다. 여기서 최기수와 마주치면 안 된다. 장인형은 잰걸음으로 멀어져 가는 배정태를 보며 아쉬운 발걸음을 돌렸다.

*

약용은 위풍당당한 자태로 서 있는 옹성을 보며 감회가 밀려왔다. 협수군 체제만 완성되면 화성은 그 어떤 외적도 넘보지 못할 철옹성이 될 것이다.

"적이 화공을 펼치면 저 다섯 개의 구멍에서 물이 폭포처럼 떨어지면서 단숨에 불길을 제압하겠군요."

최기수가 흐뭇한 표정으로 누조를 올려다보았다.

"항차 조선의 성은 전부 화성의 예를 본받아서 축성되어야 할 걸세."

약용은 자부심이 가득했다. 화성은 분신과도 같은 존재다. 약용과 최기수는 옹성으로 올라갔다. 유수부에 알아본 바로는 장안문 옹성은 한양의 홍재천 상단에서 맡았다고 했다. 그리고 홍재천 상단은 신흥 경상으로 여기 말고도 몇 군데 더 공역을 맡고 있다고 했다. 약용은 단주 홍재천이라는 인물에 대해서 소상히 알고 싶었지만 화성에서는 한계가 있었다.

옹성에 오르자 활기를 띠고 있는 화성 시내가 한눈에 들어왔다. 원행에 대비해서 모든 준비가 차질 없이 진행되고 있었다.

"이제 어떻게 해야 합니까?"

최기수가 막막한 표정으로 물었다. 마땅한 대책이 없기는 약용도 크게 다를 바 없다. 단서가 너무 불충분했다. 그래도 기댈 구석이 아주 없는 것은 아니다. 약용은 초조한 마음으로 엄 화공을 기다렸다.

*

제법 시간이 지났는데도 엄 화공은 돌아오지 않았다. 이제 날이 저물면 저 멀리 보이는 봉돈烽墩에서 오르고 있는 연기가 횃불로 바뀌게 될 것이다. 약용은 똑바로 오르고 있는 연기를 보며 화성이 이미 도읍으로 자리를 잡았음을 재삼 확인했다. 봉수烽燧는 상황이 정상이면 하나, 적이 출현하면 둘, 적이 접근을 하면 셋, 경계선을 침범하면 넷,

그리고 싸움이 벌어지면 다섯 개가 올라간다. 남쪽에서 전해진 봉화는 여기 화성으로 모인 후에 석성산과 홍천대 해봉을 거쳐서 한양에 전달된다.

"세 사람을 유수부로 연행해서 신문을 해 보는 게 어떻겠습니까?"

최기수가 굳은 얼굴로 약용에게 다가왔다.

"방면하게. 별 도움이 되지 않을 자들이네."

그사이에 최기수는 니장과 함께 일했던 자 셋을 찾아내서 데리고 왔는데 약용이 보기에 사건과 무관한 자들 같았다.

"직접 관련은 없다고 해도 추궁을 하다 보면 뭔가 알아낼 수 있지 않겠습니까."

최기수는 미련을 버리지 못했다. 시간은 자꾸 가는데 수사는 진척되지 않고 있었다.

"내보내게. 석수라는 자는 일을 벌일 위인이 못되네. 그리고 회장은 다리를 절고 있더군. 또 가칠장假漆匠은 사건이 났을 때 분명히 한양에 있었네."

약용은 그사이에 세 사람에 대해서 파악을 하고 있었다. 상황이 답보 상태를 보이고 있지만 그렇다고 죄 없는 자들을 문초할 수는 없다.

"나리!"

최기수가 불만 가득한 얼굴로 등을 돌리는데 엄 화공이 뛰어 들어왔다.

"어찌 되었느냐? 와벽편수들이 구분해 내더냐?"

약용이 숨을 몰아쉬고 있는 엄 화공을 재촉했다.

"소인도 조각이 너무 작아서 어쩌나 걱정을 했는데 편수들이 다행히 알아봤습니다. 니장의 몸에 떨어져 있던 조각은 공기를 넣고 구운 벽돌 조각이 틀림없다고 했습니다."

그렇다면 장안문 옹성이고 공역을 담당한 상단은 장안의 홍재천이다. 약용은 낮에 찾아갔던 장안문 옹성을 떠올렸다.

"공기를 빼고 구운 벽돌은 와륜 와벽소에서, 그리고 공기를 넣고 구운 벽돌은 팔달산 와벽소에서 실어 온다고 했습니다."

장안문 옹성에 이어서 팔달산 와벽소라…. 범위가 그만하면 상당히 좁혀진 셈이다.

"당장 팔달산 와벽소로 가겠습니다."

최기수가 환도를 집어 들었다.

"그보다는 지금 와벽편수가 지금 어디에 묵고 있는지를 은밀히 알아보게."

"알겠습니다. 당장 편수의 거처를 알아보겠습니다."

최기수는 호기롭게 대답을 하고서 주막을 빠져나왔다. 또 다시 지난번과 같은 실수를 해서는 안 될 것이다. 최기수는 환도를 꼭 부여잡고서 십자가로를 내달렸다. 팔달문이 닫히기 전에 빨리 빠져나가야 한다.

*

배정태는 흥분이 쉽게 가라앉지 않았다. 아무리 술잔을 기울여도 취기가 오르지 않고 있었다. 누조 아래는 분명히 비어 있었다. 배정태는 죽은 니장처럼 아둔한 자가 아니다. 벽돌 쪼가리를 빼돌리다 벌어진 일이 아님이 분명했다. 생각했던 것보다 훨씬 큰 음모가 진행되고 있는 듯했다. 대체 뭘 넣으려고 속을 비웠을까. 혹시 화약…?

생각이 거기에 미치자 배정태는 가슴이 철렁 주저앉았다. 하면 홍재천 상단에서 주상을 시해할 음모를 꾀하고 있단 말인가. 비로소 니장에게 척서단을 선뜻 내준 것이나 자객을 고용해서 입을 막으려 한 것이 이해가 되었다.

내가 역모에 끼어들었단 말인가. 배정태는 와들와들 떨었다. 유수부로 달려가서 고할까. 그럼 나는 무사할까. 배정태는 밀려오는 두려움을 떨쳐 내며 고심에 잠겼다. 아무래도 때를 놓친 것 같았다. 고변을 하려면 니장이 죽었을 때 달려가야 했다. 이제 와서 고변해 봤자 면죄가 되지 않을 것이다.

그럼 어떻게…. 배정태는 곧 본래의 교활한 모습을 되돌아왔다. 이제 와서 줄행랑을 놓는 것은 정체를 스스로 밝히는 꼴밖에 되지 않을 것이다. 일이 여기까지 진행된 마당이다. 배정태는 적극적으로 나서기로 했다.

뭘 어떻게 해야 하나. 홍재천 상단을 협박해서 거금을 챙긴 후에 멀리 달아나는 게 상책이다. 그러려면 관을 걸고 넘어가는 게 좋을 것이다. 그래야 홍재천 상단에서도 쓸데없는 짓을 하지 못할 것이다. 영특한 배정태는 짧은 시간에 대책을 마련했다. 그런데 관을 끌어들이려면 어떻게 해야 하나.

"…!"

그때 무슨 소리가 들리는 것 같았다. 배정태는 본능적으로 위기를 느끼고서 얼른 몸을 일으켰다. 설마 그사이에 자기의 정체를 알아냈단 말인가. 꼬리를 잡힐 일은 하지 않았다.

사방은 쥐 죽은 듯 고요했다. 배정태는 살그머니 뒷문으로 향했다. 배정태는 그래도 명색이 편수인지라 주막 뒤채의 제법 호젓한 독방을 얻어서 묵고 있었는데 막상 일이 이리되자 괜히 독방을 썼구나 하는 후회가 일었다. 그래도 만일을 위해서 뒷문을 봐 두었던 것이 다행이었다.

툇마루로 내려선 배정태는 후들거리는 다리를 진정시키며 마당을 가로질렀다. 성 밖이지만 팔달문에서 얼마 떨어지지 않은 곳이어서 주막에는 늦게까지 술타령을 하는 패들이 제법 있다. 사람들 틈에 섞이며 자객이 섣불리 덤벼들지는 못할 것이다.

"…!"

허둥대며 안채로 향하던 배정태는 걸음을 멈추고 말았다. 어느 틈에 나타났는지 사내가 앞을 가로막고 서 있었다. 사내의 손에는 칼이 들려 있었고 눈에는 살기가 서려 있었다.

"웬 놈이냐."

배정태는 호통을 치려 했지만 입이 얼어붙었는지 말이 제대로 나오지 않았다. 그날 자객의 칼 솜씨는 익히 봤던 터였다.

시간을 끌 이유가 없다. 장인형은 얼어붙은 듯 꼼짝 못 하고 있는 배정태를 향해 칼을 휘둘렀다. 달빛에 번쩍하며 검광이 반사되었고 급소를 베인 배정태는 비명조차 제대로 지르지 못하고 그대로 쓰러졌다. 단 일격이면 충분했다.

짧은 순간의 일이고 아무도 본 자가 없다. 장인형은 칼을 칼집에 꽂고서 유유히 여각 안뜰을 빠져나왔다. 이것으로 일을 마무리 지은 셈이니 빨리 화성을 뜨는 게 좋을 것이다.

"이런, 미안하게 됐소이다."

야밤에 무슨 급한 볼일이 있는지 허겁지겁 주막으로 뛰어들던 사람이 장인형과 부딪치자 황급히 사과를 했다. 별일 아니다. 괘념치 말라는 투로 고개를 끄덕이던 장인형은 상대방과 얼굴이 마주치는 순간 가슴이 철렁 내려앉았다. 최기수였다.

장인형은 황급히 얼굴을 돌리고 주막을 빠져나왔다. 혹시 최기수가 나를 알아봤을까. 그렇다면 큰일이다. 그런데 최기수는 왜 이 시각에 여기 나타났을까. 배정태의 존재를 알아낸 것일까. 아무튼 쫓아오기 전에 빨리 여기를 벗어나야 한다. 장인형은 있는 힘을 다해서 어둠 속을 내달았다.

"…!"

방금 스치고 지나간 자가 왠지 낯설지 않다는 느낌이 든 것이다. 황급히 고개를 돌렸지만 그자는 이미 어둠 속으로 사라지고 없었다. 최기수는 수상하다는 생각이 들었지만 급한 일이 있기에 쫓아가지 않기로 했다. 와벽편수 배정태는 주막 뒤채 독방에 묵고 있다고 했다. 암행어사는 거처만 확인하라고 했지만 최기수는 포박해서 유수부로 끌고 가기로 했다.

"…!"

마당에 웬 자가 쓰러져 있었다. 주객이 만취를 한 것일까. 그러나 확 하고 피 냄새가 풍겨 오면서 최기수는 무슨 일이 벌어졌는지를 금세 파악했다.

"서라!"

최기수는 몸을 날렸다. 하지만 자객은 이미 멀리 사라지고 없었다. 그렇다면 또 당했단 말인가. 최기수는 화가 머리끝까지 솟구쳤다. 무슨 면목으로 어사를 대할 것인가. 자객을 눈앞에서 놓친 꼴이다.

그런데 분명이 안면이 있는 자였다. 어디서 봤더라.

"앗!"

그때 복면 속에서 자기를 노려보던 눈빛과 방금의 묵직한 목소리, 그리고 날렵한 몸놀림과 출중한 무예를 감안할 때 상대는 청룡기 기총을 지냈던 장인형이 틀림없었다. 최기수는 비로소 자객의 출중한 무예가 이해되었다.

을묘년
乙卯年

낙남헌양로도 洛南軒養老圖
윤 2월 14일, 정조가 낙남헌에서
노대신들과 수원화성 현지 노인들에게
양로연을 베푸는 장면

변란을 예고하는 것일까. 을묘년乙卯年(1795) 정초에 일식이 있었다. 그러면서 모든 것이 빨리 진행되었다. 참지 권유의 상소로 시작되었다. 벽파의 중진 권유는 정월 갑오일(11일)에 상소를 올려서 정동준을 공격했다. 재상 채제공과 달리 정동준은 품계가 낮음에도 정조의 신임을 바탕으로 국정에 상당한 영향력을 행사하면서 장용영 설치와 화성 공역에도 깊숙이 개입하고 있었다.

"극역劇逆의 무리들을 처단해야 합니다."

권유는 정동준이 성총을 빙자해서 신료들의 언로를 막고 있다며 성토하고 나섰다. 권유가 채제공 대신에 정동준을 공격하고 나선 이유는 시파 중에서도 귀근들의 전횡에 불만을 가지고 있는 사람들이 있기 때문이다. 정동준을 공격하는 것은 곧 정조를 공격하는 것이다. 그럼에도 좌의정 김이소와 우의정 이병모가 권유를 거들고 나서면서 벽파는 정면 대결을 피해 가지 않았다. 곧 중신들의 자리바꿈이 있을 예정이다.

조선은 국왕이 사대부들과 협의해서 국정을 통괄하는 나라다. 그리고 인조반정 이래 서인, 그들 중에서 노론 벽파가 사대부를 대표하고 있었다. 정조가 즉위하면서 남인와 소론이 연합한 시파가 힘을 회복했지만 요직은 여전히 노론 벽파에서 차지하고 있다. 천돌 왕권을 강화하려는 정조와 적극 막아서고 나선 벽파. 왕권이냐 신권이냐. 머지않아 있을 원행에서 판가름이 날 것이다.

누가 병조판서가 될 것인가. 때가 때인지라 모두의 관심이 그것에 쏠리고 있었다. 전임 병판 조종현이나 김재찬, 그리고 현임 병판 이시수 모두 중도 내지는 시파에 가까운 인물들이다. 그럼 이번에도 개혁에 긍정적인 인사가 병조판서가 될까. 약용은 왠지 자신이 없었다.

마침내 정월 기유일(26)에 삼정승 인사가 단행되었다. 영의정은 홍낙성이 유임되었고 좌의정은 유언호가, 우의정은 채제공이 제수되었다. 삼상체제에 따라 시파와 벽파, 중도인물이 골고루 등용되었지만 채제공이 양대 도청의 총리대신을 겸하면서 무게 추가 시파 쪽으로 기울게 되었다. 벽파는 탕평을 내세우며 병조판서 교체를 강력하게 요구했다.

벽파에서 병판을 넘겨주는 것이 불가피하게 되었다. 벽파는 누구를 병판으로 밀 것인가. 약용은 일찍이 채제공을 도와서 대비책을 마련해 두었다. 요직이라도 능력이 그에 미치지 못하면 힘을 발휘하지 못한다. 그런데 벽파 중에서 경계할 만한 인물은 반대 명분이 뚜렷하고 이렇다 할 약점이 없는 인물은 능력이 미치지 못하고 있었다. 그렇다면 미련 없이 병판을 넘겨주고 원행과 천도에 전념하는 게 좋을 것이다.

정승 인사에 이어서 신해일(28일)에 판서 인사가 단행되었는데 벽파는 심환지를 병조판서로 천거했다. 막 한양으로 돌아온 약용은 뒤통수를 맞은 기분이 들었다. 왜 심환지가 있다는 사실을 간과했을까. 후회가 일었다. 깡마른 얼굴에 타협을 모르는 강한 성품. 상대를 제압하는 형형한 눈빛.

이조참의 심환지는 경륜에 비해서 승차가 늦은 데다 나서는 성품이 아니어서 시파는 그를 특별히 주목하지 않고 있었다. 하지만 약용은 그가 예사 인물이 아님을 진작에 간파하고 있었다. 탕평을 내세우면 반대할 명분이 없다. 전임 병판 이시수는 공조판서로 옮겨 갔고, 심환지의 후임도 시파 인사가 차지한 마당이다.

*

해시가 넘도록 소란을 피우던 주객들이 모두 돌아갔는지 기방은 쥐 죽은 듯 고요했다. 장인형은 슬며시 몸을 일으켰다. 잠이 쉬 오질 않았던 것이다. 자시도 훨씬 넘은 것 같았다. 영창으로 흘러들어 오는 달빛이 더없이 교교했다. 장인형은 행여 소향비가 깰까 봐 조심스러웠다.

그날 전말을 전해 들은 옥포선생은 크게 만족해하면서 장인형을 극구 칭찬했다.

"내가 사람을 제대로 보았군. 노고를 보답받을 날이 곧 올 거네."

문인방은 일을 말끔하게 마무리 지은 것에 대해서 크게 흡족해했다. 홍재천을 압박할 무기가 생긴 셈이다.

일을 나름 깔끔하게 마무리 지었고, 문인방으로부터 신임을 얻었지만 장인형은 마음이 개운치 않았다. 칼을 들지 않은 상대를 둘씩이나 벴지만 어쩔 수 없는 상황이었다. 지금은 훈련도감 기총이 아니다.

마음에 걸리는 것은 따로 있었다. 혹시 최기수가 내 얼굴을 알아보지 않았을까. 짧은 시간의 스침이었고, 주위도 어두웠지만 그래도 영 찜찜했다.

장인형은 그 일은 일단 문인방에게 보고하지 않기로 했다. 설사 최기수가 자신을 알아봤다고 해도 홍재천 상단과 연관된 일이지 옥포선생과는 직접 관련이 없다. 그리고 지금쯤 옹성 누조도 말끔하게 복원되었을 것이다. 그렇다면 홍재천 상단은 살인 사건과 무관하다.

어느새 장인형은 조금씩 문인방에게 끌리고 있었다. 혹시 혹세무민을 일삼는 자가 아닐까 하던 경계심은 더 이상 품지 않고 있었다. 소향비를 기적에서 빼낸들 이 땅에서 마음 편히 살아갈 수 없을 것이다. 조선은 떠돌이 호위무사와 기녀가 지난 세월을 훌훌 털어 버리고 마음 편하게 살 수 있도록 내버려 둘 나라가 아니다. 그렇다면 멀리, 소운룡으로 떠나는 것만이 소향비와의 약조를 지키는 길일 것이다.

곧 2월이다. 다음 달 윤2월에는 원행이 예정되어 있다. 이번의 을묘원행을 통해서 왕권과 신권, 시파와 벽파가 정면충돌할 거란 사실은 장인형도 잘 알고 있었다. 그런데 옥포선생은 다른 시각에서 원행을 보고 있었다. 옥포선생은 을묘원행은 새로운 세상을 여는 계기가 될 것이라고 했다.

"무슨 근심이라도 있으신지요?"

언제 잠이 깼는지 소향비가 근심 가득한 눈길로 쳐다보고 있었다.

'수화羞花.'

양귀비의 미모에 꽃이 부끄러워 고개를 돌린다는 말이다. 장인형은 새삼 소생한 향비라는 기명이 헛된 것이 아니라는 생각이 들었다.

"근심은 무슨…."

장인형은 기방에서 소향비의 기둥서방으로 치부되고 있었다. 쑥스럽고 어색했지만 어쨌든 주객들은 더 이상 소향비에게 집적거리지 못했다.

"부상단 일이 많이 고된 듯 합니다."

소향비가 장인형의 품으로 파고들었다. 더없이 행복한 표정이다. 역시 옥포선생을 만나길 잘 했다. 부상의 양첩良妾으로 들어앉은들 소향비는 내 품을 떠나서 하루도 행복하지 못할 것이다.

"안 하던 일이다 보니 조금 힘들기는 하지만 차차 익숙해질 것이오."

장인형은 소향비에게 옥포선생 얘기를 하기로 했다.

"어떤 사람을 만났소. 그런데 여태 그렇게 강렬하게 내 마음을 사로잡은 사람은 없었소."

옥포선생의 강렬한 눈빛이 떠올랐다. 그를 따라서 소향비와 함께 소운릉으로 갈 것이다. 장인형은 희망에 부풀어 있었다.

"어떤 분인지 궁금하군요."

소향비가 금방 호기심을 드러냈다.

"부상단 단주인데 학식이 깊고 덕망도 높아서 사람들은 그를 옥포선생이라고 부르고 있소."

"잘은 모르겠지만 서방님의 마음을 사로잡은 것으로 봐서 예사 인물은 아닌 것 같습니다."

소향비는 의외라는 생각이 들었다. 아무리 처지가 궁핍하다고 해도 훈련도감 기총이었던 장인형이 한갓 등짐장수를 우러러볼 줄이야.

"물론이오. 곧 좋은 시절, 좋은 세상이 올 것이오."

장인형이 소향비를 힘껏 끌어안았다. 지금으로서는 그 말밖에 할

게 없다. 그렇지 않아도 불안해하는 소향비를 더 불안하게 만들 수는 없다.

"소첩은 서방님과 함께 있을 때가 제일 좋은 시절이며 제일 좋은 세상입니다."

예사롭지 않음을 감지한 것일까 소향비의 목소리가 가늘게 떨렸다.

백성이 주인이 되는 세상이라. 생각만 해도 가슴이 두근거렸다. 권문세가들은 입만 열면 위민을 내세운다. 주상도 백성의 나라를 표방하고 있지만 결국 왕권을 강화하겠다는 구실에 불과하다. 그들에게 백성은 영원한 통치의 대상일 뿐이다.

그런데 세상을 갈아엎을 수 있을까. 옥포선생은 한 차례 실패한 적이 있다. 400여 년이나 지속되고 있는 왕조를 뒤엎는 게 쉬운 일은 아닐 것이다. 그래서 옥포선생은 이 땅에 백성의 나라를 세우겠다는 뜻을 접고서 그 대신에 바다 건너에 소운릉을 세우기로 한 것이다.

옥포선생은 류구의 해적들이 우리를 돕고 있다고 했다. 류구의 해적들과도 손을 잡는다는 게 마음에 걸렸지만 현실을 감안하면 이해가 되었다. 팔도에서 때를 기다리고 있는 동지들을 데리고 소운릉으로 향하려면 그들의 도움이 필요할 것이다.

"조만간 먼 데를 다녀와야 할 것 같소. 오래 걸리지는 않을 것이오."

소향비에게 장인형이 전부이듯이 이제 장인형에게도 소향비가 전부다. 화성에서의 일을 무사히 마무리 지으면 옥포선생을 도와서 꼭 귀천이 없는 세상, 백성이 주인이 되는 세상을 향해 떠날 것이다. 장인형은 소향비를 꼭 껴안으며 그렇게 다짐했다.

소박하고 꾸며진 채제공 대감의 사랑채를 들어서는 순간 주인의 단아한 품성이 절로 느껴진다. 약용은 많이 수척해진 채제공의 얼굴을 대하며 마음이 편치 못했다. 아팠다. 일을 말끔하게 마무리 짓지 못한 것이다.

간신히 동패를 찾아냈건만 한발 늦고 말았다. 결국 홍재천 상단에서 맡은 장안문 옹성 공역에 뭔가 문제가 있는 것 같다는 추측 외에 아무런 단서도 얻지 못한 채 화성을 떠나야 했다. 생각 같아서는 당장 상단주 홍재천을 추포해서 엄히 문초하고 싶지만 지금은 소란을 떨 때가 아니다. 원행일이 윤2월 신묘일(9일)로 확정되었다. 이런 마당에 화성에 무슨 문제가 있다는 것이 알려지면 벽파에서 들고 일어서서 원행을 중단하라고 할 것이다.

"친분 있는 포도청 종사관에게 홍재천이라는 자에 대해서 자세한 것을 알아봐 줄 것을 당부했는데 머지않아 회신이 올 겁니다."

약용은 계속 암행어사를 맡고 싶었다. 사건을 내 손으로 분명하게 밝히고 싶었던 것이다.

"화성 일은 유수에게 맡기고 다른 일을 하는 게 좋겠네."

채제공은 화성보다 더 시급한 일이 있음을 전했다. 하면 무슨 일을…. 약용은 설마 홍문관으로 돌아가라는 뜻은 아닐 거라 생각하며 채제공의 다음 말을 기다렸다.

"병조로 가게."

채제공이 심각한 표정으로 병조를 지목했다.

"그게 가능하겠습니까?"

약용이 의문을 표했다. 채제공의 뜻은 충분히 이해가 된다. 심환지를 가까이서 견제할 필요가 있다. 하지만 병조로 가는 데는 현실적으로 문제가 있다. 각 아문의 관직은 호대법互對法에 따라서 판서 이하 참판과 참의, 정랑, 좌랑을 벽파와 시파, 그리고 중도에서 번갈아 가며 맡게 되어 있다. 일종의 탕평책이다. 그런데 판서 심한지는 벽파이고 참의 홍낙유는 중도에 속하는 사람이다. 그러면 참판이 시파 몫인데 홍문관 수찬인 약용이 단박에 참판이 될 수는 없다. 게다가 참판은 원행에 따라가지 않는다.

"병조참지兵曹參知로 천거할 것일세."

채제공이 계책을 밝혔다. 그렇구나. 병조참지가 있구나. 참지는 병조에만 있는 자리로 약용도 맡을 수 있다. 그리고 품계는 낮지만 충분히 판서를 견제할 수 있는 자리다. 채제공 대감에게 그런 복안이 있었단 말인가.

"성조정식을 확정 짓는 일로 머지않아 병조에서 군부 수장들의 회합이 있을 것이네. 신임 병판과 군부 수장들이 상견례를 하는 자리인 셈인데 자네도 참석하도록 하게."

빈틈을 찾기 힘든 심환지의 꼿꼿한 자태가 떠오르면서 약용은 저도 모르게 침을 꿀꺽 삼켰다.

＊

홍재천은 덜컥 겁이 났다. 문인방을 상대하는 것만도 벅찬 판에 류구 해적까지 찾아온 것이다. 그렇지 않아도 경계를 하던 판에 약점을 잡힌 마당이다. 무슨 협박을 할까. 그런데 왜 류구 해적을 데리고 왔을까. 문인방이 뇌록을 다량 가지고 있을 때부터 류구와 관련이 있을 거라 짐작하고 있었다.

"소도주는 조선 말을 제법 할 줄 아니 직접 인사를 나누시오."

문인방이 잔뜩 경계하고 있는 홍재천과 스기야마 사이에 끼어들었다.

"스기야마라고 하오. 류구에서 왔소. 수시로 동래를 드나들고 있지요."

스기야마가 자기 소개를 하고는 뒤에 버티고 서 있는 건장한 체구의 해적에게 시선을 돌렸다.

"세키네는 해귀海鬼라고 불릴 만큼 잠수에 능하지요."

기골이 장대한 세키네가 한발 나서며 고개를 꾸벅했다. 조선인 복색을 갖추고 있지만 어쩐지 어색했다. 그 뒤에는 한 차례 대면했던 청룡기 기총 출신의 호위무사가 서 있었다. 화성 정 차인은 칼 솜씨가 가히 조선 제일검이라고 했다.

"홍재천이라고 하오. 이렇게 영웅호걸들과 교분을 나누게 되어 광영이오."

홍재천이 인사를 나누었다. 나름대로 산전수전을 겪었다고 자부하고 있는데 목소리가 자꾸 떨렸다.

"나를 경계할 필요 없소. 사유야 어떻든 뜻을 함께하는 사이 같으니."

이자가 무슨 수작을 부리려는 걸까. 문인방에 웃음을 지었지만 홍재천은 긴장을 늦추지 않았다. 그런데 뜻을 함께하는 사이라니.

"알아봤더니 홍 단주는 본명이 상필로, 주상과는 불구대천이더군. 해서 옹성을 폭파시켜서 주상을 시해하려고 했소?"

"그 무슨…!"

이자가…. 홍재천은 창졸간에 얼굴이 백지장이 되었다.

"게 누구 없느냐!"

홍재천이 소리쳤지만 아무도 달려오지 않았다. 문인방이 벌써 손을 쓴 것 같았다.

"경계할 필요 없다고 하지 않았소! 나 역시 조선 국왕을 위해할 기회를 엿보고 있는 사람이니까."

문인방이 와들와들 떨고 있는 홍재천을 안심시켰다. 극도의 공포에 휩싸여 있던 홍재천은 이건 또 무슨 소리인가 해서 문인방을 쳐다봤다.

"내가 누구라는 것은 차차 얘기하겠소. 우리는 목표가 같은 것 같은데 그렇다면 힘을 합치면 뜻을 이룰 수 있을 것이오."

목표가 같다니. 대체 이자는 누굴까. 아무튼 나를 협박하려고 온게 아님은 분명했다. 오히려 도움을 청하러 온 것 같았다. 그렇다면 괜히 겁먹을 필요가 없다. 홍재천은 여유를 되찾았다.

"옹성을 폭파시켜서 주상을 주살할 수 있다고 생각했소! 어가 경비가 삼엄하다는 걸 어찌 몰랐소!"

문인방을 엄한 표정으로 홍재천을 꾸짖었다. 그리고 홍재천이 채 반응을 보이기 전에 말을 이었다.

"그 일은 우리에게 맡기시오. 소도주는 그런 일을 능숙하게 처리하는 사람들을 데리고 있소."

문인방이 스기야마에게 눈길을 돌렸고, 스기야마는 당연하다는 듯 고개를 끄덕였다.

"하면 내게 원하는 것이 무엇이오?"

약점을 잡힌 마당에 류구의 해적에 청룡기 기총까지 합세했다. 처지가 몹시 불리하지만 저들이 내게서 필요로 하는 것이 있다. 짐작건대 주상을 위해하려는 것 같은데 이유는 몰라도 나보다 더 절실한 것 같았다. 홍재천은 그렇다면 끌려다닐 필요가 없다.

"공역에 관련된 상세한 정보가 필요하오."

문인방이 잘라 말했다.

"화성이라면 속속들이 알고 있지만 기찰이 강화되어서…. 뭘 어쩌려는 건지 몰라도 힘들 것이오."

문인방은 겁이 났다. 간신히 빠져나온 마당인데 자칫하면 끌려들어 갈 판이다.

"그 일은 우리가 알아서 한다고 하지 않았소!"

문인방이 옥박질렀다. 하긴 더 깊이 알 필요도 없을 것이다. 홍재천은 더 묻지 않기로 했다.

"조만간 화성 일대는 물론 원행로를 둘러볼 것이니 안내하시오."

문인방이 대화를 여기서 종결지을 뜻을 비쳤다.

"저…."

홍재천이 일어서려는 문인방을 불러 세웠다. 아직 거래가 끝나지 않은 것이다.

"어쨌거나 목숨을 거는 일에 끼어들게 되었소. 그렇다면…. 뇌록이 귀하다고 하지만 그것 가지고는."

"새 세상이 열리거든 조선 제일의 사상도고가 되도록 해 주겠소."

문인방이 경멸 가득한 눈길로 대답하고는 몸을 일으켰다. 스기야마가 따라서 일어섰고, 당 아래서 대기하고 있던 장인형과 세키네가 얼른 각자의 주인을 호위했다. 문인방은 늠름한 자태의 장인형을 보며 하늘이 도왔다는 생각이 들었다. 홍재천이나 스기야마 모두 각자의 이익을 위해서 일시적으로 손잡은 자들이다. 언제 어디서 뒤통수를 맞을지 모른다. 장인형이 옆에 있으면 함부로 서툰 짓을 하지 못할 것이다. 류구 해적들은 동래 교역 독점을 원하고 있는데 새 세상이 열리면 그 정도 요구는 들어줄 수 있을 것이다.

지금 조정은 시파와 벽파, 왕권파와 신권파, 개혁과 보수로 나뉘어 정쟁을 벌이고 있는데 문인방의 눈에는 모두 백성들의 고협을 짜내는 기득권층이었다. 그렇다고 나라를 뒤엎어 봤자 새로운 지배층이 생겨날 뿐이다. 문인방은 한 차례의 실패를 통해서 그 사실을 깨닫게 되었다. 그래서 뜻을 같이하는 사람들을 규합해서 소운릉으로 가서 백성들이 다스리는 나라를 만들기로 한 것이다.

＊

"경하드립니다. 대감께서 백척간두에 선 이 나라의 종묘사직을 반석 위로 돌려놓으셔야합니다."

훈련도감 배행교련관 구명록이 얼굴이 벌게져서 신임 병조판서 심환지에게 하례의 말을 올렸다. 구명록은 진작부터 심환지야말로 난세를 헤치고 나갈 재목이라 믿고 있었다. 그런데 이처럼 중차대한 시기에 심환지가 병판을 맡았으니 구명록은 천군만마를 얻은 기분이다.

"김종수 대감의 원려에 새삼 고개가 숙여집니다."

동석을 한 김권주가 맞장구를 쳤다.

"호들갑들이 심하군. 지켜보는 눈이 많다는 것을 잊어서는 안 될 것이네."

심환지가 엄한 얼굴로 두 사람에게 주의를 주었다. 병조판서가 되자 소격동 저택이 문전성시를 이루었다. 그렇지만 심환지는 문을 굳게 걸어 닫고 아무도 만나주지 않았다. 그렇지만 구명록과 김권주는 예외다. 두 사람과 더불어 도모해야 할 일이 목전에 당도한 것이다.

"원행이 코앞이네."

심환지가 은밀한 눈길로 두 사람을 살폈다. 원행과 천도에 대비해서 오군영 무관들의 동태를 파악하고, 군부를 통제할 필요가 있다. 그래서 구명록을 훈련도감 배행교련관에 앉힌 데 이어서 김권주에게 병조정랑을 맡길 속셈이다.

"병조로 오게."

"예?"

갑자기 병조로 오라는 말에 김권주가 눈을 휘둥그레 떴다.

"무관들의 인사를 관장하는 일을 아무에게나 맡길 수는 없는 법, 병조정랑이 되어서 나를 보필해 주게."

공석인 참판은 시파 몫이다. 그 아래 참의 홍낙유는 중도고 좌랑 홍병신이 시파니까 정랑은 벽파 몫이다. 김권주를 앉혀도 시파에서 할 말이 없다.

"대감의 은혜가 하해와 같습니다. 힘을 다해서 보필하겠습니다."

입이 헤 벌어진 김권주가 넙죽 절을 했다. 한직 용천 현감에서 요직 중의 요직인 병조정랑으로 옮기게 된 것이다. 병조정랑은 파총 이하의 무관들에게는 생사여탈권을 쥔 염라대왕과도 같은 존재다. 김권주는 벌써부터 가슴이 벌렁벌렁 뛰었다.

"오군영 군병들의 불만이 날로 높아 가고 있습니다."

구명록이 본론을 끄집어냈다.

"주상의 편애가 날로 심해지고 있으니 사기가 떨어지는 것이 당연하지요. 아장亞將들 중에는 혹시 장용영으로 옮겨길 수 있을까 여기저기 알아보고 다니는 자들도 있습니다."

구명록이 얼굴이 붉어졌다. 얘기를 꺼내 놓고 보니 제풀에 화가 난 것이다. 오군영 군병들의 불만이 극에 달해 있는 것은 사실이다. 알짜는 다 장용외영으로 빼돌려지고, 쭉정이만 돌아오는 판이다.

자고로 거병은 최고지휘관보다 실병지휘관인 파총이나 초관에 의해 승패가 결정된다. 그렇다면 해 볼 만한 상황이다. 이제 원행은 불가피하다. 하지만 천도만은 막아야 한다. 심환지는 속으로 계책을 그려 보았다. 주상은 너무 서두르고 있다. 서두르면 실수를 범하게 마련이다. 병법에도 포위전을 펼칠 때 빠져나갈 구멍은 남겨 놓으라고 했다.

"수어청과 총융청 군병들은 병기를 손에서 놓았다고 합니다. 원행이 끝나면 군영은 해체되고, 군병들은 거리에 나앉을 판인데 일손이 잡힐 리 없지요."

구명록은 오군영의 분위기를 소상하게 전했다.

"왕대비께서도 군병들의 사기가 땅에 떨어진 것을 크게 걱정하고 계십니다."

김권주가 자신의 존재를 일깨워 주기라도 하듯 왕대비를 거론하며 대화에 끼어들었다.

"원행시 단행될 성조도 문제입니다. 외영에서 보낸 성조정식 초안에 따르면 오군영은 병장기도 제대로 갖추지 않고 공성전에 나서야 합니다. 참으로 기가 찬 일입니다."

구명록이 다시 흥분했다. 전통의 오군영 보고 막 걸음마를 뗀 아이에 불과한 장용외영의 둘러리가 되라니.

"병조에서 나서서 잘못된 것을 바로잡아야 합니다."

구명록은 심환지에게 기대를 걸고 있지만 주상의 윤허가 난 초안을 고치는 게 사실상 불가능에 가깝다.

심환지가 고개를 가로젓자 구명록도 그 문제를 더 거론하지 않았다. 혜안과 원려라면 심환지 쪽이 몇 수 앞설 것이다.

"누가 참판으로 올까요?"

김권주가 조심스럽게 물었다. 어쨌거나 참판은 판서 다음 자리다. 사사건건 판서를 물고 늘어지면 심환지도 일하기 힘들어질 것이다.

시파는 누구를 참판으로 밀 것인가. 심환지는 예상되는 인물들을 하나하나 떠올려 봤다. 윤행임? 이익운? 아니면 이가환이 유력한데 누가 되든 큰 문제가 없을 것이다. 병조참판은 금번 원행에서 유도대장留都大將이 되어 한양에 머물게 되어 있다.

신경이 쓰이는 것은 따로 있었다. 공역이 일사천리로 진행되고 있다는 사실이다. 전례가 없는 대공역이다. 당연히 이런 탈이 생기고 저런 말도 나오게 마련인데 지나치리만큼 조용했던 것이다.

"그런데 화성이 너무 조용하군."

심환지의 입에서 불쑥 그 말이 나오자 김권주는 가슴이 철렁 내려앉았다. 퍼뜩 홍재천이 떠올랐다. 그날 뭔가를 꾸밀 것처럼 얘기했다. 경솔한 짓을 벌이면 안 될텐데. 조금 더 엄중하게 꾸짖을 걸 그랬나. 하지만 조용한 것으로 봐서 충고를 받아들인 것 같았다. 그렇다면 괜히 말을 꺼낼 필요가 없다. 김권주는 홍재천 일을 함구하기로 했다.

"병조에서 녹사가 찾아왔습니다."

밖에서 집사가 아뢰었다. 무슨 급한 일이라도 생겼단 말인가. 심환지는 녹사에게 안으로 들 것을 일렀다.

"무슨 일인가?"

"병조참지를 뽑았다고 합니다."

병조참지? 병조참지는 병조참의와 같은 삼품직이지만 참의는 육조에 다 있는 데 비해서 지병조사知兵曹事라고도 불리는 참지는 병조에만 있는 관직이다. 병조참지의 소임은 적간기무摘奸機務, 병조관헌과 무관들을 감시하는 것이다.

심환지는 아차 하는 기분이 들었다. 원행에 신경을 쓰느라 그만 병조에 참지라는 자리가 있다는 사실을 간과한 것이다. 방금 녹사의 말은 시파에서 참판 대신에 참지를 선택했다는 뜻이다. 하면 채제공은 누구에게 참지를 맡겼을까.

"누구로 정해졌느냐?"

"홍문관 수찬 정약용이 참지에 제수되었습니다."

정약용? 의외였다. 수찬이면 오품직에 불과하다. 경륜이 일천한 그에게 병조참지를 맡기겠다니. 그럼 그가 항차 시파를 이끌 재목이란 말인가. 심환지의 입에서 가느다란 신음이 새어 나왔다. 채제공에게 뒤통수를 맞은 기분이 든 것이다.

물론 정약용이 주상의 총애를 받는 젊은 신료라는 사실은 잘 알고 있다. 그리고 채제공을 도와서 개혁을 주도하고 있는 인물이라는 사실도 익히 알고 있다. 하지만 그에게 병조참지를 맡길 줄이야.

원행을 총괄하는 채지공과 군부를 장악하고서 그를 견제하려는 심환지. 다시 심환지를 감시하는 정약용. 서로의 등에 비수를 겨누고 있는 형국이다. 정약용이 얼마나 유능한 자인지 몰라도 병조에 별 연緣이 없는 그가 군부를 휘어잡는 것은 쉽지 않을 것이다. 잠시 당황했던 심환지는 곧 정상으로 돌아갔다. 곧 병조에서 오군영 대장 회합이 있을 예정이다. 그 자리에서 군부는 벽파가 확실하게 장악하고 있음을 똑똑히 보여 줄 것이다.

*

새로 오군영 대장이 된 무관들과 신임 병조판서의 상견례를 겸한 회합이 열리고 있는 병조에 긴장감이 팽배했다. 원행 호위와 성조정식 초안을 확정 지어야 하는 자리다. 그런데 초반부터 충돌이 빚어진 것이다.

심환지는 형형한 눈빛으로 좌중을 훑어보았다. 훈련대장과 총융사, 수어사와 좌우포청의 두 대장, 장용영 병방과 내영사, 그리고 원행을 주관할 경기 감사와 외영 행부사직 이유경이가 심각한 표정으로 마주 앉아 있었다. 맞은 편에는 병조참지 정약용에 이어서 병조참의 홍낙유와 신임 병조정랑 김권주, 그리고 병조좌랑 홍병신이 입을 굳게 다물고 있었다. 금년 원행에는 어가를 수종하지 않기로 한 금위영과 어영청에서는 대장 대신에 배행교련관이 참석했다.

심환지는 신임 병조참지 정약용에게 눈길을 주었다. 병조참지는 금번원행에서 선전관들을 통솔하게 되어 있다. 선전관은 군령의 출납을 감독하는 자리다. 병조판서의 일거수일투족을 감시하는 자리를 그만 채제공의 심복에게 넘긴 꼴이 된 것이다.

"척후병과 당마의 구역을 정하고 성조정식 초안을 확정 지어야 할 것이오."

심환지가 특유의 카랑카랑한 목소리로 입을 열었다. 원행에는 창덕궁에서 화성까지 19군데에, 그리고 화성에서 현륭원까지 5군데, 그렇게 해서 모두 24군데에 당마가 마련된다. 당마의 위치를 정하고 오군영과 경기 감영에 할당해야 한다. 하지만 제일 중요한 안건은 성조정식의 초안을 확정하는 일이다.

"초안대로라면 군사 조련은 하나 마나요."

훈련대장 이경무가 먼저 입을 열었다.

"동감이오. 성정군은 낭기狼機와 조총은 물론 삼안총三眼銃까지도 동원하는 반면에 공성군은 화살도 마음대로 날리지 못할 판이니 이래 가지고서야 어디 제대로 된 군사 조련을 할 수 있겠소."

신임 총융사 서용보가 불쾌한 얼굴로 이경무의 말을 받았다. 구군부의 원로인 이경무는 벽파와 가까운 사람이고 경기 감사를 역임한 서용보는 규장각 각신閣臣 출신으로 시파로 분류되지만 남인과는 거리를 두고 있는 이다. 그만큼 장용외영의 독주에 대해서 구군부는 물론 조정 신료들 전반에 걸쳐서 반발이 팽배했다. 분위기가 심상치 않자 성조정식을 주도한 이유경의 얼굴에 당황의 기색이 스치고 지나갔다.

"동원되는 군병도 너무 적습니다. 적어도 3,000명은 돼야 공성전을 펼칠 수 있을 겁니다."

이번에는 우포도대장 유효원이 거들고 나섰다. 강골로 소문난 무장이다. 천도가 단행되면 당연히 한양의 세가 꺾일 것이고 양대 포청도 유명무실해질 판이다. 분위기가 무르익었다고 판단했는지 어영청과 금위영에서 나온 배행교련관들이 나섰다. 어영청과 금위영은 이미 정번전停番錢 10년 치에 해당하는 25만 냥을 화성 공역 비용으로 내놓은 처지다. 그러니 화성과 외영이라면 자다가도 이를 갈 판이었다.

회합은 성토의 장으로 변했고 화성 공역과 외영 확대는 민궁재갈民

窮財渴의 원인이라는 말까지 나왔다. 주상의 개혁 시책을 정면으로 비판하는 발언도 마다하지 않았다.

"분명히 해 두겠소!"

심환지가 처음으로 입을 열었다. 그리고 형형한 눈빛으로 좌중을 훑어보았다.

"이곳은 원행의 당마를 정하고 성조정식을 확정 짓는 자리요. 그 외에 이런저런 불만은 삼가 주시오!"

심환지의 일갈에 좌중이 조용해졌다.

단숨에 좌중을 압도하는 심환지를 보면서 약용은 과연 김종수가 뒷일을 맡길 만한 인물이구나 하는 생각이 들었다. 불만을 삼가라는 것은 이러쿵저러쿵 떠들어 대 봤자 결국 힘이 결정한다는 의미로 그것은 주상과의 전면전도 마다하지 않겠다는 뜻을 분명히 한 것이다.

하면 심환지는 초안을 거부할 것인가. 약용은 긴장해서 오군영 대장들의 표정을 살폈다. 수어청 대장 심이지는 눈을 감은 채 아무 말이 없었다. 수어청이 해체되는 마당에 괜히 정쟁에 휘말릴 이유가 없었던 것이다. 좌포도대장 조규진은 부드러운 성품대로 시종일관 함구하고 있었다. 대의를 따르겠다는 의미일 것이다.

장용영 제조 이명식과 내영사 서유대, 그리고 경기 감사 서유방이 의사를 밝힐 차례다. 약용은 숨을 죽이고 세 사람의 동태를 살폈다. 벽파 이명식은 초안을 반대하고 나서겠지만 그간 중도를 견지해 왔던 내영사와 경기 감사가 어찌 나올지 짐작키 어려웠다.

"판서의 의향을 따르겠소."

서유대가 심각한 표정으로 입을 열었다.

"같은 생각이오."

서유방이 동의했다. 두 사람 모두 조심태에게 힘이 쏠리고 있는 군제 개혁에 불만이 있던 터였다. 상황이 불리하게 돌아가고 있었다. 하지만 참지가 끼어들 사안이 아니다. 약용은 긴장해서 심환지를 주시했다.

"원행이 코앞으로 다가왔소. 다소 불만이 있을지라도 이제 와서 고칠 여유가 없소. 초안을 따르는 것이 좋겠소."

그런데 심환지의 입에서 뜻밖의 말이 나왔다. 잔뜩 군은 얼굴로 회합을 지켜보고 있던 이유경은 얼굴이 환해졌고 불만을 늘어놓았던 오군영 대장들은 당혹스러운 표정을 감추지 못했다. 뭘까. 이렇게 맥없이 물러설 심환지가 아니다. 불길한 예감이 약용의 뇌리를 스치고 지나갔다.

"하지만…."

"성조정식은 화성을 관장하는 외영에서 마련하는 것이 원칙이오."

심환지가 손을 내저으며 미련을 버리지 못하고 있는 서용보를 제지했다. 당연히 주상과 채제공은 벽파와 군부에서 반발하리라는 걸 예상하고 있을 것이다. 그리고 그에 대한 대비책도 세워 놓고 있을 것이다. 이럴 때는 한 발짝 물러섰다가 적절한 기회에 반격을 해야 한다.

"하면 초안이 확정된 것으로 알겠소."

이유경이 얼른 논의를 종결시켰다. 큰 산을 넘은 기분이었다. 이것으로 공성을 담당하는 가적假敵은 훈련대장 이규경이 지휘하고, 화성을 지키는 성정군은 외영사 조심태가 통솔하는 것으로 확정되었다. 원행을 수종해서 화성으로 갈 나머지 대장들은 응원장應援將으로 성조를 친견하게 될 것이다. 숨을 죽이고 하회를 지켜보던 약용은 비로소 안도의 숨을 내쉬었다.

"하면, 이제는 당마를 세우는 일을 정할 차례군요."

훈련대장 이경무가 맥 빠진 얼굴로 입을 열었다. 화성에 이르는 연도에 당마를 세우고 척후병을 배치하는 일은 훈련도감에서 주도하게 되어 있다.

"배행교련관이 상세히 설명할 것이오."

이경무의 호명에 따라서 배석하고 있던 배행교련관 구명록이 앞으로 나섰다. 그리고 돈화문 밖의 1당에서부터 수원 작문作門의 제19당까지의 대강의 위치와 소요되는 척후병력에 대해서 차례로 설명해 내려갔다. 특별히 문제 될 게 없었다. 그럼 이것으로 회합이 끝인가. 약용은 왠지 찜찜했다. 심환지의 태연자약한 얼굴이 마음에 걸렸던 것이다.

"그런데 말이오."

사람들이 몸을 일으키려는데 돌연 심환지가 이유경을 지목했다.

"장신영접례將臣迎接禮가 진목정참眞木亭站에서 거행된다면 훈련도감에서 장신영접례를 주관해야 하는 것 아니오? 진목정참은 훈련도감에서 관할하는 곳이니."

장신영접례는 국왕이 지방을 순행할 때 해당 지역 목민관이 어가를 맞는 행사다. 초안에는 화성 유수 조심태가 진목정참까지 나가서 어가를 맞는 것으로 되어 있다.

"어가가 화성으로 행차하는 것이니 당연히 화성 유수가 장신영접례를 관장해야 옳지 않습니까?"

이유경이 당연하다는 표정으로 의견을 전했다.

"장신영접례는 원행의 일부이고, 원행은 화성 유수부에서 관장하지만 진목정참은 훈련도감이 관할하는 곳이오. 그러니 장신영접례는

　　　　　　　　　　　　　　　　　　　　　원행園幸

화성 유수부에서 주관할지라도 당마와 척후병은 훈련도감에서 파송돼야 할 것이오."

심환지가 원칙론을 설파했다. 초안에는 외영에서 장신영접소 호위를 맡게 되어 있다. 하지만 원칙대로 하면 열여덟 번 째 당마에 해당하는 진목정참은 어디까지나 화성 밖으로, 훈련도감 관할이다.

병조판서가 원칙을 내세우는데 달리 할 말이 없었다. 이유경은 심환지의 항변을 받아들였다.

무슨 꿍꿍이속일까. 왜 장신영접례 경계를 훈련도감에서 맡겼다는 걸까. 진목정참은 화성 유수부 관할 밖이기는 하지만 장안문에서 지척의 거리고, 훈련도감에서 파송될 척후병은 기껏해야 열 명 안팎이다. 여차하면 얼마든지 제압할 수 있다. 그런데 왜⋯. 약용은 뒷맛이 개운치 않았다.

"의외로 일이 쉽게 풀렸습니다."

병조좌랑 홍병신이 다가왔다. 호대법에 따라 정랑은 벽파에서 추천한 김권주가 차지했고, 그 아래 좌랑은 약용이 천거한 홍병신이 맡고 있었다. 정말 홍병신의 말대로 쉽게 풀린 것일까. 괜한 걱정은 금물이다. 하지만 약용은 까닭 모를 불안감을 쉽게 떨쳐 버리지 못했다. 상대는 심환지다.

"선전관들을 만나 보았소?"

선전관宣傳官은 군령의 출납을 관장하는 자리다. 병조참지는 그들을 통해서 무관들의 동태와 군병의 이동을 샅샅이 점고할 수 있다.

"그렇습니다. 행수 선전관을 비롯해서 모두 충직한 자들입니다."

홍병신이 자신 있게 대답했다. 선전관은 판서의 영향력에서 벗어나 있는 자리다. 약용은 그 문제는 마음을 놓기로 했다.

"벌써 끝났습니까?"

청사를 빠져나오자 최기수가 다가왔다. 약용은 도성의 움직임을 감시하기 위해서 최기수를 병조 연락군관으로 파송했다.

"어찌 되었습니까?"

최기수가 물었다.

"초안대로 확정되었네."

"그렇습니까? 잘됐군요. 외영사 대감께서 그 일 때문에 고심이 많으셨는데."

최기수가 기뻐했다.

"알아낸 것이 있는가?"

약용이 목소리를 죽이며 물었다. 최기수는 이틀째 은밀히 홍재천의 사가를 감시하고 있었다.

"사람들이 자주 드나드는 것 외에는 특별히 눈에 띄는 것은 없습니다. 조금이라도 이상한 점이 있으면 즉시 보고드리겠습니다."

약용은 화성에서의 일이 마음에 걸렸다. 분명 뭔가 심상치 않은 일이 벌어지고 있었다. 그래서 약용은 최기수에게 홍재천 상단을 은밀히 감시할 것을 지시했던 것이다. 원행이 임박했다. 한 점의 의혹도 그냥 넘어갈 수 없다. 심환지는 무슨 꿍꿍이일까. 그리고 화성에서 무슨 일이 벌어지고 있는 걸까.

지금 채제공 대감은 몸이 열 개라도 모자랄 판이고 조심태 대감은 화성을 떠날 수 없는 처지다. 그러나 무슨 일이 있더라도 자기 손으로 난국을 헤쳐 나가야 할 것이다. 약용은 홍병신과 최기수, 두 든든한 우군을 쳐다보며 밀려오는 두려움을 떨쳐 버렸다.

　　　　　　　　　　　　　　　　　　　　　　　원행園幸

김권주는 분통이 터졌다. 어떻게 제대로 싸워 보지도 못하고 백기를 들었단 말인가. 구명록도 같은 생각인지 잔뜩 부은 얼굴로 입을 굳게 다물고 있었다.

"어쩔 수 없이 초안을 받아들였다고 해도 수어청과 총융청의 해체는 막았어야 했습니다. 오군영 무관들의 기대가 컸는데…. 낙담할 얼굴을 어찌 대할지 걱정입니다."

사랑에 들어서자 김권주가 불만을 털어놓았다. 사람은 결국 자신의 이익을 좇아 행동하게 마련이다. 신임 병조판서가 물렁하다는 소문이 들면 아랫사람들에게 영이 서질 않는다. 제 밥그릇을 지켜 주지 못하는 상전에게 충성을 바치는 어리석은 사람은 없다. 관헌들이, 아장들이 등을 돌리면 천도를 못 할 것이고, 그다음은…. 생각하기도 싫었다.

"원칙을 어긴 것은 외영입니다. 세상에 공성군을 허수아비로 만들어 놓고 시작하는 성조가 어디 있습니까."

구명록의 볼멘소리가 뒤따랐다. 심환지는 분기탱천한 두 사람을 보며 혀를 끌끌 찼다. 저리 생각이 모자란 자들을 데리고 대사를 도모해야 한다니. 살을 내주고 뼈를 취하는 계책이었음을 어찌 모른단 말인가. 적과 우군이 불분명한 상태에서 짧은 순간에 대세가 결판나는 거병은 적을 상대로 하는 싸움과 전술을 달리해야 한다. 그야말로 전광석화의 순간에 대세가 결정난다. 상대를 안심시켜 놓고서 결정적인 순간에 맹호출림의 기세로 일어서야 한다. 수양대군이 계유년癸酉年(1453)의 거병 때 그러했던 것처럼.

"병조참지가 마음에 걸립니다."

심환지가 반응을 보이지 않자 구명록이 화제를 돌렸다.

"그렇습니다. 일거수일투족이 모조리 그자에게 보고될 것입니다."

김권주가 맞장구를 쳤다. 심환지는 입맛이 썼다. 어김없이 일 패를 당한 꼴이다. 물론 이대로 주저앉지는 않겠지만.

"알아본 바, 연말에 경기도 일대를 암행감찰 했다고 합니다. 원행과 관련해서 현지 정찰을 했을 겁니다."

구명록이 정약용의 행적을 보고했고 심환지가 고개를 끄덕였다. 그럴 것이다. 정약용은 화성 공역에도 처음부터 관여를 했고, 조심태와는 긴밀한 사이다. 틀림없이 원행에 관해서 밀담을 나누었을 것이다. 어쩌면 성조정식 초안에도 간여했을 지 모른다.

정약용이 화성을 암행감찰 했다는 말에 김권주는 가슴을 쓸어내렸다. 그때 경술하게 홍재천과 손을 잡았다면 지금쯤 의금부에 투옥되어서 목이 달아날 날만 기다리고 있을 것이다.

"장신영접례 말입니다."

구명록이 심환지 눈치를 살피며 장신영접례를 입에 올렸다. 영 마음에 걸렸던 것이다.

"비책이 있는 듯한데 궁금합니다."

구명록이 재촉을 했고 김권주도 귀를 기울였다. 그냥 물러날 심환지가 아니다.

"하늘이 준 기회라고 생각하네."

돌연 심환지가 날카로운 눈매로 두 사람을 쏘아보았다. 그러면 그렇지, 맥없이 주저앉을 심환지가 아니다. 구명록과 김관주는 가슴이 덜컹 내려앉으면서 안심이 되었다.

"장신영접례는 화성 유수가 관장하네. 그리고 진목정참은 훈련도감 관할이네."

심환지는 그래도 모르겠냐는 투로 두 사람을 쳐다봤다. 주상의 심복이며 신군부의 핵심인 조심태가 화성 밖으로 나와서 훈련도감 관할 구역에 머문다. 그리고 거병은 순간에 승패가 결정난다. 두 사람은 비로소 심환지의 계책을 파악하게 되었다.

"병조참지가 눈치채는 일이 없도록 매사에 조심, 또 조심해야 할 것이네."

심환지가 엄한 얼굴로 두 사람에게 주의를 주었다. 비밀은 아는 사람이 많을수록 누설되기 쉽다. 그럼에도 두 사람에게 밝히는 것은 정순왕대비와 연계를 확고히 하고, 거병에 앞장설 무관들은 미리 선별할 필요가 있기 때문이다.

"잘 알겠습니다."

김권주와 구명록이 잔뜩 굳은 목소리로 복명했다. 죽느냐 사느냐의 순간이 한 걸음 더 다가왔다. 조심태를 벤다는 것은 곧 주상을 폐위시키겠다는 뜻이다.

*

윤2월로 접어들면서 강상을 스치고 지나가는 바람의 매서운 맛이 한결 덜했다. 강안에는 벌써 개나리가 꽃망울을 떠뜨리려 하고 있었다.

"대단하군."

문인방이 한강을 가로지르며 위풍당당하게 놓여 있는 주교舟橋를 보며 감탄을 했다. 문인방과 홍재천, 스기야마, 세키네 그리고 장인형을 태운 공물선이 주교를 향해 천천히 접근했다.

노량주교. 190파把에 이르는 강폭에 모두 36척의 교배선橋排船을 삼판杉板으로 연결하고서 그 위에 횡판을 깔아서 사람이 다닐 수 있게끔 배다리를 만들었다. 원행이 시작되면 그 위로 1,700여 명에 이르는 사람이 지나갈 것이다.

"아주 단단하게 연결돼 있습니다."

홍재천이 주교를 가리켰다. 홍재천 상단은 주교 공역에도 참여를 했기에 홍재천은 주교에 대해서 속속들이 알고 있었다. 삼판들은 견아상제犬牙相制라고 해서 개 이빨처럼 들고날며 꼭 물려 있어서 어지간해서는 풀리지 않는다.

"그렇지만 찾아보면 틀림없이 빈틈이 있을 것이오."

문인방이 날카로운 눈매로 주교를 노려보았다. 지금 그들은 주교를 폭파시킬 요량으로 사전 답사 중이다. 주교 밑에 화약을 설치하고 때 맞추어서 폭파시키는 것은 몹시 어려운 일이다. 그렇지만 수중 폭파는 류구 해적들의 장기다. 주교에 대해서 속속들이 알고 있는 홍재천이 옆에서 도우면 불가능하지 않을 것이다. 제아무리 경계가 삼엄하다고 해도 수중 폭파를 예상하지는 못할 것이다.

"수저뢰水底雷에 대해서는 익히 들었소만 물속에서 심지에 불을 붙이는 게 간단치 않을 텐데 정말로 할 수 있겠소?"

걱정이 되는지 문인방이 스기야마에게 물었다.

"그 일은 세키네가 알아서 할 것이오. 해귀라는 별칭이 괜한 게 아니라는 사실을 알게 될 것이오."

스기야마가 자신만만한 태도로 대답했다.

"아직은 강물이 차가울 텐데 괜찮겠소?"

수저뢰를 설치하기 위해서는 잠수를 해서 주교로 접근해야 하는데 강물은 아직 얼음장처럼 차가웠다.

"사실 그게 문제인데…. 그래도 일각—刻은 버틸 수 있소."

스기야마가 하늘을 올려다보며 대답했다. 그렇다면 배를 최대한 주교에 가깝게 접근시켜야 할 것이다. 원행이 시작되면 어가를 구경하기 위해서 연도변에 관광민인觀光民人들이 운집할 것이고 강 위에도 구경배들이 몰려들 것이다. 그들 틈에 섞여서 주교로 접근해야 하는데 위호선衛護船이 근접을 불허할 것이기에 무작정 접근할 수는 없다. 일각이라…. 그렇다면 어느 정도까지 접근해야 할까. 문인방은 거리를 가늠해 봤다.

"공역을 담당한 상선의 배인데 아무래도 여타 구경배들보다 근접이 가능하지 않겠소?"

"그야 어느 정도는 그렇겠지요. 그래도 너무 가깝게 다가가면 위호선에서 기찰할 겁니다."

홍재천이 걱정스러운 표정으로 대화에 끼어들었다. 문인방은 스기야마를 쳐다보았고 스기야마는 세키네에게 고개를 돌렸다. 잠자코 강물을 바라보던 세키네가 천천히 손을 들어 한 곳을 가리켰다.

"그 정도라면."

홍재천이 고개를 끄덕였다. 그렇다면 이제 남은 것은 폭파가 가능한 지점을 찾아내고 화약을 설치하는 일인데 그 일은 전적으로 류구 해적 소관이다. 문인방은 회심의 미소를 지으며 뱃머리를 강변으로 돌릴 것을 지시했다.

"앞으로 눈코 뜰 새 없이 바쁠 것이다. 일단 홍 단주의 집으로 돌아가자."

문인방이 대기하고 있다가 달려온 정한기 차인에게 서두를 것을 지시했다. 이제부터 화약을 제조해야 한다.

문인방은 굉음과 함께 물기둥이 치솟으면서 주교가 두 동강이 나는 광경을 떠올려 보았다. 조선 국왕의 어가가 차가운 강물 속으로 사라지고, 새 주상, 새 조정이 들어설 것이다. 그때 팔도의 동지들과 함께 소운룡으로 향할 것이다. 논공행상에 따라 새 조정에게 배와 식량, 재물을 요구하고, 류구 해적들과 약조한 이익을 챙기는 것은 얼마든지 가능할 것이다.

강바람이 세차게 얼굴을 스치고 지나갔다. 장인형은 날듯 배에서 뛰어내렸다. 거사 날짜가 일각일각 다가오고 있었다. 장인형은 오로지 소향비와 소운룡만 생각하면서 복잡한 심사를 떨쳐 냈다.

목멱골 홍재천의 집에 이르렀을 때는 어느덧 해가 뉘엿뉘엿 서산으로 기울 무렵이었다.

"잠시 다녀올 데가 있습니다."

장인형이 문인방에게 외출을 청했다.

"그러게."

문인방이 선뜻 허락했다. 그런데 할 말이 더 있는지 장인형은 물러가지 않았다.

"밖에서 자고 들어올 생각인가?"

"그렇습니다."

"알겠네. 늦지 않게 돌아오게. 해야 할 일이 많으니."

문인방을 장인형을 물끄러미 쳐다보더니 고개를 끄덕였다. 장인형은 예를 표하고서 얼른 걸음을 돌렸다.

"기녀에게 들릴 모양입니다."

정한기가 못마땅한 표정으로 멀어져가는 장인형의 쳐다봤다.

"나도 알고 있다. 소향비라고 했더냐? 대체 어떤 미색이길래 그렇게 불리는지 궁금하구나."

문인방의 입가에 묘한 웃음이 스치고 지나갔다. 일행은 홍재천을 따라서 집으로 들어섰다.

"물건은?"

"뒤채 창고에 쌓아 놓았습니다. 짐꾼들은 일단 배로 돌아가 있으라고 했습니다."

정한기가 즉시 대답했다. 남양만에 정박하고 있는 류구의 해적선에서 수저뢰 제조에 필요한 재료들을 운반해 왔다.

"시일이 촉박한데…. 괜찮겠소?"

물속에 폭발하는 화약이다. 실험해 봤으면 좋겠지만 시간이 없을 것 같았다.

"수저뢰는 하루면 충분히 만들 수 있소. 그리고 세키네가 만든 수저뢰는 틀림없을 것이니 걱정하지 않아도 괜찮소."

스기야마가 자신만만한 어조로 대답했다.

창고를 열고 들어서자 화약 냄새가 확 풍겼다. 한쪽 구석에 수저뢰를 제조하는 데 필요한 재료인 염초와 석류황石硫黃, 반묘班猫, 그리고 유회柳灰가 차례로 쌓여 있었다.

"그게 다네가시마라는 것이오?"

문인방이 스기야마가 집어 든 조총을 보며 물었다.

"그렇소. 천 보 떨어진 거리의 목표물도 정확하게 명중시킬 수 있다고 해서 천보총이라고도 불리지요."

저격의 명수 스기야마가 자부심 가득한 표정으로 신형 조총을 들어 보였다. 방아쇠 끝에 부싯돌이 달려 있어서 불 심지를 당기지 않고도 발사가 가능하기에 조준 즉시 사격할 수 있다. 당연히 명중률이 높았다.

"저것은?"

문인방이 구석에 놓여 있는 자루를 가리켰다.

"수철水鐵과 정철正鐵 가루지요. 수저뢰의 파괴력을 크게 높일 것이오."

물건을 확인한 스기야마와 세키네의 얼굴에 득의만만한 미소가 흘렀다. 물속에서 터지는 폭탄으로 주교를 통째로 날려 버리겠다니. 스기야마의 계획을 처음 들었을 때 산전수전을 다 겪었던 문인방도 기절초풍을 했다. 행여 제조 중에 잘못되기라도 했다가는 뼈도 못 추리는 게 아닐까. 홍재천도 같은 생각을 하고 있는지 얼굴이 하얗게 질려 있었다. 그런 두 사람을 보며 스기야마는 회심의 미소를 지었다.

"폭발력이 엄청나더라도 불을 붙이지 않으면 터지지 않으니 걱정할 것 없소."

"그런데 정말 물속에서도 불이 붙는 심지를 만들 수 있소?"

문인방은 그게 궁금했다.

"수저뢰는 불 심지를 쓰지 않소. 끝에 달린 점화선을 당기면 화약이 섞이면서 폭발하게 되어 있지요. 문제는 아직 물속이 많이 차갑다는 사실인데…. 아무리 잠수에 능하더라도 얼음처럼 차가운 물속에서 버티는 데는 한계가 있는 법, 어떻게 해서든 폭파 지점에 가깝게 접근해야 할 것이오."

스기야마가 다짐을 받듯 홍재천을 노려보았다. 설치 장소를 선정하고 안내하는 것은 그의 몫이다.

"염려 마시오."

홍재천이 자신 있게 대답했다. 주교를 단번에 두 동강 낼 수 있는 곳을 알고 있다. 위호선들이 수상 감시에 나서겠지만 다른 구경배들과는 달리 공역을 맡은 상단의 배는 어느 정도 접근이 허용될 것이다. 그렇다면 이쯤에서 큰소리를 한번 치는 것도 나쁘지 않을 것이다.

"내 공을 잊지 마시오."

얼떨결에 끼어들게 되었지만 일이 그런대로 가닥을 잡아가자 홍재천은 슬슬 제 몫을 챙겨야겠다는 생각이 들었다.

"물에 빠진 사람을 건져 주니 보따리 내놓으라는 꼴이군. 우리는 귀천과 빈부가 없는 세상을 꿈꾸고 있소. 홍 단주가 진정으로 우리가 한편이 되겠다면 해야 할 일이 무엇인지를 생각해 보시오. 헐벗은 백성들을 위해서 재물을 내놓는 것도 좋은 방법이겠지."

문인방이 쏘아붙이자 홍재천은 머쓱한 표정이 되어 뒤로 물러섰다. 여전히 문인방이 생사여탈권을 가지고 있는 셈이다.

"제 생각은 말입니다."

홍재천과 스기야마, 세키네가 멀어지는 것을 확인하고서 정 차인이 문인방에게 다가왔다. 모사를 자처하는 사내다.

"주상이 칼을 뽑아 들었는데 반대하는 신료들이 순순히 당할지 의문입니다."

"혹시 정변이라도 일어날지 모른다는 말인가?"

문인방이 관심을 보였다.

"충분히 그럴 소지가 있다고 봅니다. 벽파들이 궁장에 몰렸고, 오군영은 불만이 크다고 합니다."

"하면 정변이 성공할 거라 보느냐?"

"그야 알 수 없지요. 누가 권세를 잡든 우리로서야 내분이 심화될수록 좋은 것이니까요."

당연히 그럴 것이다. 벽파와 시파가 격렬하게 싸울수록 일을 꾸미기 수월하고 거사 이후의 논공행상에서도 유리할 것이다.

"무슨 구체적인 조짐이라도 있느냐?"

문인방이 물었다.

"아직 밖으로 드러난 것은 없지만 조정 분위기가 예사롭지 않다고 합니다."

문인방이 고개를 끄덕였다. 어떤 결말에 이르건 금번 을묘년 원행은 사직을 근본적으로 뒤흔들어 놓게 될 것이다.

"한층 주의를 기울여서 조정의 움직임을 살피거라."

"잘 알겠습니다. 그리고…."

정한기는 뭔가 또 할 말이 있는 모양이었다.

"장 차인 말입니다."

정한기는 문인방이 장인형을 너무 쉽게 신뢰하는 것이 마음에 걸렸다. 그를 천거한 것은 자신이지만 단순한 부상단의 호위무사로서지 생사를 함께할 동지로서 천거한 것은 아니다.

"내게 생각이 있다."

문인방의 그 한마디에 정한기는 입을 다물었다. 10년이 넘는 세월을 따라다니면서 그가 어떤 인물인지를 너무도 잘 알고 있었기 때문이다.

*

　최기수는 행여 장인형의 놓칠세라 온 신경을 집중하며 부지런히 뒤를 쫓아갔다. 그렇다고 너무 가까이 접근하면 미행을 눈치챌 것이다. 도대체 어디로 가는걸까. 장인형은 주위를 별로 경계하지 않으면서 부지런히 걸음을 옮기고 있었다. 최기수는 홍재천의 집을 감시하던 중에 장인형이 집 밖으로 나오자 즉시 따라붙었던 것이다.

　장인형을 확인하면서 최기수는 약용에게 보고하지 않은 게 후회되었다. 설마 훈련도감 기총이 살수 노릇을 할까 하는 생각에다 얼굴을 확실하게 확인하지 못했기 때문이다.

　훈련도감 기총이 살수로 나섰다면 짐작했던 것보다 훨씬 깊은 음모가 도사리고 있는 것 같았다. 원행이 목전에 닥친 마당이다. 최기수는 발소리를 죽여 가며 부지런히 장인형의 뒤를 따랐다. 거리는 어느새 어둠에 잠겼다. 팔판동에 이르러 장인형이 주위를 슬쩍 살피더니 성큼 기방 안으로 들어갔다.

　'이 시각에 기방에…?'

　뜻밖이었다. 어쨌던 기방에 들어간 이상 더 살펴보기는 힘들 것이다. 최기수는 걸음을 돌렸다. 빨리 정약용에게 이 사실을 알려야 한다.

　최기수가 걸음을 재촉하고 있을 무렵, 장인형은 심각한 표정으로 소향비와 마주 앉아 있었다.

　"무슨 일이라도…?"

　소향비의 얼굴에 근심의 빛이 가득했다. 장인형의 얼굴이 많이 상해 있었다.

　"아무 일도 없소. 오늘은 여기서 자고 가겠소."

장인형이 웃음을 지어 보였다.

"조금만 참으면 좋은 세상이 올 것이오."

장인형이 소향비를 끌어안았다.

"대체 무슨 일이…?"

소향비는 무서웠다. 장인형에게 뭔가 심상치 않은 일이 벌어지고 있음을 총명한 그녀가 모를 리 없다.

"그때가 되면 단둘이 멀리 떠납시다."

장인형은 그 말밖에 해 줄 수 없는 현실이 안타까웠다. 행여 일이 잘못될 경우에 화가 소향비에게까지 미치는 것을 막기 위해서는 그 이상은 함구를 하는 게 좋다.

"옥포선생이란 분은 어떤 사람입니까?"

소향비가 가만히 물었다.

"좋은 사람이오."

장인형이 소향비의 시선을 피했다.

"무슨 일인지는 몰라도 행여 소첩 때문이라면 제발 그만두십시오. 서방님을 위험에 빠뜨리면서까지 속금을 마련하고 싶은 생각은 추호도 없습니다."

소향비의 얼굴에 슬픔이 가득했다. 자꾸만 불길한 예감이 들었던 것이다.

"쓸데없는 생각을 하는군. 안 하던 일을 하다 보니 조금 힘이 들었던 것 뿐이오."

장인형은 그대로 금침에 몸을 뉘었다. 더 이상 아무 생각도, 아무 말도 하고 싶지 않았다.

'곧 소향비와 함께 소운릉으로 갈 것이다.'

생각이 거기에 이르자 비로소 장인형은 마음이 편안해졌다.

*

약용은 허겁지겁 뛰어 들어오는 최기수를 보며 심상치 않은 일이 발생했음을 직감했다. 같이 있는 홍병신의 얼굴에도 긴장감이 돌았다.

"무슨 일인가?"

"홍재천의 집에서 나온 자를 미행하고 돌아오는 길입니다. 그런데 그자는…."

최기수는 장인형에 대해서 자초지종을 고했다.

"소장의 불찰이 큽니다. 진작에 고했어야 하는데 설마 하는 마음에…."

최기수가 고개를 숙이며 사죄했다. 하지만 진작에 자객의 정체를 알았다고 해도 크게 달라지지 않았을 것이다. 어차피 장인형은 훈련도감을 그만두었고, 홍재천이 그와 연관이 있다는 사실은 오늘 확인된 것이다. 대체 무슨 일이 있기에 척서단을 흘렸고, 사람을 죽이기까지 했을까.

"홍재천을 연행하는 게 좋겠습니다. 문초를 하면 자초지종을 고할 것입니다."

홍병신이 서두를 것을 종용했다. 약용도 그동안 너무 소극적으로 수사를 했던 게 후회되었다. 그렇지만 이럴수록 침착해야 한다. 약용은 눈을 감고 전후를 헤아려 보았다. 장안문 옹성에 무슨 문제가 있는 게 확실하다. 그렇다면 절대로 그냥 넘어갈 수 없다.

그렇다고 홍재천을 잡아 오는 것도 능사가 아닐 것이다. 홍재천은 편수에 이어서 또 하나의 꼬리일 수도 있다. 서두르다 몸통을 놓치는 수가 있다. 그런데 시간이 마냥 있는 게 아니다.

"소장이 홍재천을 은밀히 끌고 오겠습니다."

최기수가 나섰다. 포청에서 요란을 떠는 것보다는 그게 좋을 것 같았다. 약용이 고개를 끄덕였다.

"훈련도감의 기총이 한패네. 조심해야 할 것이네."

"알겠습니다."

최기수가 긴장해서 대답했다. 장인형에 대해서는 누구보다도 잘 알고 있었다.

"어사를 파송해서 원행의 위호와 척후를 암행감찰 해야 할 텐데 좌랑이 그 일을 맡아 주시오."

약용은 암행어사 직을 홍병신에게 맡기기로 했다. 그보다 더 시급한 일을 처리해야 한다.

"알겠습니다."

홍병신이 고개를 끄덕였다. 이것으로 급한 대로 정보 교환과 역할 분담이 끝났다. 이제부터 세부 대책을 마련할 차례다.

"장신영접례가 자꾸 마음에 걸려."

약용이 두 사람에게 속마음을 내보였다.

"아무래도 뭔가 음모가 있는 것 같소. 진목정참 주변을 잘 살피고, 선전관들을 수시로 독려하시오."

심환지의 무표정하면서도 상대의 흉중을 꿰뚫어 보는 듯한 눈길이 떠오르면서 약용은 새삼 긴장이 되었다.

원행
園幸

을묘년(1795) 윤2월 신묘일(9일) 묘시에 마침내 원행이 시작되었다. 수행인원 1,800여 명에 호종군사가 4,500여 명에 이르는 어마어마한 행차다. 취주대가 징을 치고 뿔피리를 불며 선두에서 행차를 이끌었고, 유린기遊麟旗와 의봉기儀鳳旗를 비롯해서 각양의 깃발들이 힘차게 펄럭이며 뒤를 이었다. 양편으로 빼곡히 늘어선 구경꾼들은 조금이라도 가까이서 보려고 밀려들었는데 백성들을 최대한 배려하라는 지시가 있었기에 호종군사들은 그다지 엄하게 통제하지 않고 있었다.

경기 감사 서유방이 앞에서 행차를 선도했고 총리대신 채제공과 총융사 서용보가 그 뒤를 따랐다. 장대한 행렬이 이어지고서 이윽고 정조의 어마御馬가 모습을 드러내자 연도에 몰려들었던 구경꾼들은 일제히 땅에 엎드려 머리를 조아렸다. 융복 차림의 정조는 근엄한 자태로 백성들을 친견했다. 정조는 이렇게 백성들을 직접 대하고 그들의 목소리를 듣는 것에서 큰 힘을 얻고 있었다.

정조의 두 누이동생인 청연군주와 청선군주를 태운 육인교가 어마의 뒤를 따랐다. 을묘년은 사도세자의 구갑舊甲과 혜경궁의 회갑에 해당하는 해여서 금번 원행에는 사도세자의 혈연들만 참가하고 정순왕대비와 효의왕후는 창덕궁에 남았다.

장용영 내영사 서유대와 도승지 이조원, 그리고 장용영 제조 이명식이 어가의 뒤를 따랐고 병조판서 심환지가 모습을 드러내면서 긴 행렬도 그 끝을 이루었다.

약용은 초조한 심정으로 행차의 뒤를 따랐다. 그예 우려했던 일이 현실로 나타난 것이다. 출발에 즈음해서 포도청 종사관으로부터 회신이 왔다. 홍재천은 역모로 멸문이 된 홍계희의 일족으로 변성명을 하고서 장사를 하고 있다는 내용이었다. 홍재천이 대역무도 홍계희의 일족이란 말인가. 약용은 뒤통수를 단단히 얻어맞은 기분이었다.

최기수가 잡아 올까. 일말의 기대를 걸었지만 최기수는 한발 늦고 말았다. 최기수가 수하들을 데리고 들이닥쳤을 때 홍재천 일당은 이미 자취를 감추고 없었다. 집뒤짐을 한 최기수는 창고에서 유황과 염초를 찾아냈다. 홍재천은 화약을 제조하고 있었단 말인가. 하면 홍재천은 장안문 옹성을 폭파시키려 했던 것일까. 어처구니 없는 짓이지만 홍재천이 홍계희의 일족이라면 못 할 바도 아닐 것이다.

그럼 홍재천은 제 발이 저려서 미리 달아났단 말인가. 약용은 아니라고 판단했다. 홍재천은 여전히 대역을 꾀하려 할 것이다. 그리고 화약을 이미 제조한 마당이다. 약용은 급히 성역소에 통기해서 홍재천 상단에서 맡은 공역 전부를 알아냈고 그중에 주교가 포함되어 있다는 사실을 확인한 것이다.

'주교는 웬만한 충격에는 파괴되지 않습니다. 더구나 수중 폭파는 불가능에 가까운 일입니다.'

최기수는 의문을 표하고 나섰다. 그의 말대로 삼판은 개 이빨처럼 서로 맞물리게 연결되었고 그 위를 덮은 횡판도 견마철牽馬鐵로 단단히 박아 놓았기에 웬만한 충격에도 배다리는 끄덕도 하지 않을 것이다. 하지만 약점이 없는 것도 아니다. 주교절목舟橋節目의 제작에 깊이 관여를 했던 약용은 그 약점을 잘 알고 있었다. 그런데 홍재천도 주교 공역에 참여를 했다.

강물이 얼음처럼 차가운 데다 위호선이 강 위에서 감시를 펼칠 것이기에 화약을 설치하고 점화하는 것이 쉽지 않을 것이다. 그렇지만 안심해서는 안 된다. 저들이 무슨 짓을 하려는지 아직 파악된 게 없다. 짐작건대 손을 잡고 있는 무리들이 있을 것이다. 장인형도 그들 무리 중 한 사람일 것이다. 약용은 홍병신과 최기수에게 빨리 배다리로 가서 상세히 살필 것을 지시하고서 행렬의 뒤를 따라붙었다.

긴 행렬은 숭례문을 지나 한강 변에 이르러 노량에 설치된 배다리를 건넌 후에 용양봉저정龍驤鳳翥亭에서 휴식을 취할 예정이다. 약용은 초조한 마음을 달래며 행차의 뒤를 따랐다.

멀지 않은 곳에서 병조판서 심환지가 묵묵히 말을 몰고 있었다. 도대체 무슨 꿍꿍이속일까. 선전관들을 통해서 철저히 감시하고 있지만 아직까지 문제 되는 것은 눈에 들어오지 않았다. 심환지와 홍재천이 연관이 있을까. 그런 것 같지는 않았다. 심환지라면 옹성을 폭파시키는 일 따위는 하지 않을 것이다.

"…!"

병조정랑 김권주의 적개심 가득한 눈과 마주치는 순간 약용은 가슴이 철렁했다. 저들에게 병조참지는 목에 가시와도 같은 존재일 것이다. 장신영접례가 자꾸 마음에 걸렸다. 아무 일이 없었으면 좋겠는데. 약용은 하늘을 올려다보았다. 도시 도성으로 돌아오기까지 8일간의 원행은 참으로 긴 시간이 될 것이다.

*

강 위에는 예상했던 것보다 훨씬 많은 배들이 떠 있었다. 위호선들이 구경 나온 배들 사이를 오가며 접근을 제지했지만 겨우 12척으로 그 많은 배들을 전부 통제하기는 힘들 것이다. 원행은 흔한 일이 아니다. 벌써부터 통제를 뚫고 주교에 가까이 다가가는 배들이 있었다.

홍재천 일당을 태운 경강선京江船은 다른 배들 틈에 섞여서 슬금슬금 주교로 접근했다.

"배들이 많아서 다행이군."

문인방이 안도의 표정을 지었다. 목표 지점까지 별 문제 없이 접근할 수 있을 것 같았다. 스기야마의 표정이 한결 풀려 있었다. 경강선에는 홍재천과 문인방, 스기야마와 장인형, 정한기, 세키네 외에 도사공이 승선하고 있었다.

장인형은 한강을 가로지르고 있는 주교를 보며 새삼 세상이 넓다는 사실을 통감했다. 주교를 물속에서 폭파시킬 것이라 예상한 사람은 아무도 없을 것이다. 만약에 장안문 옹성을 폭파시키려고 했다면 자신부터 앞장서서 만류를 했을 것이다. 참으로 허무맹랑한 계획이었다. 삼중 사중으로 점고를 하는 데다 주상 행차는 수시로 길이 바뀐다. 하지만 배다리는 외길이다. 정말 수중 폭파를 할 수 있을까. 장인형은 자기도 모르게 침을 꼴깍 삼켰다.

"정확하게 찾아내야 할 것이오. 작은 착오도 용납되지 않는 상황이니까."

문인방이 홍재천을 윽박질렀다. 폭파에 취약한 지점을 찾아내고 그곳까지 배를 몰고 가는 것이 홍재천의 소임이다. 윤2월로 접어들면서 강변에는 그런대로 봄기운이 감돌았지만 강물은 여전히 얼음같이 차갑다. 최대한 가까이 접근하지 못하면 세키네가 물속에서 얼어 죽을 것이다.

"염려 마시오. 그런데 수저뢰는 틀림없이 폭발하겠지요?"

긴장을 했는지 홍재천의 손이 덜덜 떨렸다.

"그리 떨 것 없소. 곧 류구 해적들이 장기로 하는 수중 폭파를 보게 될 테니까."

문인방이 불안해하는 홍재천에게 면박을 주었다.

"저쪽으로."

홍재천이 주교 한복판에 우뚝 솟아 있는 홍살문을 가리켰다. 홍살문 바로 아래는 횡판과 상판의 연결 부위가 겹치는 곳이다. 당연히 폭발에 취약할 것인 바, 주교 공역에 참여했던 홍재천은 그런 사실을 잘 알고 있었다.

"다행히 가까이 다가갈 수 있겠군."

문인방은 우뚝 솟아 있는 홍살문을 응시하며 회심의 미소를 지었다. 잠시 후면 저 위로 조선 국왕의 행차가 지나갈 것이다. 그리고 거대한 물기둥이 솟아오르면서 개벽이 시작될 것이다.

"미리 다가가 있는 것이 좋지 않겠습니까?"

정한기가 홍재천에게 가까이 다가갈 것을 요구했다. 하긴 행차가 모습을 드러내기 전에 미리 접근하는 게 유리할 것이다. 홍재천이 손짓을 보내자 도사공이 잔뜩 힘이 들어간 손으로 노를 저었다.

경강선이 주교로 다가가자 저쪽에서 위호선이 다가왔다. 제지하려는 것 같았다.

"내가 알아서 처리할 테니 잠시 몸을 숨기시오."

홍재천이 앞으로 나섰다. 공역을 맡은 상단 단주다. 적당히 둘러대는 것은 어렵지 않다. 일행이 배 아래로 내려가자 세키네가 몸에 잔뜩 기름칠을 한 채 수저뢰를 살피고 있었다. 표정이 자신만만했다.

"행여 일찍 터지거나 늦게 터지지는 않겠소?"

홍재천 앞에서는 그리 큰소리를 치던 문인방도 막상 일이 닥치자 불안한지 스기야마를 다그쳤다.

"세 번 네 번 살펴보았소. 그러니 화약 염려는 접어 두고 조금이라도 가깝게 접근하도록 하시오."

이번에는 스기야마가 문인방에게 핀잔을 주었다. 위호선을 무난히 따돌렸는지 홍재천이 올라오라고 소리를 질렀다. 배 위로 올라가니 과연 아까보다 한결 주교에 가깝게 접근해 있었다.

홍재천은 보란 듯 어깨를 으쓱했다. 잠시 후면 주교가 통째로 날아갈 것이고 자신을 홀대했던 김권주도 물고기 밥이 될 것이다. 생각만 해도 홍재천은 통쾌했다.

＊

다행히 가까이에 배가 보였다. 최기수는 가쁜 숨을 몰아쉬며 뱃사공을 불렀다.

"암행어사께서 행차하셨다. 빨리 배를 대라!"

눈치를 보며 슬슬 피하려던 사공은 암행어사라는 말에 얼른 배를 돌렸다. 최기수와 홍병신은 황급히 배에 올랐다. 다행히 아직 어가는 주교에 이르지 않았다. 빨리 위호선으로 갈아타고서 약용이 일러 준 지점으로 가야 한다.

"예상보다 배들이 많습니다."

최기수가 난감한 표정을 지었다. 구경 나온 배들은 조금이라도 더 가까이 접근하려고 위호선 눈치를 보면서 슬금슬금 주교로 다가가고 있었다. 위호선이 가로막고 있지만 중과부적이어서 주교에 상당히 가깝게 접근한 배돌도 여러 척 있었다. 아무튼 약용의 추리와 판단을 믿는 수밖에 없다. 두 사람은 위호선을 불러 세우고서 그리로 옮겨 탔다.

"홍예문 쪽으로 가자!"

경계의 빛을 띠던 수졸들은 암행어사와 파견군관임을 확인하고서 두말없이 지시를 따랐다.

"참지는 예사 인물이 아니네. 저들이 무슨 수를 획책하려는지 모르겠지만 충분히 막아 낼 것이네."

홍병신이 불안해하는 최기수를 달랬다. 폭파를 획책하고 있다면 틀림없이 횡판과 상판의 연결이 겹치는 부분을 노릴 것이라고 약용은 내다보았다. 그래서 홍병신과 최기수에게 그곳을 살피도록 지시한 것이다.

약용의 추리가 정확하다면 홍재천 일당도 그곳에 나타날 것이다. 홍병신과 최기수는 몰려들고 있는 배들을 유심히 살펴보았다.

*

이만하면 잠수가 가능한 거리까지 근접했다. 배들이 계속 밀려들자 위호선들도 통제를 포기하고 쫓아오지 않았다. 문인방은 눈앞에 버티고 서 있는 주교를 보며 심장이 격하게 요동쳤다. 마침내 그 순간이 온 것이다.

온몸에 기름칠을 한 세키네가 강물을 한번 만져 보더니 상을 찡그렸다. 예상했던 것보다 강물이 차가웠던 것이다. 스기야마가 힘을 내라는 듯 다가와서 세키네의 등을 툭쳤다.

"저기!"

홍재천이 주교 끝을 가리키며 소리쳤다. 과연 주교 위로 가지가지 문양의 깃발들이 펄럭이며 다가오고 있었다. 마침내 행렬의 선두가 주교에 도달한 것이다. 풍악이 울리고, 호위 군사들이 보무당당한 걸음으로 다가오자 배들이 경쟁하듯 주교 부근으로 몰려들었다.

"준비!"

스기야마가 행차의 선두가 강심江心에 도달한 것을 확인하고서 세키네에게 신호를 보냈다. 지금 잠수해서 수저뢰를 설치하고 심지를 당겨 놓으면 국왕의 어마가 홍예문을 통과할 때 폭발할 것이다.

"좋아. 지금이다!"

위호선의 수졸들도 모두 넋을 놓고 주교 위를 쳐다보고 있었다. 스기야마가 신호를 보내자 세키네가 물속으로 몸을 담궜다.

역시 류구의 해적이군. 문인방은 얼음장 같은 물속으로 잠수하는 세키네를 보며 그들과 손을 잡기를 잘했다는 생각이 들었다. 이제 세키네가 위치를 확인하는 대로 수저뢰를 건네주면 된다. 주교를 두 동강 낼 거라니 위력이 엄청날 것이다.

"잠깐!"

스기야마가 수저뢰를 집어 들려는데 갑자기 홍재천이 다급한 목소리로 외쳤다. 쳐다보니 위호선 한 척이 빠른 속도로 이쪽으로 접근하고 있었다.

"아무래도 우리 배를 지목하고 접근하는 것 같습니다."

홍재천이 잔뜩 겁에 질렸다. 왜 하필 우리 배를…? 하지만 다가오는 위호선은 문인방의 눈에도 이 배를 목표로 하고 있는 것처럼 보였다.

"홍 단주가 적당히 둘러대시오."

일이 껄끄럽게 됐지만 상단의 배라면 크게 까탈을 부리지는 않을 것이다. 아까처럼 홍재천이 처리하는 동안에 잠깐 피해 있기로 하고서 문인방이 스기야마에게 눈짓을 보냈다. 스기야마가 당혹스러운 표정으로 황급히 문인방의 뒤를 따랐다. 돌발적인 상황이 발생하면서 세키네가 예정보다 오래 차가운 물속에 있게 되었다.

"…!"

문인방의 뒤를 따라서 배 아래로 내려서려던 장인형은 위호선의 뱃머리에 서서 눈을 부릅뜨고 있는 자가 최기수임을 확인하고서 가슴이 철렁내려 앉았다. 여기서 최기수와 마주치면 피할 곳도 없다. 장인형은 급히 문인방에게 다가갔다.

"빨리 여기를 피하는 게 좋겠습니다. 위호선에 면식이 있는 자가 있습니다."

"그게 정말이냐!"

문인방의 얼굴이 일순 창백해졌다. 정한기도 홍재천도 마찬가지였다. 다가오는 위호선은 배 뒤짐을 할 기세인데 그렇다면 끝장이다.

"틀림없는가?"

"그렇습니다. 외영 기총인데 화성에서도 마주쳤던 자입니다."

그렇다면 더 주저할 이유가 없었다. 문인방은 황급히 홍재천에게 배를 돌릴 것을 일렀다.

"그게 무슨 소리요! 그러면 세키네는!"

스기야마가 눈을 부릅뜨며 문인방에게 항의했다.

"일단 물러났다가 위호선이 사라지거든 돌아와서 세키네를 구하기로 합시다."

주교 폭파는 이미 실패로 돌아갔다.

"안 돼! 세키네를 내버려 두고 갈 수는 없어! 건져 올리겠소!"

스기야마가 화를 버럭냈다. 세키네를 얼음장 같은 물속에 남겨 두고 혼자만 도망갈 수는 없었다.

"소도주의 심정은 충분히 이해하오. 하지만 꾸물대다 다 죽게 될 판이오. 그러니 일단 피하고 봅시다."

문인방이 통사정을 했지만 스기야마는 막무가내였다. 지금 세키네는 차가운 물속에서 이를 악물고 참고 있을 것이다.

위호선이 점점 가까이 다가왔다. 더 이상 머뭇거릴 시간이 없었다.

"안 돼!"

홍재천이 도사공에게 신호를 보내자 스기야마가 단검을 뽑아 들었다. 그렇지만 장인형이 더 빨랐다. 장인형의 환도가 어느새 스기야마의 목을 겨누고 있었다. 여차했다가는 정말로 찌를 기세다. 스기야마는 단검을 내던지며 울부짖었고 경강선은 황급히 방향을 틀었다.

하지만 아직 위험이 끝난 것이 아니다. 쫓아와서 기찰을 할 지도 모른다. 그때는 어떻게 해야 하나. 장인형은 칼자루에 힘을 주며 위호선에서 눈을 떼지 않았다. 그러나 위호선은 홍예문 앞에 버티고 선 채 더 이상 쫓아오지 않았다.

"쫓아올 것 같지는 않군."

그제야 홍재천이 안도의 숨을 내쉬었다. 이제 어떻게 할 셈인가. 빨리 세키네를 구하지 않으면 얼어 죽을 것이다. 하지만 위호선을 꼼짝하지 않고 그 자리를 지키고 있었다.

마침내 용기龍旗가 펄럭이며 어마가 주교 위에 모습을 나타냈다. 위호선은 행렬이 주교를 완전히 건널 때까지 그 자리를 지키고 있을 모양이다. 시간이 얼마나 지났을까. 짧게 잡아도 일각은 흘렀을 것이다. 그리고 행차가 완전히 주교를 건너려면 다시 일각이 더 지나야 한다. 그렇다면 세키네는 살아남기 힘들다.

"소도주, 정말 미안하게 되었소. 이만 철수를 해야 할 것 같소. 오늘 일은 나중에 백배사죄를 하리다."

문인방이 넋을 놓고 있는 스기야마에게 다가갔다.

"내 손으로 직접 세키네의 원혼을 달래 주겠소."

돌아보는 스기야마의 눈에서 섬뜩한 살기가 일었다.

*

검지산黔芝山에 어둠이 깔리면서 시흥행궁始興行宮은 고요 속에 잠겼다. 어가는 여기에서 하루를 묵고서 내일 다시 화성을 향해서 길을 재촉한다. 주교를 무사히 건넌 일행은 용양봉저정에서 휴식을 취하고서 다시 원행에 나섰고 마침내 하룻밤을 유留할 시흥에 당도한 것이다.

이렇게 긴 하루가 또 있었을까. 약용은 오늘 하루가 너무 길게 느껴졌다. 참으로 길고도 힘든 하루였지만 아직 긴장을 풀면 안 된다. 약용은 피곤한 몸을 이끌고 행궁을 나섰다. 동구 밖 민가에서 홍병신, 최기수와 만나기로 약조를 했던 것이다.

가전별초駕前別抄와 가후금군駕後禁軍의 군기가 펄럭이며 행궁 주위를 삼엄하게 지키고 있었다. 약용은 별일이 없기를 빌며 걸음을 재촉했다.

"기다리고 있었습니다."

인기척을 하자 최기수가 얼른 문을 열었다. 약용이 성큼 안으로 들어서자 홍병신이 자리에서 일어서며 약용을 맞았다.

"참으로 긴 하루였소. 두 사람이 애쓴 덕에 무사히 어가를 모시게 되었소."

약용이 최기수와 홍병신의 노고를 치하했다.

"참지께서 취약한 지점을 지적해 주셨기에 무사히 도강을 마쳤습니다. 그 긴 다리를 일일이 순검하는 건 불가능했으니까요."

홍병신이 가슴을 쓸어내리며 대답했다. 허겁지겁 달려갔더니 과연 약용의 추리대로 홍예문 가까이에 접근해 있는 배가 있었다. 다가가자 얼른 자리를 피했다. 쫓아가서 기찰하려던 홍병신을 생각을 바꾸었다. 어가를 무사히 모시는 것이 급선무다. 혹시 홍재천이 다른 배에 타고 있을지 모른다.

"홍재천이 정말 주교를 폭파하려고 했을까요?"

최기수가 의문을 표했다. 수중 폭파가 가능한지 여전히 의문이었다.

"왜란 때 포도아葡萄牙(포르투갈) 해귀(수중 폭파대)들이 물속에서 폭탄을 터뜨려서 왜선을 격침시켰던 적이 있네. 그리고 류구의 해적들도 수중 폭파를 행하고 있다고 들었네."

약용이 심각한 표정으로 답했다. 다행히 무사히 도강했지만 홍재천은 포기하지 않을 것이다. 그럼 이번에는 어디를 노릴까. 퍼뜩 떠오르는 게 없었다.

"하면 류구 해적도 한패일 수 있겠군요."

홍병신이 말했다. 현장에서 불 심지가 발견되지 않았다. 그래서 급히 화기감에 알아본 바, 류구의 해적들은 수중 폭파 시 불 심지를 쓰지 않고 특별한 기폭 장치를 사용한다고 했다. 상황이 그렇다면 류구 해적들이 가담했을 개연성이 크다.

"옹성을 노릴 만큼 그 방면에 문외한인 홍재천이 수중 폭파를 시도하려 했다면 류구 해적들은 근자에 한패가 된 것 같습니다."

역시 최기수가 빨랐다. 약용도 그리 생각하고 있었다. 짧은 시간에 생사를 함께할 사이가 되었다면 둘을 이어 주는 삼자가 있었을 것이다. 약용은 훈련도감 기총 출신이라는 자를 주목했다.

"그자 이름이 장인형이라고 했더냐?"

"그렇습니다."

최기수가 화들짝 놀라며 대답했다.

"무얼 그리 놀라는 것이냐?"

약용이 의아해하며 물었다.

"실은 참지 허락을 받지 않고 벌인 일이 있습니다. 진작에 고해야 하는데 상황이 다급하게 돌아가는 바람에 말씀을 드리지 못했습니다."

최기수가 황송한 표정을 지었다.

"그게 무슨 말이냐?"

약용이 깜짝 놀랐다.

"저… 그 기녀 말입니다."

최기수가 약용의 눈치를 살피며 조심스레 입을 열었다. 약용은 최기수가 갑지기 기녀를 찾는 바림에 어리둥절했다.

"장인형이 들렀던 기방에 알아봤더니 소향비라는 기녀와 가깝게 지내고 있다고 했습니다."

약용은 비로소 무슨 말인지 깨달았다.

"장인형은 화성에서 사람을 벴습니다. 아무래도 그냥 넘어갈 일이 아니기에 포청 수하를 시켜서 소향비를 연행했습니다."

뭔가 있다고 판단한 최기수는 약용의 재가를 얻을 틈이 없자 단독으로 조치를 취한 것이다.

"해서 소향비라는 기녀는 지금 어디에 있느냐?"

그렇지 않아도 그쪽을 파고들려던 참이다. 정황으로 봐서 장인형이 홍재천과 류구 해적의 연결 고리 같았다. 약용은 소향비의 행방을 묻는 것으로 사후 재가를 대신했다.

"뒤채에 있습니다. 역모에 대해서는 별반 아는 게 없는 것 같았습니다."

최기수가 일차로 심문한 결과를 보고했다.

"하면 장인형과는 어떤 관계라도 하더냐?"

"기총 시절에 얼떨결에 초야례를 치렀다고 하는데 장인형이 훈련도감을 그만두고 부상이 된 후로 내외처럼 지내고 있답니다. 장 기총은 기방에서 소향비의 기둥서방으로 통하고 있습니다."

훈련도감의 정예 기총이 기녀의 기둥서방이 되어 칼을 휘두르고 있다니. 융정경장의 그늘인 셈이다. 군제 개혁에 앞장 섰던 약용으로서는 씁쓸한 생각이 들었다.

"직접 문초해 보심이 좋을 듯합니다."

최기수가 약용을 재촉했다. 그게 좋을 것 같았다. 약용과 홍병신은 최기수를 따라 뒤채로 향했다. 최기수는 한패는 아닌 듯하다고 했는데 그렇다면 어디까지 알고 있는지 확인할 필요가 있다.

뒤채에 이르자 지키고 있는 포졸이 군례를 올렸다.

"나 혼자 들어가겠네."

약용은 혼자서 소향비를 만나 보기로 했다. 공연히 위압감을 줄 필요가 없다. 약용이 문을 열고 들어서자 소향비가 황급히 일어섰다. 이 기녀가 소향비란 말인가. 다소곳이 서 있는 소향비의 자태가 눈에 들어왔는데 조금 초췌한 듯했지만 단아한 이목구비는 드물게 보는 미색이었다. 청나라 황제의 애첩이 소생했다는 소문이 헛것이 아니었다. 약용은 헛기침을 하며 자리를 잡았다.

"앉거라."

조심스레 앉는 소향비를 보며 약용은 장인형이라는 인물에 대해서 강한 호기심이 일었다.

"나는 병조참지다. 우리가 왜 너를 데리고 왔는지 알고 있느냐?"

약용은 겁먹은 얼굴로 자신을 쳐다보고 있는 소향비를 보며 일말의 연민의 정이 일었다. 하지만 지금은 동정할 때가 아니다.

"모릅니다. 소녀의 서방님에게 무슨 일이라도 생긴 겁니까?"

소향비의 음성이 가늘게 떨렸다. 영문도 모르고 연행되어 시흥까지 끌려왔다. 그렇지 않아도 장인형 때문에 불안해하던 참이다. 도대체 그에게 무슨 일이 생겼단 말인가. 소향비는 너무 무서웠다. 그렇지만 이럴수록 마음을 모질게 먹기로 한다. 그래도 병조참지라는 사람이 나쁜 사람 같지 않아서 다행이다.

"네 서방에 대해서 알아볼 것이 있어서 너를 데리고 왔다."

최기수의 말대로 소향비는 장인형이 하고 있는 일에 대해서 별로 아는 게 없는 것 같았다. 약용은 첫눈에 소향비가 거짓을 고할 사람이 아니라고 느꼈다.

"네 서방이 요즘 무슨 일을 하고 있는지 알고 있느냐?"

"부상단을 따라다니고 있습니다. 좋은 사람을 만나서 열심히 일을 하고 있는 것으로 알고 있습니다."

소향비가 차분하게 대답했다.

"좋은 사람이라면 부상단의 단주를 말함이냐?"

"그렇습니다. 옥포선생이라는 분인데 인품이 뛰어나며 식견도 깊다고 하셨습니다. 도대체 서방님에게 무슨 일이 생겼습니까?"

소향비는 애원하는 눈빛으로 약용에게 되물었다. 약용은 적이 실망스러웠다. 소향비를 문초해 봤자 더 이상 알아낼 것이 없을 것 같았다.

그럼 일을 어떻게 풀어 가야 한단 말인가. 홍재천이 주상을 위해하려 하는 것은 분명했고 장인형은 홍재천과 연관이 있는데 행방이 묘연하다. 그리고 소향비는 장인형의 여인이다. 그것이 전부였다. 소향비를 관에 넘기면 틀림없이 엄한 문초 끝에 중벌을 면치 못할 것이다. 죄 없는 사람이 억울하게 벌을 받는 일은 없어야 한다. 그렇다고 그냥 방면하는 것도 문제가 있다. 자칫 홍재천 일당에게 이쪽의 움직임을 알려 주는 꼴이 될 수 있다.

어떻게 한다…. 고심을 하던 약용은 문득 소향비가 옥포선생이라고 부르던 것이 떠올랐다. 부상단의 단수에게는 어울리지 않을 호칭인데 생각해 보니까 어디서 들어 본 말 같기도 했다.

"방금 전에 옥포선생이라고 했느냐?"

"그렇습니다. 서방님께서 그렇게 부르셨습니다."

옥포선생? 옥포선생이라….

'…!'

약용은 하마터면 소리를 지를 뻔했다. 비로소 그가 누군지 알아낸 것이다. 당대의 거유巨儒 송덕상은 천민 출신임에도 학문이 깊고 인품이 뛰어나다고 해서 문인방에게 옥포선생이란 별호를 지어 준 적이 있었다.

하지만 옥포선생 문인방은 역모를 꾀하다 목이 잘려 죽었다. 그런데 옥포선생이라니…. 당시 목이 잘린 사람은 가짜 문인방이라는 소문이 파다했다. 진짜 문인방은 신분을 감추고 달아났다고 했다. 그렇다면 둘 중 하나다. 누가 문인방 행세를 하거나 아니면 그동안 은신해 있던 진짜 문인방이 다시 나타난 것이다. 어느 쪽일까. 약용은 후자일 가능성이 크다고 판단했다. 가짜 문인방이라면 이렇게 대담한 일을 꾸미지 못할 것이다.

그렇다면 진짜 문인방이…. 약용의 얼굴에서 핏기가 가셨다. 허보법을 쓰고 호풍환무의 재주를 지녔다는 소문이 따라다녔던 자다. 그리고 옥포선생이라는 별호대로 지략이 뛰어난 자다. 그자가 주상을 노리고 있다니. 심환지를 견제하기에도 힘이 벅찬 상황이다. 그런데 또 다른, 어떤 의미에서는 더 무서운 적이 있다니.

어쩌다 상황이 이렇게 되었단 말인가. 하지만 이럴수록 침착해야 한다. 약용은 떨리는 가슴을 진정시키며 생각을 정리를 해 보았다. 홍재천은 문인방의 무리와 손을 잡은 것이 분명했다. 자세한 고리는 모르겠지만 주상에게 원한이 크다는 점에서 둘은 일맥상통하고 있다. 류구 해적은 문인방이 끌어들였을 것이다.

"도대체 서방님에게 무슨 일이 생겼습니까?"

소향비의 얼굴에 근심이 가득했다.

"네 서방이 역모를 꾀하려는 무리들과 결탁한 것 같구나."

약용은 소향비에게 사실을 얘기하기로 했다.

"방금 역모라고 하셨습니까?"

약용의 입에서 역모라는 말이 나오자 소향비의 얼굴이 백지장으로 변했다.

"그럴 리가 없습니다. 어쩔 수 없어서 부상단 패거리가 되었지만 서방님은 훈련도감 기총이셨습니다."

소향비가 세차게 고개를 흔들었다. 뭔가 이상했지만 장인형이 역모를 꾀하리라고는 꿈에도 생각해 본 적이 없었다.

"옥포선생이라는 자에 대해서 네 서방이 무슨 얘기를 하더냐?"

"옥포선생이 나쁜 사람인가요?"

소향비가 넋이 나간 표정으로 되물었다.

"그가 누군지, 그리고 무슨 일을 꾸미고 있는지는 차차 말해 주겠다. 그러니 그에 대해서 들은 바가 있거든 숨기지 말고 소상히 고하거라. 그것이 네 서방을 살리는 길이니라."

"바다 저 건너에 전화戰禍가 없고 오곡이 늘 풍부한 땅, 귀천이 없고 백성 스스로 다스리는 땅 소운릉이 있는데 때가 되면 저를 그리로 데리고 가겠다고 했습니다."

소향비가 떨리면서도 분명한 어조 대답했다. 전화가 없고 오곡이 풍부한 소운릉이라. 하면 진짜 문인방이 맞는 것 같았다.

난세가 되면 혹세무민의 무리들이 무릉도원을 내세우며 날뛰게 마련이다. 광해조 연간의 허균이 내세운 율도국이 그렇고 영조 연간의 신후담이 부르짖었던 남흥국南興國이 그렇다. 문인방의 소운릉 또한 그와 다를 바 없었다.

허균의 율도국과 신후담의 남흥국은 류구를 이상향으로 삼고 있었다. 그렇다면 문인방의 소운룡도 크게 다르지 않을 것이다.

"천대받는 기녀와 관직을 잃은 무장이 귀천 없고 빈곤도 없는 땅을 찾아가겠다는 게 대역의 죄에 해당하는 것인가요?"

소향비는 더 이상 떨지 않았다. 오히려 항의하는 눈빛으로 약용을 바라보았다. 약용은 당혹스러웠다. 궁지에 몰린 사람들이 살아 보고자 발버둥 치는 것을 형률로 논죄하고 싶은 생각은 추호도 없었다.

"소운룡에서는 모두 똑같이 가지고, 똑같이 일하며 똑같이 나누어 가진다고 했습니다. 멋대로 이 땅을 떠나는 것이 국법에 어긋나는 것임을 알고 있지만 그것이 그렇게 큰 죄라고는 생각하지 않습니다. 우리는 그냥 사람답게 살고 싶은 것일 뿐입니다."

약용은 눈을 감았다. 무슨 말을 어떻게 해야 하나. 상황이 어떻든 절절하고 생생한 민초의 목소리를 들은 마당이다. 산출이 늘어나고 상업이 발전하면서 촌민의 삶은 더 고달파지고 있었다. 지주들이 땅을, 사상도고들이 재물을 독식하면서 겨우겨우 생계를 이어 가던 촌민들은 유민이 되어 팔도를 떠돌고 있었다. 그래서 천도로 사대부들의 기득권을 빼앗아서 백성들에게 돌려주자는 것이 경장의 골자다.

그런데 문인방은 방향을 다르게 잡고 있었다. 똑같이 가지고, 똑같이 일하며 똑같이 나눈다. 소향비는 방금 그렇게 말했다. 아마도 장인형에게서 들은 말일 것이다.

모두 골고루 잘살 수 있으면 얼마나 좋을까. 하지만 그것은 현실에서 괴리된 공상에 불과할 뿐이다. 한전론限田論을 내세웠던 이익李瀷을 위시해서 많은 사람들이 모두가 똑같이 나누는 세상을 꿈꾸었지만 제대로 자리 잡은 것은 하나도 없다. 땅은 만민의 것이지만 수확물은 본인의 노력과 능력에 따라서 차등 분배를 하는 것이 옳다. 열심히 일한 사람과 게으른 사람이 똑같이 나누는 것은 불공평한 일이다.

하지만 사람들은 태어날 때부터 불공평하다. 그러니 모든 걸 개개인의 책임으로 미루는 것은 옳지 못하다. 그럼 갈아엎으면 정의로운 세상이 올까. 그들 스스로 기득권층이 되어 피치민들을 억압하고 수탈할 것이다. 하면 백성이 주체가 되어 나라를 경영하는 세상이 가능할까. 알 수 없지만 약용은 문득 그곳에서 차별은 있을 거란 생각을 떨쳐 버릴 수 없었다. 우리가 발을 딛고 사는 땅은 무릉도원이 아니다. 왕이 다스리건, 사대부가 통치하건, 백성들 스스로 나라를 경영하건 간에 사람 사는 곳은 차별이 있게 마련일 것이다.

아무튼 소향비의 물음에 답해야 한다. 소향비는 단아한 자세로 대답을 기다리고 있었다. 연민의 정이 일었지만 약용은 일단 엄하게 대하기로 했다.

"혹세무민의 무리들이 도처에서 날뛰고 있다. 어쩌다 네 서방이 그런 자들과 동패가 되었는지 몰라도 한시 빨리 손을 끊지 않으면 중죄를 면치 못할 것이다."

그말을 남기고서 약용은 몸을 일으켰다. 홍병신과 최기수가 기다리고 있었다.

"저 여인은 별반 아는 게 없는 것 같지만 무사히 원행을 마칠 때까지 우리가 데리고 있는 게 좋겠다."

"그리하겠습니다. 그런데 막 우포청에서 통기가 왔습니다."

최기수가 새 소식을 전했다.

"양화 부근에서 시신을 한 구 건져 올렸다고 하는데 벌거벗은 채 온몸에 기름칠을 했다고 합니다. 짐작건대 주교 폭파를 시도하려던 자 같습니다."

류구의 해적일 것이다. 이것으로 암약하고 있는 무리의 정체가 확실하게 밝혀졌다.

"그리고 이것은…."

최기수가 품에서 쇠고리같이 생긴 물건을 꺼냈다.

"홍재천의 집에서 찾아낸 물건이라고 합니다. 혹시 단서가 될지 모르겠습니다."

짧은 쇠막대는 무엇을 연결하는 고리 같은데 약용도 처음 보는 물건이다. 류구 해적들의 물건이라면 화기와 연관이 있을 것이다.

"화기감에 잘 아는 사람이 있소?"

"친분이 있는 감조낭청監造郎廳이 있습니다. 믿을 만한 사람입니다."

홍병신이 그 일은 자신이 맡겠다고 나섰다.

"이 물건을 급히 화기감에 보내서 정확한 용도를 알아보도록 하시오."

장신영접례가 내일로 다가왔다. 여전히 심환지의 속내가 파악되지 않는 가운데 문인방 일파가 어가를 노리고 있다. 약용은 숨이 막힐 듯한 긴박감에 휩싸였다.

심환지가 노리고 있는 게 뭘까. 선전관들을 통해서 군령의 출납을 일일이 살피고 있지만 그것으로 부족할 것이다. 다음 수를 노리고 있을 문인방과 불안하리만치 조용한 군부. 과연 그 사이를 무사히 헤집고 빠져나올 수 있을까. 약용의 입에서 시름이 새어 나왔다.

"어가가 화성에 당도할 때까지 한시도 마음을 놓을 수 없는 상황이오. 그러니 어사는 주변을 면밀히 살피면서 눈에 띄는 게 있거든 즉시 통기해 주시오."

"잘 알겠습니다."

홍병신이 호기롭게 대답했다.

"그리고 기총은 당분간 나와 함께 지내도록 하게."

"알겠습니다. 그리고 외영사 대감으로부터 날랜 군병을 지원받았습니다."

최기수의 얼굴에서 비장감이 흘렀다. 이틀 전인 윤2월 기축일(7일) 자로 용인과 안산, 그리고 진위振威 등 3개 읍이 화성의 속읍으로 편입되었다. 외곽 방어 체제가 속속 갖추어지고 있었다. 원행을 끝내고 협수군 체제가 완비되면 화성은 왕도로서 손색이 없는 모습을 갖추게 될 것이다. 그때까지 주상에게 변이 생기는 일이 없도록 철저히 호위해야 한다.

내일 진목참정의 영절례를 무사히 마치면 화성의 장용외영은 명실상부 한양의 오군영의 위에 서는 조선 군부의 핵심으로 자리매김할 것이다. 그걸 모를 리 없는 심환지가 아무런 대책도 없이 영접례에 임하지 않을 것이다. 하면 무슨 꿍꿍이일까. 아무리 궁리를 해도 떠오르는 것이 없자 약용은 은근히 짜증이 났다.

*

산전수전을 다 겪었음에도 구명록은 온몸이 떨렸다. 너무도 엄청난 말을 들은 것이다. 심환지 대감이 예사 인물이 아니라는 사실은 익히 알고 있지만 방금 들은 말은 그야말로 청천벽력이었다.

"무엇을 그리 놀라는가? 영접례장에서 조심태를 포박하고 화성을 접수하는 길만이 사직을 바로 세우는 길일세."

심환지가 날카로운 눈빛으로 구명록과 김권주에게 차례로 쏘아보았다.

"하면 반정反正입니까?"

구명록이 떨리는 음성으로 물었다.

"어찌 역모를 입에 담는가. 성총을 흐리는 사악한 무리들을 몰아낼 것이다."

심환지는 정란靖亂임을 분명히 했다. 국초 이래 한 차례의 정란과 두 차례의 반정이 있었다. 계유정란과 중종반정, 인조반정이 그것인데 둘의 차이점은 임금을 직접 겨냥하느냐, 주변 인물들을 제거하고서 임금을 허수아비로 만든 후에 적당한 구실을 붙여서 양위를 받느냐 인데 당연히 후자 쪽이 역모로부터 자유롭다.

"하면 전계군을 옹립하실 겁니까?"

김권주가 물었고 심환지는 무답으로 긍정했다. 그 일은 정순왕대비와 이미 묵계가 끝난 마당이다.

침묵이 흘렀다. 반정이든 정란이든 실패하면 역모에 불과하다. 멸문지화를 각오해야 한다.

"장용영 제조 이명식 대감과 경기 감사 서유방 대감이 우리와 뜻을 같이하기로 했소."

심환지가 두 사람을 압박했다. 장용영 도제조는 영의정이 겸하고 있으니 제조 이명식이 실질적인 책임자다. 그리고 화성은 어디까지나 경기도 땅이다. 그런데 화성 유수 겸 외영사 조심태는 독단으로 장용영을 통솔하고 있고, 감사를 제쳐 놓고 채제공과 연통하고 있다. 당연히 두 사람은 조심태에게 심한 반감을 가지고 있었다.

화살은 이미 시위를 떠났다. 그리고 장영용 제조와 경기 감사가 한패가 되었다. 더 망설일 게 없다.

"대감의 뜻을 따르겠습니다."

두 사람은 이구동성으로 심환지에게 합류를 맹세했다.

"그런데 무슨 수로 외영사를 포박합니까?"

구명록이 조심스럽게 물었다.

"장신영접례장에서 경기 감사가 화성 유수를 소환해서 화성 공역을 구실로 정번전을 멋대로 유용하고 백성들을 무리하게 동원해서 민궁재갈을 야기한 데 따른 죄를 논할 것이네. 장용영 제조는 외영사의 유고有故를 구실로 장용영을 접수하고 오군영이 외곽을 포위하면 화성을 완전히 장악할 수 있네."

하면 진목정참의 장신영접례는 조심태를 화성 밖으로 끌어내기 위한 구실이었단 말인가. 화성 밖이라면, 그리고 오군영에서 적극 호응하면 불가능하지 않을 것이다.

"오군영 아장들에게 은밀하게 이 사실을 알리시오. 선전관들의 귀에 들어가는 일이 있어서는 안 될 것이오."

심환지가 구명록에서 소임을 부여하고 김권주에게 눈을 돌렸다.

"거사가 단행되거든 즉시 한양으로 돌아가서 왕대비께 궁을 장악하라고 이르시오."

사직에 변고가 생기면 왕실 최고 어른이 국정을 주도하는 것이 법도다. 왕대비에게 섭정을 맡기고, 주상의 심복들을 다 몰아낸 후에 전계군을 옹립하면 정란은 끝이다.

계획은 빈틈이 없다. 그런데 병조참지 정약용이 문제다. 사람이 많으면 비밀이 새어 나가게 마련이다. 한 치만 어긋나도 선전관을 통솔하고 있는 정약용의 귀에 들어갈 것이다. 그러니 전광석화의 기세로 몰아붙여서 단숨에 승부를 결정지어야 한다.

짧은 순간의 승부는 동물적인 감각과 두둑한 배포가 승패를 가름

한다. 군병의 다수는 중요하지 않다. 잠시 겁을 먹었던 두 사람은 곧 냉정을 되찾았다. 그만큼 심환지의 의지가 생생하게 전해진 것이다.

조심태는 호위군병을 얼마나 데리고 올까. 어쩌면 당마의 척후병만 가지고는 제압하기 힘들 것이다. 그렇다면 군병들을 추가로 동원해야 할 텐데 여하히 선전관들의 감시를 피할 것인가. 구명록은 벌써 거기까지 생각하고 있었다.

"선전관들의 동태는 어떤가?"

심환지가 구명록에게 물었다. 같은 생각을 하고 있었던 것이다.

"눈에 불을 켜고 오군영 무장들을 지켜보고 있습니다."

구명록이 침통한 어조로 대답했다. 저들에게는 오군영 대장보다 병조참지의 명령이 우선이다.

"성조 점고를 하달할 테니 배행교련관이 그 소임을 맡도록 하게."

성조 점고는 공성을 맡은 군영 무관이 미리 화성을 살펴보는 것이다. 그렇구나. 성조 점고가 있었구나. 심환지의 흉중을 파악한 구명록은 탄복을 했다. 그렇다면 굳이 선전관의 눈을 피하지 않고도 군병을 동원할 수 있다.

"알겠습니다."

구명록이 비장한 어조로 대답했다. 진목참정은 오군영 소관이다. 외영 호위군병을 얼마 되지 않을 것이다. 얼마든지 제압할 수 있다.

"병조참지가 자리를 자주 비우고 있습니다. 무슨 다른 일이 있는 것은 아닌지 모르겠습니다."

김권주가 끼어들었다. 그렇지 않아도 심환지도 의식하고 있던 일이다. 용양봉저정에서도 그랬고 시흥 행궁에서도 그랬다. 어가를 수행하는 관국에 무슨 바쁜 일이 따로 있는지 수시로 자리를 비우고 있었

원행園幸

다. 특히 주교를 건널 때의 안절부절못하던 표정이 잊혀지지 않았다. 정말로 무슨 일이 있는 걸까. 그렇다면 연말에 화성 일대를 암행감찰하고 돌아온 것과 관련이 있을 것이다.

'뭐 어떤가. 어차피 내일이면 모든 것이 끝날 텐데.'

심환지는 더 이상 마음을 쓰지 않기로 했다. 결전의 시각이 얼마 남지 않았다.

*

저 멀리로 어가를 호위하는 금군 막사의 횃불이 점점이 늘어서 있었다. 일대를 찬찬히 둘러본 문인방은 초가로 걸음을 돌렸다. 문인방과 홍재천, 스기야마, 장인현, 정한기는 홍재천 상단에서 쓰고 있는 초가에 머물면서 다음 계책을 도모하고 있었다.

"너무 쉽게 생각했군. 진작에 꼬리가 잡혔는데 그 사실을 여태 모르고 있었다니."

문인방이 착잡한 표정으로 말문을 열었다. 거사는 실패했고 세키네는 죽었다. 천지개벽은커녕 쫓기는 신세가 되고 말았다.

"알아봤더니 병조참지 정약용이라는 자가 일을 주도하고 있다고 합니다. 그자는 주교사에서 일했던 적도 있는데 연말에 화성을 암행기찰 했다고 합니다."

정한기가 문인방의 눈치를 살피며 그동안 알아낸 바를 보고했다. 홍재천의 한양 저택은 벌써 쑥대밭이 되었다. 위호선이 나타난 것은 우연이 아닐 것이다. 그렇다고 해도 이렇게 쉽게 꼬리를 밟힐 줄이야. 뭐가 문제였을까. 문인방은 생각에 잠겼다. 홍재천 상단에서 새어 나갔을까. 아니면 장인형일 수도 있다. 눈치를 보니 정한기는 장인형을 의심하는 것 같았다. 문인방도 장인형을 아는 자가 위호선에 있었던 것이 마음에 걸리던 차였다.

장인형은 자리가 몹시 불편했다. 문인방과 정한기가 자기를 의심하는 것 같았다. 최기수에게 꼬리를 잡힌 모양인데 신중하게 행동하지 못한 것이 새삼 후회되었다. 소향비는 어떻게 되었을까. 뒤를 밟혔다면 소향비는 무사하지 못할 것이다. 혹시 끌려가서 문초를 당하지는 않았을까. 당장이라도 확인하고 싶지만 그럴 수 없는 처지다. 정약용이라…. 장인형은 그 이름을 가슴에 새겨 두었다.

"상황이 많이 나빠졌지만 아직 끝난 것은 아니다."

문인방이 어느새 냉정한 얼굴로 돌아왔다.

"대체 어디까지 알아냈을까요?"

당장이라도 관헌이 들이닥칠 것만 같은지 홍재천이 잔뜩 겁에 질려 있었다.

"수저뢰를 제조하던 재료가 남아 있고 주교를 폭파시키려 했던 계획도 들통났으니 우리가 류구의 해적과 연계되어 있다는 사실도 알아냈을 것이오."

"그럼 이제 어떻게 해야합니까?"

홍재천은 사색이 되었다. 당연히 자신이 역모에 가담한 것도 밝혀졌을 것이다.

"어떻게 하기는 뭘 어떻게 해! 끝까지 싸워야지!"

문인방이 버럭 소리를 지르고는 시종일관 입을 다물고 있는 스기야마에게 시선을 돌렸다. 스기야마가 천천히 조총을 집어 들었는데 눈에서 살기가 번뜩였다.

"하면 저것으로 저격을…?"

홍재천이 눈을 휘둥그레 떴다. 장인형도 깜짝 놀랐다. 어가가 지나는 연도는 요소마다 당마가 설치되고 척후복병이 늘어서서 삼엄한 경계를 펼친다. 그러니 접근 자체가 불가능하다.

"잊었소? 다네가시마는 천보총이라고도 불린다는 사실을."

스기야마가 처음으로 입을 열었다. 천 보 떨어진 거리에서 저격이 가능하다면 경계병의 눈은 피할 수 있을 것이다. 장인형은 호기심을 가지고 스기야마를 지켜보았다. 저격은 진작부터 마련된 차후책인 것 같았다.

"만약에 대비해서 신작로를 답사했었소. 달래고개에 매복해 있다가 어가가 미륵현彌勒峴을 지날 때 저격을 하면 맞힐 수 있을 것이오."

세키네의 복수를 하겠다는 듯 스기야마의 눈에서 불길이 일었다. 시흥 쪽으로 새로 뚫은 신작로는 남태령길에 비해서 대체로 평탄한 편이다. 고개라고 해 봐야 지지대遲遲臺라고도 불리는 미륵현 정도다. 달래고개는 미륵현에서 천 보 정도 떨어진 곳이다.

장인형은 의문이 일었다. 천 보 떨어진 거리를 명중시키는 총이 있다고 해도 저격이 불가능할 거란 생각이 들었다. 천 보 거리라면 발사 후에 그럭저럭 대피할 시간은 있겠지만 미륵현은 주변에 장애물이 많아서 겨냥을 할 시간이 극히 짧을 수밖에 없다.

"그 일은 스기야마 소도주에게 맡기면 될 것이네."

문인방이 마치 장인형의 마음을 읽기라도 한 듯 끼어들었다. 이렇게 되면 나중에 류구의 해적들이 애초에 얘기됐던 것보다 많은 것을 요구하겠지만 감수하는 수밖에 없다.

그만하면 논의할 건 다 논의한 셈이다. 장인형은 문인방의 눈치를 살피고는 슬며시 일어섰다. 소향비가 마음에 걸렸던 것이다.

"저자를 끝까지 믿으실 겁니까?"

장인형이 방을 나서는 것을 확인하고서 정한기가 문인방에게 다가갔다. 그러나 문인방은 대답하지 않았다.

"일부러 얘기하지 않았습니다만 장 차인의 여인이 끌려갔습니다. 행여 여기 일을 발고하지 않았을까 걱정됩니다."

"소향비라는 기녀 말이로군. 크게 염려하지 않아도 될 것이다. 우리에 대해서 아는 게 없을테니까."

"어찌 그걸 장담하시오? 저자가 얘기했을 수도 있지 않소?"

홍재천이 끼어들었다.

"세상에는 여러 종류의 사람이 있소! 제대로 뒤처리도 못하면서 일만 벌이는 사람이 있는가 하면 할 말과 해서는 안 될 말을 가릴 줄 아는 사람도 있소!"

문인방이 언성을 높이자 홍재천이 머쓱해서 돌아앉았다. 자기를 지목해서 하는 말임을 잘 알고 있었다.

"장 차인이 가벼운 사람이 아니라는 것은 잘 알지만 소향비가 끌려갔다는 사실을 알면 동요가 일지도 모릅니다."

"그런 일은 없을 것이다. 지금의 일은 장 차인에게 함구하도록 하거라."

문인방은 장인형을 신뢰하고 있음을 분명히 했다.

*

마침내 운명의 임진일(10일)이 되었다. 하지만 묘정 삼각(오전 6시 45분)이 지났음에도 비가 오려는지 도통 날이 밝을 기미를 보이지 않았다. 비가 오면 길조일까 흉조일까. 밤을 뜬 눈으로 지새우다시피 한 약용은 하늘을 올려다보고는 무거운 발걸음을 옮겼다.

곧 원행 둘째 날 행차가 시작된다. 어가는 사근참행궁肆覲站行宮에서 점심을 먹고, 저녁때 화성에 들어갈 예정이다. 제발 그때까지 아무 일이 없었으면. 약용은 천지신명께 비는 심정으로 행렬의 뒤를 따랐다.

하늘은 잔뜩 흐렸지만 비는 뿌리지 않았다. 길게 늘어선 행차는 보무도 당당하게 사근참행궁으로 걸음을 재촉했다. 시흥 백성들은 어가를 구경하기 위해서 일찍부터 연도에 늘어서 있었다. 정조에게 백성은 사대부의 독주를 견제하는 큰 힘이다.

약용은 창덕궁을 나설 때와 마찬가지로 행차의 맨 뒤를 따랐다. 앞에서 병조판서 심환지가 말을 몰고 있었고 그 뒤를 김권주가 따르고 있었다. 아무 일도 없는 것일까. 알 수 없지만 별다른 이상 징후는 포착되지 않았다.

연도에 늘어서서 어가를 호위하고 있는 오군영 척후복병들은 왠지 패잔병 느낌을 지워 버릴 수 없었다. 화성으로 천도하고 나면 저들 중 상당수는 밥줄이 끊어질 것이다.

날씨는 계속 흐렸지만 비는 뿌리지 않았다. 어가는 일정대로 사근참행궁에 당도했다. 어가를 수종해 온 사람들은 서둘러 공궤가가供饋假家로 몰려갔다. 그곳에서 점심을 들기로 되어 있는데 먼 길에 모두들 배가 고팠을 것이다.

약용은 주상이 행궁에 드는 것을 확인하고서 행궁을 빠져나왔다. 따로 움직이고 있는 최기수와 홍병신이 기다리고 있을 것이다. 어제 저녁부터 제대로 먹지 못했지만 배고픔을 느낄 겨를이 없었다. 사근천沙斤川 가의 초가에 이르자 최기수가 달려 나왔다. 허둥대는 것으로 봐서 뭔가 일이 생긴 듯했다.

"화기감에서 소식이 왔습니다."

홍병신도 홍분을 감추지 못하고 있었다.

"그래 무엇이라고 하더냐?"

"야금변수冶金邊首의 말로는 조총의 반궤搬軌와 용두龍頭를 연결하는 고리쇠라고 합니다."

반궤와 용두라니…. 의아해하는 약용을 보며 최기수가 말을 이었다.

"반궤와 용두는 수석총燧石銃에 쓰이는 부품이라고 합니다. 수석총은 일본에서 새로 만든 조총인데 공이에 부싯돌이 달려 있어서 사수가 방아쇠를 당기기만 하면 발사가 된다고 합니다."

자동 발사되는 신형 조총이라면…. 하면 문인방은 주상을 저격하려 한단 말인가. 류구 해적에게 저격을 맡기려 하는 것 같았다. 약용은 고개를 갸우뚱했다. 신작로는 개활지를 이루고 있는 데다 곳곳에 당마가 설치되어 있어서 저격이 가능한 거리까지 접근이 불가능하다.

"천보총이라는 신형 조총은 말 그대로 천 보 밖의 목표도 명중시킬 수 있다고 합니다."

최기수가 화기감의 통보를 전했다. 놀라운 일이다. 천 보 떨어진 곳에서 목표를 명중시키는 총이 있다니. 약용은 비로소 사태가 심각하게 돌아가고 있음을 절감했다. 천 보 밖에서 어가를 노린다면 저격수는 어디에 매복하고 있을까. 미륵현…? 작년 말에 신작로를 철저히 살

　　　　　　　　　　　　　　　　　　　　　　원행園幸

핀 적이 있는 약용은 제일 먼저 미륵현을 떠올렸다. 미륵현에서 천 보쯤 떨어진 곳에 달래고개가 있는데 그곳에 몸을 숨기고 있으면 당 마나 척후병의 눈을 피할 수 있을 것이다.

"달래고개는 신작로에서 상당히 떨어진 곳이어서 당마도 설치되어 있지 않고 척후복병도 기찰을 하지 않습니다. 그리고 숲이 울창해서 몸을 숨기기 쉽습니다."

홍병신도 달래고개를 꼽았다. 약용은 힐끗 하늘을 올려다보았다. 아침부터 궂어 있던 하늘은 아무래도 비를 뿌리를 것 같았다. 비가 오면 수석총을 발포가 불가능할 것이다.

"야금변수의 말로는 수석총은 이약통耳藥桶에 덮개가 있어서 비가 와 도 거발擧發이 가능하다고 합니다."

약용의 마음을 읽고서 최기수가 먼저 대답했다. 그렇다면 지체할 틈이 없다. 일각이 급하다. 어쩌면 지금쯤 문인방 일당은 달래고개에 매복하고서 저격의 기회를 노리고 있을 지 모른다.

"역졸들을 대기시켜 놓았습니다."

홍병신이 몸을 일으켰다.

"화급을 다투게 되었소. 당장 달려가시오."

"잘 알겠습니다."

홍병신이 호기롭게 대답하고는 급히 초가를 나섰다.

"소장이 가 봐야 하지 않겠습니까. 역졸들을 데리고 간다고 하지만 상대는 사나운 류구 해적입니다."

최기수가 환도를 만지작거리며 불안한 표정을 지었다. 최기수의 말 이 틀린 것은 아니지만 그는 여기 남아서 할 일이 있다.

"장신영접례가 자꾸 마음에 걸린다."

벽파와 오군영이 너무 조용한 게 이상했다. 꼭 폭풍 전의 고요 같았다.

"소장의 생각도 그러합니다. 선전관들을 독려하고 있지만 그래도 불안합니다."

최기수도 같은 생각이었다. 일촉즉발의 위기 속에서 간신히 화성을 향해 한 걸음 한 걸음 나가고 있는데 불손한 무리들이 주변에서 암약하면서 주상을 위해하려 하고 있다. 그야말로 내우외환의 위기다. 그나마 문인방 무리는 그런대로 가닥이 잡혔지만 심환지는 여전히 안개 속에 있었다. 그는 절대로 맥없이 주저앉을 사람이 아니다.

"훈련도감 배행교련관 구명록은 구선복의 인척인 데다 요즘들어 병조판서와 자주 만나고 있습니다."

최기수가 조심스럽게 고했다. 배행교련관은 직무상 병조판서를 자주 대하게 마련이다. 선불리 행동하다 역풍을 맞는 수가 있다. 오군영 무관들은 신경이 날카로워질 대로 날카로워져 있다. 당장 군세軍勢는 한양의 오군영이 화성의 장용영 외영을 압도하고 있다. 여하히 저들의 반발을 무마하면서 협수군 체제를 완비하느냐가 융정경장의 핵심이다.

"그리하게."

잠시 생각하더니 약용이 허락했다. 때가 때인 만치 그냥 넘어갈 수 없다. 날카로운 이빨을 감춘 채 기습의 기회를 노리고 있는 호랑이와 슬금슬금 다가오고 있는 살모사. 순간 약용은 등골이 오싹했다.

*

지금 뭘 잘못 들은 게 아닐까. 도열한 훈련도감 현무기 소속 기병旗
兵 30명은 귀를 의심했다. 배행교련관 구명록의 입에서 청천벽력과도
같은 말이 나왔다. 외영사를 포박할 것이라니. 그렇다면 반정을 도모
하겠다는 것인가. 기병들은 창졸간에 죽느냐 사느냐의 기로에 서게
되었다.

"간악한 무리들이 성총을 흐리고 있다. 나라의 기틀이 지금 백척간
두에 서 있다. 종묘사직을 수호하는 것이 훈련도감의 소임임을 잘 알
고 있을 것이다."

구명록은 반정이 아니고 정란거병임을 분명히 했다. 주상을 내치자
는 것이 아니고 주상의 눈과 귀를 가리고 있는 간신배들을 내쫓자는
것이다.

술렁임이 일었다. 정란거병이라고 하지만 실패하면 그 역시 대역의
죄로 다스려질 것이다. 구명록은 결의에 찬 눈으로 기병들을 둘러보
았다. 현무기 기병들은 자신의 명령이라면 섶을 지고 불 속으로도 뛰
어들 심복들이다. 자신이 그러했던 것처럼 일시적인 동요는 곧 진정
될 것이다.

"장용영 제조와 경기 감사도 한편입니까?"

뒤에서 누가 떨리는 목소리로 물었다.

"그렇다. 장영용 제조 이명식 대감과 경기 감사 서유방 대감, 그리
고 내영사 서유대 대감도 더 이상 외영의 독단을 용납할 수 없다며
우리와 뜻을 함께하기로 하셨다. 외영사가 궐위되면 장용영 제조와
병조판서가 각각 외영의 군정과 군령을 장악하게 될 것이다. 경기 감

영이 우리 뒤에 있다는 사실을 잊지 말거라."

혹여 충돌이 벌어지면 제일 빨리 군병을 출동시킬 수 있는 곳이 경기 감영이다. 경기 감사가 한편이라는 사실은 천군만마를 얻은 것과 진배가 없다. 그리고 복장福將이라 불리는 장용영 내영사 서유대는 군졸에서 대장까지 승차한 입지전적인 인물로 군병들의 신임을 한 몸에 받고 있었다. 구명록은 두 사람을 거명하며 현무기 기병들의 동요를 진정시켰다.

"출발한다."

구명록이 결의에 찬 표정으로 출발을 명했다. 진목정참 부근에 매복하고 있다가 병조판서의 신호가 떨어지면 기습해서 외영 호위병들을 제압해야 한다. 성조정식에 포함된 출동이기에 선전관들도 특별히 관심을 기울이지 않을 것이다. 구명록은 당장이라도 빗방울을 떨어뜨릴 것 같은 하늘을 올려다보고는 선두에 나섰다.

＊

그예 빗방울이 떨어지기 시작했다. 문인방은 원망 가득한 얼굴로 하늘을 올려다보았다. 스기야마는 괜찮다고 하지만 아무래도 조총을 발사하는 데 지장이 있을 것 같았다. 아무튼 여기 달래고개에서는 미륵현이 훤히 내려다보였다. 아직 조선 국왕의 행차는 도달하지 않았지만 척후복병들은 벌써부터 삼엄하게 경계를 하고 있었다. 하지만 여기서 저격을 하리라고는 꿈에도 생각하지 못했을 것이다.

"하필이면 비가…."

홍재천이 불평을 늘어놓으며 문인방에게 다가갔다.

"정말 저격이 되겠소? 천 보가 가까운 거리가 아닌데."

"류구 해적의 실력을 믿는 수밖에."

문인방도 내심 불안을 금치 못하고 있었다. 스기야마에게 모든 것을 의존해야 하는 상황도 못마땅했다.

스기야마가 보따리를 풀자 긴 총신에 뭉툭한 손잡이를 갖춘 조총이 모습을 드러냈다. 스기야마는 약통이 비에 젖는 일이 없도록 옷으로 감쌌다. 덮개가 달려 있지만 그래도 오늘처럼 비오는 날에는 각별히 조심해서 다루어야 한다. 스기야마는 조성照星(가늠쇠)을 통해서 미륵현을 살펴보고는 문인방을 향해서 고개를 끄덕였다. 자신이 있다는 뜻이다.

조금 떨어져서 그들을 지켜보고 있는 장인형은 만감이 교차했다. 류구의 해적이 주상을 저격하는 장면을 지켜보는 처지가 된 것이다. 솔직히 장인형은 류구의 해적을 끌어들인 게 마땅치 않았다. 어쨌거나 저들은 이방인이다. 경강선에서의 일 때문일까. 스기야마도 자신에게 일말의 적의를 지니고 있는 듯했다.

"비가 오면 국왕이 어마 대신에 소가小駕(가마)를 탈지 모릅니다. 그리되면 저격이 불가능할 게 아닙니까."

홍재천의 말대로 되면 만사가 끝장이다. 또 다른 걱정거리가 생긴 것이다.

"그런 일은 없을 겁니다."

정한기가 끼어들었다.

"조선 국왕은 효심이 깊어서 비가 오더라도 가마 대신에 어마를 타고서 모후의 가마 뒤를 따를 것입니다."

문인방의 모사답게 정한기의 의견에는 빈틈이 없었.

"그보다는 병조참지가 신경 쓰입니다."

정한기가 돌연 약용을 거론하고 나섰다. 그러자 모두의 얼굴에 긴장감이 흘렀다. 그 때문에 주교를 날려버리려던 계획이 수포로 돌아갔다. 혹시 여기서 저격하려는 계획도 들통나지 않았을까. 공포가 엄습해 온 것이다.

"만약의 경우에 대비해서 감시를 세우고 퇴로를 확실히 해 두는 게 좋겠습니다."

정한기가 대책을 꺼냈다.

"그러는 게 좋겠군."

문인방이 장인형을 돌아보자 장인형이 미륵현으로 통하는 길목으로 향했다. 감시와 호위는 그의 몫이다.

"장 차인은 소도주를 별로 좋아하지 않는 것 같습니다."

정한기가 소리를 죽이며 입을 열었다.

"소도주도 장 차인을 별로 좋아하지 않는 것 같아. 배에서의 일도 있을 테니."

문인방이 알고 있다는 듯 고개를 끄덕였다.

"소도주는 세키네 일도 몹시 화가 나 있습니다. 달래 줄 필요가 있습니다."

정한기가 조심스럽게 문인방의 반응을 살폈다. 도주하는 과정에서 장인형을 희생양으로 삼으면, 스기야마의 원망도 풀어 줄 수 있다는 의미다.

정한기는 장인형이 싫었다. 호위무사로 천거를 했는데 문인방은 자신을 제치고 장인형을 측근에 두고 있었다.

"내게 생각이 있다."

문인방이 손을 내저으며 말을 이으려는 정한기를 제지했다.

*

사근참행궁을 나선 어가는 화성을 향해서 길을 재촉했다. 빗방울이 굵어졌지만 지체할 수 없다. 신료들이 가마에 오를 것을 진언했지만 정조는 우구雨具를 걸친 채 어마를 타고서 혜경궁의 가마를 따랐다.

이제 반 나절만 무사히 보내면 화성에 들어선다. 제발 아무 일이 없었으면.

"소장이 달래고개로 가 보겠습니다."

최기수가 불안한 표정으로 청했다.

약용도 그 생각을 안 해 본 건 아니다. 그렇지만 장신영접례를 한 번 더 살펴볼 필요가 있다. 그래서 이상이 없음이 확인된 후에 홍병신에게 보내기로 한 것이다.

"군영은 정해진 위치를 제대로 지키고 있는가?"

약용은 보고할 것이 있는지 다가오는 행수선전관에게 그것부터 물었다.

"그렇습니다. 수종군병들은 물론 당마와 척후복병들도 모두 한 치의 어긋남도 없이 정해진 자리를 지키고 있습니다."

"병조나 오군영에서 새로 군령을 발한 것은 없는가?"

"경계를 독려하는 것 외에 별다른 것은 없습니다."

"선전관들은 제자리에서 소임을 수행하고 있겠지?"

"물론입니다. 방금 각 아문을 순시하고 오는 길입니다."

정말로 아무 일이 없는 것일까. 그런데도 왜 이렇게 불안할까. 약용은 묵묵히 어마를 따르고 있는 심환지와 김권주를 보며 여태 아무것도 파악하지 못하고 있는 자신에게 짜증이 났다.

"배행교련관 구명록은 지금 어디에 있는가?"

생각난 김에 물어본 것인데 행수선전관의 입에서 뜻밖의 대답이 나왔다.

"방금 전에 현무기 기총들을 인솔하고서 먼저 화성으로 출발했습니다."

이게 무슨 소린가? 약용은 정신이 번쩍 들었다. 현무기 기총들이 화성으로 출발을 했다니. 이 상황에서 내가 모르는 군병 이동이 있었단 말인가.

"지금 무슨 소리를 하는 건가! 병력이 출동한다면 군령이 내려졌을 터, 왜 당장 내게 고하지 않았나! 군병의 이동을 철저히 통제하라고 그렇게 일렀거늘!"

약용이 호통을 치자 행수선전관은 당황해서 어쩔 줄을 몰라했다. 최기수도 사태를 짐작하고서 한 걸음 앞으로 다가섰다.

"훈련을 점고하기 위해서 먼저 화성으로 출발한 것인데 성조정식으로 정해진 일이어서 따로 군령을 발동하지 않은 듯 합니다."

아뿔싸. 그런 수가 있었구나. 약용은 뒤통수를 세게 얻어맞은 기분이었다. 군령이 내려지는 길목만 지키고 있으면 오군영을 통제를 할 수 있으리라 믿었는데 그만 뒷구멍이 뻥 뚫려 있었던 것이다.

"지금이라도 쫓아가야 하지 않겠습니까?"

최기수가 약용의 결심을 재촉했다. 호되게 당한 꼴이 됐지만 이럴수록 냉정해야 한다. 흥분하면 판단력이 더 흐려진다. 약용은 흥분을 누르며 전후관계를 하나하나 생각해 보았다. 병자참지가 성조정식에 따라서 출동하는 병력을 제지할 수는 없다. 그리고 지금 그들을 제압할 만한 병력도 없다.

어쨌거나 조심태 대감이 소수의 호위병을 이끌고 화성을 나서는 마당에 정예 현무기 기병이 부근에 있다는 것은 분명 위험한 상황이다. 그런데 차분히 생각해 보니 선전관들의 통제에서 벗어나 있는 군병이 또 있었다. 경기 감영 소속 군병들인데 그들은 장신영접례에 참석하는 경기 감사를 따라서 진목정참으로 이동 중이다. 그들이 오군영과 손을 잡는다면 상황은 돌이킬 수 없는 국면으로 치달을 것이다.

일이 어쩌다 이 지경이 되었단 말인가. 미륵현에서 어마를 노리고 있을 문인방 일행과 진목정참에서 조심태 대감을 노리려는 심환지. 약용의 등에서 식은땀이 흘러내렸다.

뭘 어떻게 해야 하나. 이럴 때는 복잡하게 생각할 필요가 없다. 괜히 이것저것을 따지고 재면 아무것도 못 한다. 본능대로 움직이고 배포로 밀어붙여야 이긴다. 약용은 몸을 벌떡 일으켰다.

"당장 화성으로 달려가게."

약용이 최기수에게 복귀를 지시했다.

"진목참정에서 변고가 생기는 일이 없도록 조심태 대감을 곁에서 지키게."

"알겠습니다."

최기수가 비장한 어조로 대답하고는 급히 행렬에서 벗어났다. 하지만 위험은 진목정참에만 있지 않다.

약용은 행렬의 앞으로 내달렸다. 빗줄기가 굵어지면서 길이 상당히 미끄러웠다. 수종원들이 고생하겠지만 조총 발사하기가 수월치 않을 것이다. 약용은 비를 뿌리는 하늘이 더없이 고마웠다.

혜경궁의 가마와 주상의 어마가 눈에 들어왔다. 약용은 행렬의 선두로 내달렸고 미륵현 꼭대기에 이르러서 행차를 선도하고 있는 채제공을 따라잡을 수 있었다.

"무슨 일인가?"

채제공이 허겁지겁 달려오는 약용을 보며 경계의 빛을 띠었다.

"전하를 위해하려는 무리들이 있습니다."

"그게 무슨 소린가?"

채제공이 화들짝 놀랐다.

약용은 가쁜 숨을 내쉬며 상황을 보고했다. 그렇지 않아도 심려가 많을 채제공 대감에게 큰 걱정을 끼쳐서 송구스럽지만 그냥 넘어갈 상황이 아니다.

"큰일이로군. 하지만 확실한 증좌 없이 환궁하자고 주청할 수는 없네."

채제공의 얼굴에 고뇌가 가득했다. 불충한 무리들이 주상을 저격하려 하고 있고, 오군영에서 반란을 일으킨 조짐이 있다고 하지만 심증일 뿐, 주상 앞에 내놓을 만한 물증이 없다. 여기서 환궁했다가는 천도는 차질을 빚게 될 것이고, 자칫 개혁이 수포로 돌아갈 수도 있다.

"계책이 있습니다."

약용이 달려오면서 마련한 계책을 밝혔다.

"비가 그치지 않고 있습니다. 옥체를 보존하셔야 합니다. 혜경궁 마마께서도 많이 피곤해하실 겁니다."

"하면?"

"진목참정에서 잠시 쉬었다 가는 게 좋겠습니다. 그리고 혜경궁 마마께는 미음 다반을 올리는 게 좋겠습니다."

어가가 쉴 때 삼령차를 내고 미음을 올리는 일은 약방에서 관장을 하는데 약방제조는 병조판서 심환지가 겸하고 있다. 일이 그리 되면 약방제조는 약방 상궁들을 인솔하고 먼저 진목참정으로 가서 삼령 차를 다리고 미음을 끓이는 것을 감독해야 한다. 모든 계략은 심환지 의 머리에서 나온다. 그렇다면 그를 현장에서 떨어뜨려 놓는 게 급선 무다.

"알겠네."

채제공이 즉시 수락했다. 사소한 원행 일정 변경은 정리소 총리대 신인 채제공이 정할 수 있다.

"그리고."

약용은 숨을 몰아쉬며 다음 계책을 밝혔다.

"비가 그치질 않으니 쉬 어두워질 것입니다. 장신영접례를 간략하 게 치르는 게 좋겠습니다."

"간략하게 치른다면?"

"굳이 장용영 제조와 경기 감사까지 부를 필요 없이 화성 유수 혼 자서 영접의 예를 거행하도록 함이 마땅할 것입니다.

경기 감사가 없으면 경기 감영의 군병들도 없을 것이다.

"그리 주청드리겠네."

명분이 있는 주청이다. 벽파에서 반대하지 못할 것이다. 약용은 한 시름 놓았다. 심환지가 없고, 경기 감사가 참석하지 않는다면 저들의 계책은 큰 차질을 빚게 될 것이고, 구명록이 허둥대는 틈을 노려서 최기수 영접례 장을 점거하면 된다.

약용이 생각을 정리하는 사이에 혜경궁의 가마와 주상의 어마가 미륵현 꼭대기에 모습을 드러냈다. 이제는 저격을 해결해야 한다. 달래고개에서 조준한다면 천보총의 총구가 지금 뒤통수를 겨냥하고 있을 것이다. 생각이 거기에 미치자 약용은 모골이 송연했다.

달래고개로 달려가고 싶지만 시간이 없다. 홍병신이 잘해 주어야 할 텐데. 약용은 천지신명께 간절히 빌며 어마를 기다렸다.

＊

문인방과 홍재천, 스기야마, 그리고 정한기는 비에 흠뻑 적은 채 꼼짝 않고 미륵현에서 눈을 떼지 않았다. 조선 국왕의 행차가 당도할 때가 되었다.

"거리가 상당하지만 다행히 시야는 그런대로 괜찮은 것 같소."

홍재천이 연신 주위를 둘러보며 불안해했다. 혹시라도 군병이 몰려오지는 않을까 신경이 쓰였던 것이다.

"퇴로를 확보했으니 그리 겁먹을 필요 없소. 정 걱정되거든 미리 내려가 있든가."

문인방이 짜증을 냈다. 그렇지 않아도 초조한 마당에 홍재천이 자꾸 신경을 건드리고 있었다.

"괜찮겠소?"

그런데 정말 여기서 명중시킬 수 있을까. 문인방이 스기야마에게 조심스럽게 물었다.

"염려 놓으시오. 적어도 세 차례는 발사를 할 기회가 있을 테니까."

스기야마가 조준선에서 눈을 떼지 않고 대답했다. 스기야마는 조선 국왕이 탄 어마가 소나무와 큰 바위 사이에 모습을 드러낼 때 1차로 저격할 계획이다. 그게 여의치 않으면 고개 정상 개활지를 지나갈 때를 노리고, 그것도 여의치 않을 경우는 잔솔 지대를 통과할 때 발포할 생각이다.

세 차례면 충분하다. 조준선에 들어온 목표를 놓쳐 본 적이 없다. 스기야마는 이를 악물었다. 세키네의 복수를 할 시간이 온 것이다. 물론 저격에 따른 대가는 따로 요구할 것이다.

"저기!"

홍재천이 미륵현을 가리켰다. 과연 풍악이 울리면서 군병들이 미륵현에 오르고 있었다. 마침내 행차가 미륵현에 당도한 것이다. 문인방은 침을 꿀꺽 삼켰다. 천지개벽의 순간이 다가온 것이다.

스기야마는 차분히 저격 준비에 들어갔다. 우선 탄환을 재어야 한다. 스기야마는 헝겊을 꺼내 들고서 조심스레 탄환을 쌌다. 헐겁게 싸면 화약의 폭발력이 새어 나가고 너무 세게 싸면 총통이 폭발할 수도 있으니 고도의 기술을 요하는 작업이다. 명사수는 조준만 잘한다고 되는 것이 아니다.

탄환을 다 싼 스기야마는 꽂을대로 탄환을 총구로 밀어 넣었다. 끝까지 밀어 넣어야 하는데 이렇게 비가 오는 날은 헝겊이 축축해서 쉽지 않다. 스기야마는 행여 빗물이 총구에 들어갈세라 몸으로 감싸며 탄환을 끝까지 밀어 넣었다.

"용 깃발이 보입니다."

정한기가 흥분해서 문인방을 불렀다. 그렇다면 곧 조선 국왕이 모습을 드러낼 것이다.

"내가 돕겠소."

문인방이 저고리를 벗어 들고서 화약을 재는 스기야마의 머리를 가려 주었다. 화약에 빗물이 새어 들면 만사가 수포로 돌아간다.

"나타났소!"

마침내 어마가 미륵현 꼭대기에 당도했다. 혹시나 하며 가슴을 졸였는데 다행히도 가마 대신에 어마를 타고 있었다. 우구를 갖추었지만 총탄을 막을 수는 없다. 스기야마는 천천히, 부드럽게 조총을 들어올렸다. 그리고 눈을 가늠쇠에 밀착시켰다.

조선 국왕이 가늠쇠 위에 정확하게 자리 잡았다. 스기야마는 호흡을 멈추었다. 그리고 오른손 엄지손가락에 천천히 힘을 실었다.

"…!"

스기야마가 발사를 중지했다. 갑자기 웬 신료가 앞으로 나서며 조선 국왕의 앞을 가리고 선 것이다. 그리고 무슨 급한 일이 생겼는지 승지가 부리나케 뛰었다.

"뭐야? 혹시 우리가 매복하고 있는 것을 눈치챈 게 아닐까요?"

홍재천이 사색이 되었다. 문인방도 안색이 일변했다. 하지만 수종원과 군병들의 움직임으로 봐서 그런 것 같지는 않았다. 아마도 무슨 급한 일이 생긴 모양이다. 일당은 안도의 숨을 내쉬었다.

스기야마는 두번째 저격을 시도키로 했다. 목표 지점은 꼭대기 부근의 개활지. 헝겊에 습기가 차면 사거리가 줄어들 수 있다. 스기야마는 익숙한 솜씨로 탄환을 갈아 끼웠다.

일행이 다시 움직이기 시작했고 국왕이 탄 어마가 마침내 개활지에 모습을 드러냈다. 이번에는 놓치지 않는다. 스기야마는 방아쇠에 손을 가져갔다. 겨냥을 한 스기야마의 눈에서 날카로운 빛이 일었다.

드디어 조선 국왕이 정확하게 조준선에 들어섰다. 스기야마는 호흡을 멈추었다. 그리고 천천히 방아쇠를 당겼다. 탁 하며 용두가 약통을 때렸다.

"…!"

그런데 점화가 되질 않았다. 빗물이 튄 것일까. 스기야마는 서둘러서 약통을 닦아 내고는 다시 조준을 했지만 어마는 이미 장애물 뒤로 사라졌다. 그렇게 조심을 했건만…. 이제 기회는 단 한 번뿐이다. 냉혈한 스기야마의 얼굴에 초조한 빛이 스치고 지나갔다.

잔솔밭에 이르렀을 때 저격해야 한다. 스기야마는 능숙한 솜씨로 화약을 갈고 부싯돌도 갈아 끼웠다. 문인방을 위시한 일행은 숨을 죽이고 스기야마를 지켜보았다.

다행히 조선 국왕의 행차가 잔솔밭을 지나기 전에 일을 마칠 수 있었다. 화약도 갈고 부싯돌도 바꾸었으니 이번에는 제대로 발사될 것이다. 류구 해적은 한번 노린 먹이를 절대로 놓치지 않는다. 스기야마는 비장한 표정으로 조총을 겨냥했다.

조선 국왕이 조준선에 들어오기 시작했다. 스기야마는 정신을 집중시켰다. 정확한 사격은 정신 집중이 관건이다.

"반수! 저기를…"

갑자기 정한기가 부르는 바람에 고개를 돌린 문인방은 허겁지겁 이리로 달려오고 있는 역졸들을 보고 대경실색을 했다. 얼뜻 보기에도 열 명은 넘는 것 같았는데 여기를 노리고 달려오는 것이 분명했다.

장인형에게 맡길까. 저격을 하면 도피할 수 있을까. 아니면 포기해야 하나. 문인방이 선뜻 결정을 내리지 못하고 있는데 홍재천이 호들갑을 떨었다.

"퇴로도 차단되지 않았을까요?"

그럴 수도 있을 것이다. 눈에 보이는 저들이 전부라고 장담할 수 있는 상황이 아니다. 그렇다면 거사를 성공하더라도 빠져나가지 못할 것이다. 어떻게 할 것인가. 스기야마는 문인방을 쳐다봤지만 문인방은 선뜻 판단을 내리질 못했다.

"아생연후살타我生然後殺他라고 우선 내가 살고 보는 게 급선무일 것입니다."

정한기가 일단 몸을 피할 것을 권했다. 그래야 할 것 같았다. 팔도에 흩어져 있는 동지들을 생각해야 한다.

"다음 기회를 노리겠다. 장 차인에게도 빨리 철수하라고 해."

문인방은 이를 갈았다.

*

빗줄기가 점점 굵어졌다. 차막遮幕 아래서 어가를 맞을 채비를 하고 있는 조심태의 마음은 흐린 하늘만큼이나 어두웠다. 그렇지 않아도 화성을 벗어나는 게 마음에 걸리던 차였는데 최기수가 대경실색할 소식을 전한 것이다. 벽파가 장신영접례장을 기습하려는 판에 불순한 무리들이 주상을 노리고 있다. 절체절명의 위기를 어떻게 타개할 것인가. 어가는 미륵현을 무사히 넘었을까. 파발마가 달려오지 않은 것으로 봐서 지금까지는 별다른 일이 없는 듯했다. 하지만 잠시 후면 진목참정에 피바람이 불지 모른다.

비에 흠뻑 젖은 채 굳은 표정으로 영접례장 주변을 지키고 있는 훈련도감 소속 당마병들은 결코 우호적이 아니다. 상황이 벌어지면 내 편이 된다는 보장이 없다. 혹시 현무기 기병들이 벌써 당도해서 매복하고 있는 것은 아닐까. 문득 조심태는 진목정참이 지 한복판처럼 느껴졌다. 추적추적 내리는 비와 음습한 주위 풍경이 그런 기분을 더했다.

"지금이라도 외영으로 달려가서 원병을 데리고 올까요?"

최기수는 당장이라도 달려갈 기세다. 그러나 조심태는 고개를 가로 저었다. 그럴 시간도 없거니와 멋대로 외영 군병을 화성 밖으로 출동시켰다가는 역모로 몰릴 수 있다. 상황을 짐작한 듯 외영 호위병들이 굳은 얼굴로 차막 주변을 서성였다.

최기수는 어쩌면 오늘이 생의 마지막 날이 될지 모른다는 생각이 들었다. 죽는 것은 두렵지 않다. 목숨이 붙어 있는 한 조심태 대감을 지킬 것이다. 최기수는 어두운 하늘을 바라보며 환도를 꼭 쥐었다.

*

심환지는 상을 찡그렸다. 승지가 달려와서 진목참정에 미리 가서 혜경궁께서 드실 미음 다반을 준비하라는 어명을 전한 것이다. 하필 이럴 때 자리를 비워야 하다니. 심환지는 원망스럽다는 표정으로 힐끗 비를 뿌리고 있는 하늘을 올려다보았다.

"이상하지 않습니까?"

김권주가 눈을 가늘게 뜨고서 다가왔다. 심환지도 혹시 병조참지 정약용의 계략이 아닐까 하는 생각이 들었지만 미음 다반을 마련하는 것은 약방제조의 소임이니 거절할 명분이 없다.

잠시 흔들렸던 심환지는 곧 마음을 정했다. 미적거리면 도리어 의심을 살 것이다. 예상치 못했던 일이 발생했지만 구명록이 진목참정으로 향했고, 경기 감영 군병들이 뒤를 받히고 있다. 장용영 제조와 경기 감사 대신에 약방 상궁들을 인솔해서 조금 먼저 출발하는 것뿐이다.

"별일 아니오. 진목정에서 기다리고 있겠소."

심환지는 태연자약한 얼굴로 행렬의 앞으로 나섰다.

*

구명록은 부근 숲에 몸을 숨기고서 조심태 일행을 지켜보고 있었다. 추적추적 내리는 비로 인해서 현무기 기병들은 물에 빠진 생쥐 꼴이 되었다. 한기도 몰려왔다. 그렇지만 정황을 봐서 조심태를 호위하고 있는 외영 호위병들을 충분히 제압할 수 있을 것 같았다.

그런데 이상하다. 최기수가 갑자기 나타난 것이다. 병조에 배속된 외영 파견군관이 왜 이 자리에 나타났을까. 혹시 무슨 일이…. 마음에 걸리는 게 하나 더 있다. 경기 감영 군병들이 여태 도착하지 않고 있었다.

"정말 경기 감영에서 우리를 지원하기 위해서 군병을 보내는 겁니까?"

심복 무관이 잔뜩 긴장한 얼굴로 물었다. 일이 잘못되면 역도로 몰릴 판이다.

"곧 경기 감영 군병이 달려올 것이다! 거사를 마치면 너희들은 정란 공신이 되어 자자손손 부귀영화를 누리게 될 거야."

구명록이 자꾸 불안해하는 기병들을 독려했다. 그렇지만 속이 타들어 가기는 구명록이라고 다를 바 없었다.

"저기!"

심복 무관이 급히 구명록을 불렀다. 고개를 돌리니 미륵현 쪽에서 일단의 사람들이 이쪽으로 다가오고 있었다. 누굴까. 우중이라 시야

원행園幸

가 좋지 않은데 언뜻 보기에도 경기 감영 군병들 같지는 않았다.

"병판 대감입니다!"

심환지 대감이? 그렇다면 경기 감사와 장영용 제조 이명식 대감도 함께 있을 것이다. 구명록의 얼굴이 환해졌다.

"…?"

그런데 웬일일까. 지원군병 대신에 약방 상궁들이 심환지 대감을 따르고 있었다.

*

최기수는 다가오는 사람이 병조판서 심환지임을 확인하고서 드디어 때가 되었음을 직감했다. 경기 감사와 장용영 제조가 함께 있을 것이고 경기 감영 군병들이 뒤를 따를 것이다.

불행하게도 병조참지의 예측이 맞은 것이다. 그렇다면 이제 부근에 매복하고 있는 현무기 기병들이 기습을 감행할 차례다.

"상황이 이상하게 돌아가고 있습니다. 어쩌면 칼부림이 일지 모르겠습니다."

최기수가 당장이라도 환도를 뽑아 들 기세로 조심태의 곁으로 다가갔다. 외영 군병들은 와들와들 떨었고 조심태 대감도 창백해진 얼굴로 다가오는 심환지를 응시했다. 조심태는 어가가 화성에 당도할 때까지 절대로 화성을 벗어나지 말았어야 했는데 하는 후회가 일었다.

"…?"

그런데 웬일일까. 장영용 제조와 경기 감사는 보이지 않고 별관과 상궁들이 병조판서의 뒤를 따르고 있었다. 어찌 된 영문일까. 조심태와 최기수가 당혹해하는데 심환지가 차막 안으로 들어섰다.

"주상께서 우중으로 혜경궁 마마의 옥체가 염려되니 약방에서 미음 다식을 준비하라 이르셨소."

그러고 보니 병조판서 심환지가 약방제조를 겸하고 있다는 사실이 떠올랐다. 비로소 약용의 원려를 헤아린 최기수는 심환지의 곁으로 다가갔다. 여차하면 인질로 삼을 셈이다.

외영 호위병들이 차막을 에워싸면서 장신영접소는 긴장을 넘어서 살기가 팽배했다. 외영 호위군사들은 사기가 올랐고, 그 기세에 눌린 오군영 당마병들은 주눅이 들어서 슬금슬금 뒤로 물러섰다. 심환지를 따라온 약방별감과 상궁들은 겁에 질려 어쩔 줄을 몰라 했다. 살벌한 분위기가 감지된 것이다.

화성 유수 조심태와 병조판서 심환지는 차막 끝에 나란히 섰다. 거센 빗줄기가 몰아치면서 의관이 흠뻑 젖었지만 두 사람은 개의치 않았다. 아직 일촉즉발의 위기가 끝난 게 아니다.

"비가 줄기차게 오는군요. 행차는 무고합니까?"

조심태가 먼저 입을 열었다.

"비가 오는 사람에 조금 고생이 됐지만 별 탈 없이 어가를 모시고 있소."

심환지가 표정을 담지 않은 얼굴로 대답했다. 둘 다 자신이 어떤 위치에 처해 있다는 사실을 잘 알고 있었다. 인질의 위기에 놓인 화성 유수에게 다시 인질이 된 별조판서. 아직 누가 승자가 될지 알 수 없다. 상황은 조심태가 유리하지만 병력은 심환지 쪽이 우세하다. 숨이 멎을 것만 같은 긴박감이 차막을 감돌았다.

"이제 어떻게 해야 합니까?"

심복 무관이 난처한 얼굴로 구명록에게 대책을 물었다. 난감하기는 구명록도 마찬가지였다. 예정대로 기습을 감행하면 외영사를 포박할 수는 있을 것이다. 하지만 심환지 대감의 안위를 장담하지 못한다. 심환지 대감이 모든 일을 꾸미고 지휘하고 있다. 그러니 그가 없으면 대혼란이 벌어질 것이다.

그렇다고 천재일우의 기회를 놓칠 수도 없다. 최기수가 걸리지만 나머지 외영 호위무사들은 큰 문제가 아닐 것이다. 기습을 감행하면 심환지 대감을 구할 수도 있을지 모른다. 무슨 까닭으로 경기 감영 군병들의 도착이 늦어지고 있는지 몰라도 곧 모습을 드러낼 것이다.

어차피 죽음을 각오한 마당이다. 칼을 빼 들었으면 썩은 무라도 베어야 한다. 구명록은 결심을 굳혔다. 구명록이 비장한 얼굴로 쳐다보자 현무기 군병들은 일제히 병장기를 챙겨 들었다. 생과 사는 하늘에 맡기는 수밖에 없다.

"경기 감영 군병들이 모습을 드러내는 대로 기습을 감행한다! 병판 대감을 우선적으로 구출해야 한다!"

"알겠습니다."

현무기 기병들이 굳은 표정으로 대답했다. 비 때문에 행군에 차질이 생긴 모양인데 오래 걸리지 않아서 경기 감영 군병들이 들이닥칠 것이다. 충분히 승산이 있다.

"누가 달려옵니다!"

심복 군관이 소리쳤다. 과연 누가 다급하게 말을 몰며 빗속을 내달려 오고 있었다.

"선전관 같습니다."

군관의 말대로 선전관이 급히 말을 몰고 장신영접소에 당도했다. 구명록은 기습을 잠시 미루기로 했다.

"장신영접례를 간략하게 치르라는 어명이오! 우중으로 군병과 액속 披屬들의 고초가 심할 테니 경기 감사와 장용영 제조는 장신영접례에 동석하지 말라고 하교하셨소!"

선전관이 큰 소리로 어명을 전했고 심환지와 조심태는 황망히 자세를 갖추고 어명을 받았다.

선전관의 어명을 전하는 목소리는 매복하고 있는 구명록의 귀에도 똑똑히 들어왔다. 그렇다면 경기 감영의 군병들은 당도하지 않을 것이다. 현무기 기병들의 시선이 일제히 구명록에게 쏠렸다. 구명록은 겁에 질린 기병들의 눈빛을 보며 환도를 내려놓았다.

용비봉무

龍飛鳳舞

得中亭御射圖 신하들과 활쏘기를 한 후 혜경궁 홍씨를 모시고 불꽃놀이를 구경하는 장면

용이 날고 봉황이 춤을 추는 용비봉무의 땅으로 알려진 화성. 마침내 화성에 당도한 어가는 장안문을 통하고 종로를 지나서 행궁의 정문인 신풍루를 들어섰다. 정조는 이제 유여택維與宅에서 닷새를 머물며 화성에서의 일정을 보낼 것이다. 수종원들이 각자의 직분에 따라서 외정리소와 비장청, 서리청에 자리를 잡고 짐을 풀었다.

"각 군영과 아문은 정례定例를 철저히 지키었는가! 액속과 군병들은 제자리를 벗어나는 일은 없는가!"

정조는 암행어사 소임을 마친 홍병신에게 제일 먼저 그것을 하문했다. 을묘원행이 어떤 의미를 지니고 있는지를 누구보다도 잘 알고 있는 사람은 정조 자신이다.

약용은 간단하게 짐을 정리하고서 행궁을 나섰다. 밖은 이미 어두웠다. 길고도 힘들었던 윤2월 임진일이 그렇게 흘러가고 있었다. 거리에 나서자 찬바람이 옷깃을 스쳤다. 약용은 북성자내北城字內로 걸음을 재촉했다. 그곳의 조용한 객점에서 병조좌랑과 홍병신, 외영 기총으로 복직을 한 최기수와 은밀히 회동하기로 약조를 했다.

　　　　　　　　　　　　　　　　　　　원행園幸

흰하게 뚫린 신작로에는 이미 어물전이며 미곡전, 포목전들이 들어서 있었다. 날이 밝으면 상인들이 몰려들어 활발하게 손님을 부르고 흥정을 할 것이다. 화성 유수부에서는 시전 상인들에게 수만량의 장사 자금을 무이자로 대출해 주면서 시전을 활성화시켜서 화성은 짧은 기간 내에 경제 도읍으로 확실하게 자리를 잡고 있었다.

만나기로 한 객점은 대천을 지나서 동장대 쪽으로 뚫린 신작로 초입에 자리 잡고 있었다. 약용은 주위를 둘러본 후에 빠른 걸음으로 객점으로 들어갔다.

"어서 오십시오."

약용이 뒤채로 들어서자 최기수와 홍병신이 문을 열고 나왔다. 비록 화성에 무사히 입성했지만 여전히 위기는 계속되고 있었다. 남의 눈에 띄는 일이 없도록 은밀히 행동해야 한다.

달래고개에서 매복의 흔적을 찾아냈고, 현무기 기병들이 장신영접소 주변에서 서성였음도 확인되었다. 약용의 예측이 그대로 들어맞은 것이다. 고비를 넘기고 화성에 들어왔지만 아직 마음을 놓으면 안 된다. 문인방은 어딘가에 몸을 숨기고 기회를 엿보고 있을 것이고, 심환지 또한 쉽게 무릎을 꿇을 사람이 아니다.

"두 사람의 공이 컸소."

약용은 우선 홍병신과 최기수, 두 사람의 노고를 치하했다.

"별말씀을 다 하십니다. 참지의 선견지명이 아니었다면 사직의 안위를 장담하지 못했을 겁니다."

홍병신이 공을 약용에게 돌렸다. 틀린 말은 아니지만 지금은 공치사를 하고 있을 때가 아니다.

"외영 군병들이 물샐틈없이 행궁을 호위하고 있습니다."

최기수가 입을 열었다. 여기까지 어가를 호위해 온 오군영 군병들은 화성 밖에서 찰주札駐하고 어가 호위는 외영으로 이관되었다.

"새기기에 따라서는 화성이 오군영에게 포위당한 것일 수도 있네."

화성을 에워싸고 있는 환한 불빛을 보며 약용은 섬뜩함을 느꼈다.

"짚고·넘어가야 할 사실이 있소."

약용은 문득 생각난 것이 있었다. 홍재천의 뒤를 캐는 과정에서 뜻밖의 사실을 알아냈던 것이다.

"홍재천과 김권주는 오랜 교분을 나눈 사이인데 근자 들어 자주 회동했다고 하오."

김권주는 홍재천의 백부에게서 글을 배웠고 홍재천이 변성명을 한 이후로도 둘은 자주 만났다. 그리고 심환지는 김권주를 중용했다.

"그런데 홍재천은 문인방과 손을 잡았소."

약용이 여기까지 말하고 두 사람에게 차례로 시선을 주었다. 홍재천을 통해서 문인방과 벽파가 연결이 된다.

"하면 벽파와 문인방이 손을 잡을 가능성이 있다는 말씀입니까?"

홍병신과 최기수의 눈이 휘둥그레졌다. 약용은 생각에 잠겼다. 여태까지 정황으로 봐서 둘은 따로 움직이고 있었다. 그리고 문인방과 심환지는 추구하는 바가 전혀 다른 부류다. 하지만 지금 그들에게는 동일한 목표가 있다. 적의 적은 내 편이라고 했다. 그렇다면 둘이서 손을 잡지 못할 것도 없는 것이다.

"사실이라면 큰일입니다."

홍병신이 한숨을 토해 냈다. 둘이서 손을 잡고 안팎에서 몰아치면 상대하기 훨씬 힘들 것이다.

"제 몫을 챙기려는 자들과 세상을 갈아엎자는 자들이 쉽게 손을 잡

원행園幸

겠습니까?"

최기수가 조심스럽게 의견을 고했다. 그 또한 틀린 말이 아니다.

"아무튼 사실이 그러하니 한층 더 신경을 써야 할 것이네."

약용은 두 사람에게 당부를 하고서 향후의 일정을 차례로 짚어 보았다. 내일이 밝거든 주상은 아침에 대성전에 전배를 한 후에 낙남헌洛南軒으로 자리를 옮겨서 문무과 별시를 주관할 예정이다. 그리고 오후에는 봉수당奉壽堂에서 혜경궁의 회갑 잔치 예행연습인 진찬습의進饌習儀를 행할 예정이다. 대성전 전배를 위해서는 팔달문을 통해서 성밖으로 나가야 하지만 외영에서 철저히 기찰을 했기에 큰 문제는 없을 것이다.

역시 원행 넷째 날에 해당하는 윤2월 갑오일(12일)이 제일 문제다. 그날은 오전에는 현륭원 전배가, 그리고 오후부터 밤까지 군사훈련이 예정되어 있다. 당연히 을묘원행 일정 중에서 제일 중요한 날이다. 그다음에는 혜경궁의 회갑연과 노인들을 위한 양로연, 그리고 득중정得中亭에서의 활쏘기 등등의 행사가 남아 있지만 어가가 줄곧 성내에 머물기에 크게 문제 될 게 없을 것이다. 어떻게 해서든 갑오일의 현륭원 전배와 성조를 무사히 치러야 할 텐데. 약용은 짧은 한숨을 토해 냈다.

"따로 할 일이 있소."

약용은 머릿속을 정리하며 두 사람에게 새로운 임무를 지시했다.

"좌랑은 병조정랑을 철저히 감시토록 하시오."

약용은 홍병신에게 김권주를 감시할 것을 일렀다.

"알겠습니다."

홍병신이 무슨 말인지 알겠다는 듯 굳은 얼로 대답했다. 약용은 최기수에게 시선을 돌렸다.

"문인방 일당이 틀림없이 화성에 잠입했을 것이네. 믿을 만한 군병들을 선발해서 객점을 은밀히 기찰토록 하게. 그리고 류구의 해적들이 한패가 됐다면 해적선도 부근에 있을 것이네. 그렇다면 지리적으로 봐서 남양만 부근 어디에 배를 정박시켰을 것이네. 눈썰미 있는 군병을 보내서 일대를 기찰하면 뭔가 단서를 잡을 수 있을 것이네."

"그리하겠습니다."

시간도 없고 가능성도 희박하지만 어쨌거나 최선을 다해야 할 것이다. 상황이 좋지 않았지만 그래도 여기는 화성이고 정예 외영 군병들을 얼마든지 동원할 수 있어서 큰 힘이 되었다.

"소향비는 어찌 지내고 있는가?"

일행을 따라서 화성까지 오게된 소향비는 지금 멀지 않은 곳에서 감시를 받으며 지내고 있다.

"그렇지 않아도 말씀을 드리려던 참이었습니다. 소향비가 참지 뵙기를 청하고 있습니다."

최기수가 얼른 대답했다. 기실 약용은 소향비에게 미안하게 생각하고 있었다. 좋은 하는 사람을 믿고 따른 죄밖에 없는 여인이다.

"그리하겠네."

약용은 피곤한 몸을 일으켰다. 내일 새벽에 대성전 전배를 수종하기 위해서는 잠을 자 두어야 하지만 주변 여건이 잠시의 쉴 틈도 허락치 않고 있었다.

*

동성자내東城字內는 화성 성내이면서도 인근에 숲이 무성해서 촌락을 연상케 했다. 마치 이런 일이 닥칠 것을 예상이라도 한 듯 홍재천은 인적 드문 동성자내에 따로 집을 마련해 놓고 있었다.

방 안 분위기는 몹시 침통했다. 주교 폭파에 이어서 저격도 실패로 돌아간 것이다. 하면 이제 뭘 어떻게 해야 하나. 문인방과 정한기는 입을 굳게 다물고 있었고 스기야마도 침통한 표정으로 시종일관 말이 없었다. 장인형은 늘 그러하듯 묵묵부답 환도를 꼭 쥐고 있었고 홍재천만이 무슨 궁리라도 하는지 눈알을 바쁘게 굴리고 있었다.

문인방은 방문을 열고 밖으로 나섰다. 휘영청 중천에 걸린 달이 쥐 죽은 듯 고요한 사위를 환하게 비추고 있었다. 상황이 예상을 벗어났지만 이대로 물러설 수는 없다. 팔도에서 동지들이 봉기의 횃불이 오르기만을 기다리고 있을 것이다. 문인방은 이를 악물었다.

"병조참지 정약용이라는 인물을 너무 간과했습니다."

언제 따라 나왔는지 정한기가 뒤에 있었다.

"나도 그리 생각하고 있다."

"아무래도 그를 먼저 없애 버려야 할 것 같습니다."

벌써 여러 차례 정약용으로 인해서 계획이 좌초되었다. 그렇다면 차후책을 세우기 전에 그를 제거하는 것이 우선일 것이다. 문제는 병조참지를 없애는 게 쉽지 않다는 점이다. 동선을 파악하기 어려운 데다 시일도 그리 넉넉하지 않다.

"병조참지는 행궁 밖에 따로 거처를 마련해 놓고 있는 듯 수시로 행궁을 드나들고 있습니다. 미행을 붙여 놓았으니 그자가 머무는 곳을 알아낼 겁니다."

정한기가 벌써 손을 쓰고 있었다. 제 발로 행궁 밖으로 걸어 나온다면 일은 훨씬 쉬울 것이다.

"그렇다면 그 일은 장 차인에게 맡기면 되겠군."

문인방이 고개를 끄덕였다.

"그게 좋겠습니다. 그런데 정말로 류구 해적이 더 오는 겁니까?"

정한기가 불안한 표정으로 물었다. 수사망이 좁혀 오고 있다. 여기서 류구 해적이 손을 떼면 문인방은 적지에 고립되는 꼴이다.

"우리를 지원하기 위해서 폭약과 저격의 명수가 곧 이리로 당도할 것이다."

시도가 차례로 실패로 돌아가면서 스기야마는 남양만에 앞바다에 떠 있는 해적선에 지원을 요청했다. 그들이 합류하면 재차 조선 국왕을 노릴 수 있을 것이다.

"나중에 골치가 아프겠군요. 조건을 더 붙일 겁니다."

"어쩌겠느냐. 급한 불부터 꺼야지."

문인방이 벌레를 씹은 표정으로 답했다. 류구 해적들과는 불가근 불가원의 관계를 유지하는 게 좋다. 너무 의존하게 되면 나중에 소운룡으로 옮겨 간 뒤에도 여파가 지속될 것이다.

"아무래도 현륭원 전배를 노려야 하지 않겠습니까?"

화성 안에서는 거사가 힘들다. 당연히 화성을 벗어날 때를 노려야 한다. 정한기는 당연한 투로 말을 꺼냈는데 의외로 문인방이 고개를 가로저었다.

"경계가 강화되었을 것이다. 그리고 우리 정체가 상당 부분 파악이 되었다. 병조참지라면 함정을 파놓고 기다리고 있을 지 모른다."

문인방은 불리한 상황에서도 냉정을 잃지 않았다. 상황이 바뀌었다면 대책도 따라서 바뀌어야 한다. 전에 하던 방식을 답습했다가는 섶을 지고 불 속으로 뛰어드는 꼴이 될 것이다. 그럼 한양으로 돌아가

　　　　　　　　　　　　　　　　　　　　　원행園幸

는 길을 노릴까. 문인방은 고개를 가로저었다. 그때는 병조참지 정약
용이 오군영까지 직접 장악하게 될지도 모른다. 그리고 폭파와 저격
은 이미 수법이 탄로난 마당이다.

문인방은 짜증이 났다. 결국 화성 안에서 일을 도모해야 할 텐데
도통 수가 보이지 않았던 것이다.

"무슨 생각을 그리 하시오."

어느 틈에 나왔는지 홍재천이 느물거리며 다가왔다. 제 집이라는
걸 생색이라도 내겠다는 것인지 태도가 이전과 달랐다. 문인방은 거
들먹거리는 홍재천이 못마땅했지만 못 본 체하기로 했다. 지금 그런
일로 얼굴을 붉힐 때가 아니다.

"보아하니 별 비책이 없는 듯한데 그렇게 땅이 꺼져라 한숨을 쉰들
없는 방법이 생겨나겠소?"

홍재천이 계속 이죽거렸다. 그러더니 갑자기 두 사람을 쏘아보았다.
돌연한 변화에 정한기는 화들짝 놀랐고, 문인방은 '이자가 보자 보자
하니…' 하는 심정으로 마주 쏘아보았다.

"아무리 막막하더라도 빨리 대책을 마련해야지 그렇게 죽을상만 짓
고 있어서야 되겠소? 관에서는 지금 우리를 찾아내려고 혈안이 되어
있을 텐데."

홍재천이 실실 웃으며 문인방에게 다가왔다.

"하면 홍 단주에게 무슨 좋은 비책이라도 있단 말이오?"

문인방이 쏘아붙였다.

"류구의 해적을 하늘같이 믿고 있는 모양이지만 어가가 화성에 머
물고 있는 한 저들이라고 용빼는 재주는 없을 것이오."

그것은 사실이다. 류구 해적이 장기로 하는 수중 폭파도, 천 보 저

격도 성내에서는 무용지물이다.

"그래서 어쩌자는 거요?"

문인방이 목소리를 높였다. 그렇지 않아도 분통이 터지는 판에 화를 돋구는 홍재천이 얄미웠다.

"흥분하지 마시오. 조선 국왕에게는 문 단주 말고도 적이 많소. 조정에는 국왕을 보위에서 끌어내리려고 하는 신료들도 많이 있소."

그것은 문인방도 익히 알고 있는 사실이다. 그래서…? 하는 눈빛으로 쳐다보는 문인방을 보며 홍재천이 말을 이었다.

"그들과 손을 잡는 것이 어떻겠소? 벽파 중신들과 오군영 대장들은 지금 목숨이 경각에 달린 형국이지요. 화성이 협수군 체제를 마련하고 천도가 시작되면 모조리 쫓겨나서 원지로 유배될 테니까."

홍재천은 김권주가 병조정랑이 되었다는 소식을 듣는 순간 틀림없이 뒤에서 무슨 일이 진행되고 있다고 판단했다. 심환지가 어떤 입장이며 김권주의 뒤에 누가 있는지 잘 알고 있다. 절대로 호락호락 당하지 않을 사람들이다.

그런데 왜 이렇게 조용할까. 짐작건대 뭔가 일이 제대로 돌아가지 않는 모양이었다. 자로고 적의 적은 내 편이라고 했다. 그렇다면 그쪽과 손을 잡는 것도 고려해 볼 만하다. 홍재천은 그렇게 생각을 하고서 초조해하는 문인방을 상대로 거드름을 피웠던 것이다.

문인방은 경악했다. 벽파 권문세가들과 한패가 되자니. 백성들을 착취하고 수탈을 일삼는 그들이야말로 새 세상이 열리면 제일 먼저 철퇴를 내려쳐야 할 자들이다. 아무리 적의 적은 내 편이라고 하지만 그건 곤란하다. 문인방은 잡아먹을 듯 홍재천을 노려봤다.

"일은 선과 후, 중과 경이 있소! 지금은 공통의 목표를 이룩하는 것

원행園幸

이 우선이오! 그들도 이대로 있다가는 파멸이라는 사실을 잘 알고 있소! 손을 내밀면 거절하지 않을 것이오! 앉아서 죽을 수는 없지 않소!"

홍재천이 사정없이 문인방을 몰아붙였다. 정한기는 이 사람에게 이런 면이 있었나 하는 표정으로 눈을 휘둥그레 떴고, 문인방은 주춤하더니 홍재천을 똑바로 쳐다보며 입을 열었다.

"하면 끈을 댈 방도는 있소?"

"병조정랑 김권주와는 잘 알고 지내는 사이지요. 그리고 그는 벽파와 왕대비를 잇는 통로기기도 하지요."

정황으로 봐서 홍재천의 말이 크게 틀리지 않을 것이다. 나름 대비책을 확실하게 세웠음에도 저들이 지금 전전긍긍하고 있는 이유는 자세한 사정은 모르겠지만 아마도 꾸몄던 일이 실패로 돌아갔기 때문일 것이다.

그렇다면 오월동주의 심정으로 그들과 손을 잡는다…. 서로가 필요로 하는 것을 나누어 가지고 있다면 충분히 연계가 가능할 것이다. 문인방과 정한기는 심각한 얼굴로 마주보았다. 어둠 속에서 한 줄기 빛을 본 기분이면서 위태로운 외줄에 올라탄 기분도 들었던 것이다.

"행여 나중에 저들에게 뒤통수를 맞지 않을까 염려가 되겠지만 당장은 달리 수가 없지 않소? 어가가 화성에 들어온 이상 저들은 속수무책이겠지만 우리에게는 류구 해적들이 있지 않소. 절대로 홀대하지 못할 것이오. 차후의 대책은 따로 마련토록 합시다."

홍재천이 결심을 재촉했다. 그의 말대로 거사 도모가 우선이다. 치밀하게 대비하면 토사구팽을 당하는 일은 없을 것이다.

"시간이 별로 없소이다. 그럼 단주께서 승낙하신 걸로 알고 내일 김권주를 만나 보겠소."

홍재천이 거드름을 피우며 물러갔다.

"병조참지를 제거하는 일을 시작하게."

못마땅한 표정으로 홍재천의 뒤통수를 노려보던 문인방이 정한기에게 자시를 내렸다.

*

화성에서의 둘째 날인 윤2월 계사일(11일)은 해가 채 뜨기도 전부터 바쁘게 돌아갔다. 공식 일정은 대성전 알성으로부터 시작된다. 어가는 삼엄한 호위 속에 화성 향교를 향했다. 아직 어둠이 가시지 않은 팔달산 기슭이 뿌옇게 모습을 드러냈다.

이어서 진시에 낙남헌에서 문무과 별시가 거행되었다. 문과에서 다섯 명, 무과에서는 무려 서른여섯 명의 급제자를 냈는데 이는 정조가 화성부 일대의 선비들과 한량들에게 베푸는 커다란 은전이다. 그만큼 화성을 중시하고 있다는 반증이다.

오후에는 홍경궁의 회갑연 예행연습이 있었다. 하루 종일 정신없이 지내다 보니 어느새 해가 서산으로 기울었다. 그렇게 화성에서의 둘째 날이 저물고 있었다.

심환지는 불편한 심기를 감추며 정리소 낭청으로 들어섰다. 병조정랑 김권주와 배행교련관 구명록이 좌우에서 따르고 있었다. 병조와 오군영의 연락을 관장하면서 병조판서를 보필하는 사람들인지라 병조판서가 어디를 가건 수종하게 되어 있다.

"지금 생각해도 화가 치밉니다. 꼭 대감에게 과제科題를 쓰셔야 했습니까?"

근처에 아무도 없자 구명록이 분통을 터뜨렸다. 문무과 별시에서 정조는 과제를 친히 정했다.

'근상천천세수부謹上千千歲壽賦.'

과제는 겉으로는 혜경궁의 만수무강을 기원하는 의미지만 실제로는 누구든 군주의 영을 거역하는 자는 용납하지 않겠다는 경고의 의미를 담고 있었다. 그리고 정조는 심환지에게 과제를 직접 쓸 것을 하명했다. 전례로 볼 때, 판서 반열의 신료가 할 일이 못된다.

"장신영접례도 마찬가지였습니다."

김권주가 맞장구를 쳤다. 분통 터지는 일은 어제 장신영접례장에서도 있었다. 조심태는 화성 유수로, 심환지는 약방도제조로 배석을 하면서 조심태가 윗자리를 차지한 것이다. 모르는 사람들이 보면 화성 유수가 오군영 대장은 물론, 병조판서보다 윗전으로 여길 것이다. 시파들에게 꼼짝없이 당한 것이다.

"호들갑 떨지 마라!"

어지간해서는 감정의 변화를 보이지 않는 심환지가 짜증을 냈다. 심기가 극도로 불편했던 것이다. 이 또한 병조참지 정약용의 계략일 것이다. 그렇다면 벌써 두 번을 당한 꼴이다. 그런데 이게 끝일까. 장담할 수 없다. 아무튼 원행을 무사히 마치고 어가가 환궁하면 시파는 세를 얻을 것이고, 주상은 천도를 몰아붙일 것이다.

"그런데 조금 이상한 것 같습니다."

김권주가 심환지의 눈치를 살피며 입을 열었다. 눈을 감고 있던 심환지가 그게 무슨 소리냐는 듯 고개를 돌렸다.

"주교에서도 그랬고, 미륵현에서도 느꼈던 일인데 병조참지는 뭔가에 쫓기는 듯했습니다. 처음에는 우리 때문에 그런 줄 알았습니다만 찬찬히 생각해 보면 꼭 그런 것 같지도 않습니다."

"그게 무슨 소린가?"

심환지가 얘기를 하려면 확실하게 하라는 듯 짜증을 냈다. 김권주는 당황해서 얼른 대답하지 못했다. 홍재천을 염두에 두고 한 말인데 지금 심환지에게 홍재천 얘기를 할 필요가 있을까 확신이 서질 않는 것이다. 지금 심환지 대감은 신경이 곤두설 대로 곤두서 있었다. 일이 엉뚱한 방향으로 번질 우려가 있다.

"소장 생각도 정랑과 같습니다. 뭔가 미심쩍은 면이 있습니다."

구명록이 김권주의 편을 들고 나섰다. 그도 뭔가 석연치 않다고 느끼고 있던 차였다.

"주상은 적이 많은 사람입니다. 우리가 모르는 일이 벌어지고 있을 수도 있을 겁니다."

구명록이 거드는 통에 용기를 얻은 김권주가 다시 홍재천 얘기를 꺼내 볼까 하는데 구명록이 화제를 돌렸다.

"성조가 코앞입니다. 그리고 성조가 끝나면 오군영이 외영 휘하로 들어갑니다. 그냥 보고 있을 수는 없지 않습니까?"

구명록이 조바심을 드러냈다. 성조를 끝으로 총융청과 수어청은 해체되고 나머지 군영들도 규모가 축소된다. 그리고 그만큼 외영은 확대될 것이다. 이대로 속수무책으로 당해야 하는가. 구명록과 김권주는 심환지를 쳐다보며 대책을 촉구했지만 굳게 닫힌 심환지의 입술은 쉽게 열리지 않았다.

권력은 칼끝에서 나오는 법이다. 벽파가 권세를 전횡하고 있는 바탕에는 오군영을 장악하고 있기 때문이다. 그런데 병권이 화성 유수

원행園幸

에게 넘어가고, 장용외영이 조선 최고 정예 군영이 되면 벽파는 급속히 몰락할 것이다. 생각만으로도 등에 식은땀이 흘렀다. 하지만 급할수록 돌아가야 한다. 흥분은 실패를 부른다. 심환지는 밀려오는 초조감을 견뎌 냈다.

김권주는 생각에 잠긴 심환지를 보며 정리소를 빠져나왔다. 이럴 때는 아무 말 말고 기다리는 게 상책이다. 누가 뭐라고 해도 심환지는 벽파 제일의 정객이다. 차질을 빚었지만 곧 수습책을 찾을 것이다. 더구나 왕실 최고 어른인 왕대비가 뒤에 있다.

정순왕대비가 떠오르자 김권주는 차라리 기회가 될 수도 있다는 생각이 들었다. 이럴 때 공을 세우면 나중에 논공행상에서 생색을 낼 수 있을 것이다. 홍재천을 어떻게 할까. 구명록도 뭔가 이상하다고 느낀 모양인데 그렇다면 홍재천이 따로 움직였던 것일까. 하지만 그는 기껏해야 옹성에 폭약을 설치하겠다는 치졸한 생각밖에 할 줄 모르는 자다. 그런 그가 어떻게 화성 밖에서 일을 도모한단 말인가. 숙소로 향하는 김권주의 머릿속이 복잡했다.

"무슨 일이라도 생겼습니까? 어디를 그리 급히 가시는지요."

십자기로에 이르렀을 무렵, 누가 뒤에서 말을 걸어왔다. 때가 때인지라 김권주는 화들짝 놀라며 돌아보았다.

"그간 안녕하셨습니까?"

어둠 속에서 모습을 드러낸 자는 홍재천이었다.

"자네…!"

왜 하필 지금 이자가 내 눈앞에. 김권주는 본능적으로 경계의 빛을 띠며 얼른 주위를 둘러보았다.

"무얼 그리 놀라십니까."

홍재천이 빙글빙글 웃으며 다가왔다.

"대체 여기서 뭘 하고 있는 겐가?"

김권주는 애써 태연을 가장했다.

"긴히 드릴 말씀이 있습니다. 그런데 자리를 옮기는 게 좋겠습니다. 괜히 사람들 눈에 띄어서 좋을 게 없을테니까요."

홍재천이 주저하는 김권주의 소매를 잡아끌었다.

*

호롱불이 꺼질 듯 가물거렸다. 술기운이 오르면서 처음의 어색함도 많이 누그러졌다. 벽에 몸을 기대자 마치 집에 돌아온 듯 편안함이 느껴졌다.

"밤이 제법 깊었습니다. 그만 돌아가 보셔야 하질 않겠습니까."

소향비가 주안상을 옆으로 밀며 눈을 붙이고 있는 약용에게 행궁으로 돌아갈 것을 권했다. 약용은 언제까지 소향비를 붙잡아 두고 있어야 하는지 고심을 하는 중이다. 소향비를 통해서 더 얻어 낼 건 없다. 그럼에도 여태 놔주지 않고 있는 것은 그동안 일이 급박하게 돌아간 데다, 소향비 쪽에서도 방면을 간청하지 않고 있었다. 차라리 화성에 머물면서 장인형의 안위를 챙기는 쪽이 낫다고 판단한 모양이다.

"어찌하여 일이 이렇게 되었는지는 모르겠지만 서방님은 결코 역모를 꾀할 사람이 아닙니다."

장인형에 대한 믿음이 그만큼 깊은 것일까. 소향비의 눈에 신념이 가득했다.

"나도 그러기를 바란다만 상황이 함부로 속단하지 못하게 하고

원행園후

있구나."

약용이 무표정한 얼굴로 대답했다. 약용은 장인형과 소향비에게 연민을 정을 느끼고 있었다. 쫓기고 내몰린 사람들끼리 먼 곳으로 떠나가서 잘 살겠다는 게 무슨 큰 죄란 말인가. 죄는 순진무구한 사람들을 꼬여 낸 문인방에게 있다. 그런데 장인형과 마주치면 그를 설득할 수 있을까. 그를 포박해서 논죄를 하면 소향비는 나를 원망하겠지. 상황에 어울리지 않게 별 생각이 다 떠올랐다.

이제 날이 밝으면 주상은 현륭원 전배에 나선다. 그리고 오후에는 주조가, 이어서 밤에는 야조가 펼쳐질 것이다. 그야말로 폭풍 전의 고요다. 폭풍이 몰려오기 전에 빨리 문인방 일당을 포박해야 한다.

문인방 일당은 어디에 숨어 있는 것일까. 그런데 문인방은 우리가 소향비를 데리고 있다는 사실을 아직 모르고 있는 걸까. 혹시 소향비를 장인형을 끌어내기 위한 미끼로 삼고자 하는 마음이 없었나. 솔직히 부인할 수 없었다. 다소곳이 고개를 숙이고 있는 소향비를 보며 약용은 미안한 마음이 일었다.

"…!"

그 순간 약용은 인기척을 감지했다. 최기수인가? 늦은 귀청을 염려해서 그가 모시러 왔을지도 모른다고 생각하는 순간 방문이 스르르 열리며 복면을 한 자객이 환도를 뽑아 들고 안으로 들어섰다.

문인방이 보낸 자일까. 설마 자객을 보낼 줄이야. 방심을 했던 것이다.

"…!"

당장에 환도를 휘두를 것 같았던 자객이 웬일인지 주춤거렸다. 복면 속의 눈에 놀란 빛이 가득했다.

"서방님!"

돌연 소향비가 소리치며 자객에게 달려들었다. 그렇다면 저 자객은 장인형이란 말인가.

"이러시면 안 됩니다. 서방님."

소향비가 장인형을 막고 나섰다.

"자네가 장 기총인 모양이군. 저 여인과 자네의 옛 동료로부터 자네에 대해서 소상히 들었네."

약용이 몸을 일으키자 장인형은 당황해서 뒷걸음을 치더니 뜰로 내려섰다. 약용과 소향비는 얼른 따라서 뜰로 내려섰다.

"문인방이 내 목숨을 노리라고 시킨 모양이군. 훈련도감의 기총까지 지낸 자가 어찌 이리 불충할 수 있단 말인가! 당장 문인방이 숨어 있는 곳을 대거라!"

약용이 호통을 쳤다. 위기지만 장인형의 마음을 돌리면 문인방을 포박할 수 있는 좋은 기회다. 약용은 당당한 자태로 장인형에게 다가갔다.

"닥치시오!"

장인형이 악을 썼다. 그리고 소향비에게 고개를 돌렸다.

"당신을 여기서 만나게 될 줄이야. 행여 문초를 당했소?"

복면 속의 그리움 가득한 눈은 다시 약용에게 향하면서 살기 띤 눈으로 변했다.

"서방님!"

소향비가 필사적으로 매달렸다.

"비키시오! 우리 앞을 막는 자는 모조리 주살할 것이오."

장인형은 정말로 환도를 내려칠 기세였다.

"서방님, 이러시면 안됩니다. 문초 같은 건 당한 적이 없습니다."

소향비가 애원했다.

"소첩은 소운릉 같은 것은 바라지 않습니다. 서방님이 대역의 무리들과 한패가 되는 것을 바라지 않을 뿐입니다. 지금이라도 참지 나리의 말을 들으십시오."

소향비가 눈물로 호소했다.

"…"

장인형의 눈동자가 흔들렸다. 소향비의 이렇게 단호한 모습을 본 적이 없었던 것이다.

"서방님은 옥포선생에게 이용당하고 있습니다. 바다 저편에 먹을 것 풍부하고 근심 걱정이 없는 소운릉이 있다고 하는 말은 혹세무민에 불과합니다. 그동안에 많은 사람들이 좋은 세상을 찾는다며 고향을 등졌지만 아무도 무릉도원에 이르지 못했습니다. 무릉도원은 애초부터 없었으니까요. 삶이 고달프고, 세상이 척박할지라도 내가 발을 딛고 사는 세상에서 살길을 찾고, 복을 일구는 것이 옳을 것입니다."

소향비가 당찬 태도로 장인형을 설득하고 나섰다.

"저자에게 세뇌된 것이오? 당신은 온갖 핍박을 받으며 살아왔고, 나는 헌신짝처럼 내버려졌소. 살길이 어디에 있으며 무슨 수로 복을 일군단 말이오!"

장인형이 약용을 노려보면서 반박하고 나섰다. 약용이 아닌 소향비의 입에서 그런 말이 나온 데 충격을 받았는지 눈에 띄게 동요했다.

"힘들고 어렵겠지만 틀림없이 길이 있을 겁니다. 당대에 안 되면 자식 때에라도."

소향비가 장인형에게 매달렸다. 장인형은 심한 갈등에 빠졌다. 그렇지 않아도 두 차례의 암살 시도를 겪으면서 혼란을 느끼던 차였다. 옥포선생은 백성 스스로 다스리는 나라라고 했지만 사람 사는 세상이라면 다스리는 자와 다스림을 받는 자가 있을 것이다. 결국 개국공신이 되어 나 잘 먹고 잘 살자고 싸우는 것 아닌가. 과연 이 세상에 이상향이 있을까. 헛된 꿈을 좇다가 무고한 사람들을 파멸로 모는 게 아닐가. 미련과 집착을 버리고 조용한 곳으로 옮겨서 소향비와 둘이서 서로 아끼면서 사는 게 진정한 소운룡이 아닐가. 세상은 변하게 마련이다. 사람은 각자에게 주어진 삶에 충실하면 된다. 나머지는 하늘의 뜻일 것이다.

"나리…!"

소향비가 거친 숨을 몰아쉬고 있는 장인형을 끌어안았다.

"누구냐!"

그때 호통 소리와 함께 최기수가 달려들었다. 갑자기 최기수가 나타나자 장인형은 소향비를 떼어 놓으며 얼른 대적세를 취했다. 어둠이 깔린 뜰에 삽시간에 살기가 일었다. 하지만 칼부림은 일지 않았다. 피차간에 서로의 무예 솜씨를 잘 알고 있는 사이인지라 섣불리 공세를 취하지 못하고 있었다.

"장 기총이로군. 이번에는 놓치지 않을 것이네."

최기수가 결의를 다지며 거리를 좁혔다.

"번번이 마주치는군. 별로 마주치고 싶지 않은데."

슬슬 뒷걸음을 치던 장인형이 그대로 몸을 돌려서 어둠 속으로 내달았다. 더 머물 필요가 없었던 것이다.

"서방님!"

소향비가 허겁지겁 장인형의 뒤를 따라갔다.

"놔두거라!"

약용이 쫓아가려는 최기수를 만류했다. 어차피 돌려보내려고 하던 참이었다.

"자객을 대비했어야 했는데. 정말 송구합니다."

최기수가 미안해했지만 최기수를 탓할 일이 아니다. 설마 자객을 보낼 줄은 약용도 짐작하지 못했다. 어쨌거나 이것으로 문인방이 가까운 곳에서 기회를 엿보고 있음이 확인되었다. 약용의 입에서 탄식이 새어 나왔다. 무사히 화성에 당도했지만 위기는 계속되고 있었다.

*

"이제부터는 내가 모사를 주도할 것이다."

홍재천이 득의만만한 표정으로 문인방과 정한기, 그리고 스기야마에게 차례로 시선을 주었다.

"병조정랑 김권주는 왕대비의 가까운 인척이며 병조판서 심환지 대감의 심복이지요. 그리고 나와는 오래전부터 허물없이 지내는 사이고."

김권주와 얘기가 잘됐다. 심환지도 찬성해야겠지만 지푸라기라도 잡아야 할 처지에 같은 목표를 가진 무리가 있다는 데 마다할 이유가 없을 것이다. 물론 그에 따른 논공행상이 따르겠지만.

"신중히 살펴야 합니다. 저들은 본질적으로 우리와 다른 부류의 인간들입니다."

정한기가 신중론을 펼쳤다.

"여태 뭘 들었소? 저들은 이미 거병을 획책하고 있소!"

홍재천이 김권주로부터 전해 들은 얘기를 뇌까리며 언성을 높혔다.

"조선의 국법에 따르면 임금이 폭붕하면 새 임금이 등극할 때까지 병조판서가 병권을 장악하게 되어 있소."

그것은 홍재천의 말이 사실이다. 정조가 갑자기 세상을 떠나면 병권은 심환지가 장악하고, 후사는 정순왕대비가 결정하게 되어 있다. 벽파로서는 더 바랄 게 없는 상황이 된다.

'야조를 노리는 것이 좋을 것 같군.'

김권주는 벌써 대책을 마련하고 있었다. 내일 해가 떨어지면 주상은 야조를 친람하기 위해서 팔달산 정상의 서장대西將臺에 오를 것이다. 김권주는 그때를 노리는 게 좋겠다고 했다. 홍재천도 같은 생각이었다.

"병조정랑이 우리에게 어가의 정확한 출궁 일정을 알려 주겠다고 했소?"

문인방이 바짝 흥미를 드러냈다. 정한기는 여전히 경계심을 풀지 않고 있었고 스기야마는 불만을 감추지 않고 있었다. 그렇게 되면 류구 해적의 몫이 줄어들 것이 뻔했다.

"그렇소."

홍재천이 자신 있게 대답했다. 어느새 말투도 변해 있었다. 어가의 야간 이동은 철저하게 비밀에 부쳐진다. 그걸 알 수 있다면 기습이 가능할 것이다. 여건도 좋다. 지금 오군영 군병들이 화성 외곽에 주둔하고 있는데 응원장을 맡은 오군영 무관들은 거의 다 심환지 대감의 사람들이다. 상황이 벌어지면 얼마든지 군병들을 동원할 수 있을 것이다.

"만약의 경우를 대비해서 성조정식은 주조와 야조에 참가하는 오군영 군병들의 무기 휴대를 제한하고 있습니다. 총은 물론 활도 일부만 지닌다고 합니다. 저들이 외영을 제압할 수 있겠습니까?"

정한기가 의문을 표했다.

"알고 있네. 그래서 무기와 화약을 소도주로부터 지원받을 생각이네. 지원해 줄 수 있소?"

문인방이 스기야마에게 고개를 돌렸다.

"물론이오. 남양 앞바다에 떠 있는 우리 배에는 화약이 많이 실려 있소."

스기야마가 의기양양해서 대답했다. 문인방은 회심의 미소를 지었다. 하늘이 나를 버리지 않은 것이다. 벽파들과 손을 잡으면 얼마든지 전세를 뒤엎을 수 있다. 연후에 이 나라를 떠난다면 벽파에서 마다하지 않을 것이다.

"잘못했다가는 사냥이 끝난 후의 사냥개 꼴이 될 수도 있습니다."

정한기는 여전히 신중론을 펼쳤다. 근본적으로 양반은 믿을 게 못되는 존재다.

"염려 놓으시오! 아무렴 아무런 대책 없이 일을 추진했겠소!"

홍재천이 이죽거렸다.

"하면 무슨 대책이라도 있소?"

문인방도 기실 그게 마음에 걸리던 차였다.

"화성은 내변內變에 대비해서 성 밖으로 빠져나갈 수 있는 암문暗門들이 곳곳에 마련되어 있는데 정확한 위치는 외영 군관들도 잘 모르지요."

홍재천은 의기양양했다. 암문 공역에도 관여를 했기에 정확한 위치를 알고 있었던 것이다.

"조선 국왕을 그 자리에서 주살하지 말고 포박해서 암문을 통해서
빠져나간 후에 양쪽을 상대로 흥정을 벌이면 될 것이오."

홍재천이 일사천리로 떠벌렸다. 장사에 천부적인 재능을 지닌 자
다. 상황 판단이 빠르고 앞뒤를 잼에 빈틈이 없었다.

조선 국왕을 인질로 잡아 놓는다…. 그런 수가 있구나. 국왕이 살
아 있는 한 거사는 미완이다. 벽파는 함부로 후사後嗣를 정하지 못한
다. 충분히 보상을 받고, 배를 탄 후에 국왕을 방면하면 될 것이다.
여차하면 시파를 상대로 거래를 할 수도 있다.

문인방이 고개를 끄덕였고, 정한기도 일리가 있다고 판단했는지 환
해진 얼굴로 홍재천을 쳐다봤다. 그렇지만 스기야마는 표정이 밝지
못했다. 홍재천을 믿었다가 세키네가 죽었다. 여전히 불신의 골이 깊
은 마당에 홍재천이 너무 설쳐 대고 있었다.

방 안에는 이들 말고 두 사람이 더 있었다. 스기야마를 돕기 위해
서 남양에서 황급히 달려온 해적 구로다와 타니가와가 그들이다. 조
선말을 모르는 두 사람은 스기야마의 표정이 수시로 변하는 것을 보
면서 곤혹스러워했다.

아무튼 이것으로 대책이 마련되었다. 이제 세부책을 세워서 빈틈이
없게 해야 한다. 세부책 중에는 여하히 아직 불만이 남아 있는 스가
야마를 설득하느냐도 포함될 것이다.

"장 차인이 돌아온 모양입니다."

인기척이 나자 정한기가 일어서서 문을 열었다. 과연 장인형이 뜰
에 서 있었다. 정약용을 처리하고 돌아온 것일까. 장인형의 표정을
살피는 순간 문인방이 일이 심상치 않게 돌아가고 있음을 직감했다.

"어찌 되었는가?"

문인방이 얼른 뜰로 내려섰다.

"죄송합니다. 실패했습니다."

장인형이 고개를 떨구었다. 문인방은 화가 치밀었지만 참기로 했다. 지금은 장인형을 탓할 때가 아니다. 그가 있어야 류구 해적들을 견제할 수 있다.

"일이 그리되었는가? 아쉽군. 하지만 어쩔 수 없는 일, 괘념치 말게."

"저… 드릴 말씀이 있습니다."

무슨 할 말이 있는지 장인형이 선뜻 물러가지 않았다. 장인형은 홍재천을 비롯해서 스기야마와 류구의 해적들이 여전히 방 안에 있는 것을 확인하고서 조심스레 입을 열었다.

"소장의 여인이 병조참지와 함께 있는 것을 데리고 왔습니다. 지금 별채에 데려다 놓았습니다."

"그게 무슨 소리요? 혹시 뒤를 밟히지는 않았소?"

정한기가 화들짝 놀라더니 얼른 담 밖을 살폈다. 놀라기는 문인방도 마찬가지였다. 장인형의 여인이라면 소향비를 말함이다. 그런데 그 여인이 지금 여기 별채에 머무르고 있단 말인가. 소향비가 관헌에게 끌려간 것은 알고 있었지만 병조참지와 함께 있을 줄은 몰랐다. 물론 장인형에게도 함구하고 있었다.

"뒤를 밟히지는 않았습니다. 오로지 소장 하나만을 믿고 사는 불쌍한 여인입니다. 꼭 소운룡으로 데려가고 싶습니다. 소장의 실책은 후일 따로 대죄를 하겠습니다."

장인형이 소향비를 내치지 말아 줄 것을 애원했다. 정한기는 힐책하듯 장인형을 쏘아보았다. 방 안의 사람들은 궁금하다는 표정으로 이쪽을 쳐다보았다.

그래도 그렇지 어떻게 소향비를 여기로…. 힐책을 하려던 문인방은 순간 떠오르는 생각이 있었다.

"소운롱으로 데리고 가겠다는 약조는 지키겠다. 그리고 여인을 이리로 데리고 온 것도 탓하지는 않겠다."

문인방이 뜻밖에 관대한 처분을 내리자 장인형은 감읍했다.

"내일 야조 때 거사를 단행할 계획이다. 지금 그 일을 논의하고 있는 중이니 장 차인도 참석하도록 하라. 아무래도 중요한 소임을 맡겨야 할 것 같으니."

"알겠습니다."

장인형이 감읍해서 큰 소리로 대답했다.

"위험한 일이다. 행여 일이 잘못되면 신속히 도피를 해야 한다. 그래서 말인데 여인은 미리 남양 앞바다에 있는 배로 옮기는 게 좋겠다."

소향비를 위험에 내몰 수는 없다. 장인형이 즉시 수긍했다.

"그렇게 하겠습니다."

"병조참지와 함께 있던 여인입니다. 철저하게 문초를 해야 할 것입니다."

정한기가 도끼눈을 하고 장인형을 노려보았다.

"여인은 내가 만나 볼 테니 장 차인은 방으로 가서 쉬고 있게."

"알겠습니다."

장인형은 의외로 일이 쉽게 풀린 것에 안도하며 자기 방으로 향했다. 문인방은 장인형이 방으로 들어가는 것을 확인하고서 불만 가득한 얼굴로 노려보고 있는 스기야마에게 손짓을 보냈다.

문인방이 앞장을 서고 정한기와 스기야마가 뒤를 따랐다. 별채에 이르자 문인방은 헛기침을 하고서 문을 열고 들어섰다. 황급히 일어서던 소향비는 장인형이 보이지 않자 표정이 굳어졌다.

"앉거라! 내가 부상단의 단주다."

문인방이 자리를 잡으며 소향비에게 앉을 것을 명했다. 불안한 듯 조심스레 앉는 소향비를 보며 문인방은 자신의 계책이 성사될 것임을 확신했다. 짐작대로 절세가인이었다. 정한기와 스기야마는 힐끔힐끔 소향비를 살피며 문인방을 따라 자리를 잡았다.

"네 서방이 나에 대해서 어디까지 얘기했는지 모르겠지만 우리는 지금 생사를 결할 만큼 중요한 일을 목전에 두고 있다."

소향비는 잠자코 듣고만 있었다. 각오했던 것에 비해서 부드러운 태도였다.

"네 서방은 너를 소운릉으로 데리고 가겠다고 했고 내가 승낙을 했다. 그런데 지금 우리는 매우 위급한 상황에 놓여 있다. 그래서 너를 미리 배로 피신시키려 한다."

줄곧 고개를 숙이고 있던 소향비가 비로소 눈을 들어서 문인방을 응시했다. 문인방과 눈이 마주치는 순간 예사로운 사람이 아니라는 느낌이 들었는데 왠지 차갑고 섬뜩한 기분을 떨쳐 버릴 수 없었다.

"서방님도 알고 있는 일입니까?"

소향비가 처음으로 입을 열었다.

"물론이다. 여기 이 사람의 수하가 너를 배로 데리고 갈 것이다. 배에서 기다리고 있으면 우리가 곧 뒤를 따를 것이다."

장안에서 기명을 날리는 명기다. 당연히 나름대로 사람의 마음을 읽는 법을 터득한 소향비다. 문인방은 거짓말을 하는 것 같지는 않았지만 그렇다고 진실이 느껴지지도 않았다. 소향비는 불안했다.

"소청이 있습니다."

"말해 보거라."

"단주님의 지시를 따르겠습니다. 그 전에 서방님을 뵙고 싶습니다."

"그렇게 하거라. 논의가 끝나는 대로 보내 주겠다."

문인방이 순순히 승낙을 하고서 자리에서 일어섰다. 소향비에게서 눈을 떼지 못하고 있던 스기야마가 아쉬운 듯이 따라서 일어섰다.

"어떻소?"

"과연 경국지색이라는 말이 어울리는 미색이오. 그동안 동래에서 조선의 기녀들을 많이 봤소만…."

스기야마가 벌린 입을 다물지 못했다.

"소도주의 도움이 절실하오. 그동안 섭섭했던 일들일랑 다 잊어 주시오. 어떤 일이 있어도 대도주와의 약조를 지킬 것이오."

문인방이 별채를 힐끗 돌아보며 말했다. 스기야마는 그제야 문인방의 뜻을 알아채고서 입이 함박만 해졌다. 그렇다면 배에 먼저 가 있으란 말은 자기에게 소향비를 주겠다는 뜻이란 말인가.

"하지만 장 차인의 여인이 아니오? 더구나 그자는 무예의 달인인데…."

스기야마의 시선이 별채에서 떨어지지 않았다.

"나는 신상필벌을 분명히 하는 사람이오."

문인방이 차갑게 대답했다.

＊

웬만해서는 감정을 드러내는 일이 없는 심환지도 충격이 컸던지 김권주의 말이 채 끝나기도 전에 안색이 일변했다. 김권주로부터 홍재천을 만났던 이야기를 막 전해 들은 것이다.

"뭔가 이상하다는 느낌은 받았지만 그런 일이 있었을 줄이야. 참으로 엄청난 일 아닙니까."

동석한 구명록도 목소리가 떨렸다. 그러면서 행여 누군가 엿듣는 사람은 없을까 황급히 방 밖을 살폈다. 하지만 심복 위사들이 철저하게 주변을 경계하고 있기에 엿듣는 사람은 없을 것이다.

"그래서 무어라 했습니까?"

구명록이 심환지의 눈치를 살피며 김권주에게 물었다. 주상이 야조를 참관하기 위해서 행궁을 나설 때 화약을 터뜨려서 혼란을 일으킨 후에 조총으로 저격을 하겠다는 것이 저들 계책의 골자다. 내부에서 정확한 일정을 통보하고, 거사 후에 밖에서 오군영이 동조를 하면 충분히 승산이 있는 계책이다.

"그들이 류구의 해적들과 손을 잡고 있다는 것이 사실입니까?"

김권주가 심환지의 눈치를 살피느라 선뜻 대답을 하지 못하자 구명록이 재촉을 했다.

"물론이오. 류구의 해적들은 물속에서도 폭약을 터뜨리고 천 보 밖에서도 목표물을 명중시킬 수 있는 자들이지요. 야조 일정과 어가의 노정을 상세히 일러 주면 빈틈없이 처리할 것이오. 채제공 대감과 조심태 대감은 원행으로 다른 데 신경을 쓸 틈이 없고 병조참지도 화성 안에서는 긴장을 풀고 있을 것이오."

김권주가 심환지의 결심을 촉구하듯 단호한 어조로 대답했다. 시간이 촉박하다. 빨리 홍재천을 만나서 일정과 노정을 알려 주어야 한다. 어가의 야간 행차 일정은 정리소 총리대신 채제공과 화성 유수 조심태, 그리고 병조판서 심환지를 비롯해서 극히 소수만이 알고 있는 기밀 사항이다.

"그자들이 원하는 게 있을 텐데."

심환지가 무거운 표정으로 입을 열었다.

"류구 해적들은 제주도 교역 독점권을 원하고 있다고 합니다. 그리고 옥포선생을 따르는 무리들은 배를 내주면 미련 없이 조선을 떠나겠다고 합니다."

김권주가 홍재천으로부터 들은 얘기를 얼른 심환지에게 전했다.

"옥포선생이라…. 생각이 나는군. 오래전에 백성들을 선동해서 난리를 꾀하려던 자가 있었지."

심환지가 문인방을 기억해 냈다. 임인년(1782)의 일이니 벌써 13년 전의 일인데 백성들이 나라를 갈아엎겠다고 일어선 적은 조선왕조 400년에 처음이었다.

옥포선생 문인방은 그때 체포되어 참수되었는데 당시 형장에서 목이 잘린 것은 가짜고 진짜 문인방은 도주를 했다는 소문이 파다하게 떠돌았다.

그렇다면 그때 소문이 사실이었단 말인가. 『정감록』 운운하며 혹세무민을 하는 무리들과 밀계를 맺는다는 사실에 심환지는 본능적으로 거부감이 일었지만 지금은 냉정하게 행동해야 한다.

"어쨌거나 우리의 적을 적으로 삼고 있는 자들입니다. 그리고 지금 저들의 손이 필요합니다. 조선의 앞날에 짙은 먹구름이 끼었습니다. 화근을 철저하게 제거하지 못하면 사대부 통치의 기틀이 무너져 내릴 겁니다. 경우에 따라서는 제주도의 류구를 내세워서 동래 왜관을 독점하고 있는 쓰시마를 견제할 수도 있습니다. 그리고 조선을 떠나겠다는 마당에 배 몇 척 내주는 건 그리 큰 문제가 아닐 것입니다."

김권주는 홍재천에게 들었던 말을 고스란히 전했다. 심환지는 심사가 몹시 착잡했다. 어쩌다 민란을 주도했던 자와 연계를 도모하게 되었단 말인가.

주상은 신료들을 권도權度로 누르는 게 성군의 길인 줄 착각하고 있다. 사대부들과 충돌이 일 때마다 개혁과 민의를 내세우며 신료들을 몰아세우려 한다. 하지만 사람의 귀와 눈은 저 듣기 좋은 것만 보고 듣게 마련이다. 권도는 세월이 흐르면 독재로 바뀌게 마련이다.

지금 조선의 사직이 누란 위에 서 있다. 고양이 손이라도 빌려야 할 판이다. 그렇지만 신중해야 한다. 이미 민란을 주도했던 자다. 패거리를 데리고 멀리 떠나겠다고 하지만 세상 일은 모른다. 섣불리 손을 내밀었다가는 더 큰 위험을 초래할 수 있다. 자칫 300년 왕조가 문을 닫을 수도 있다. 그럼 어떻게 한다…. 심환지는 고심에 잠겼다.

심환지의 침묵이 길어지자 김권주는 초조해졌다. 무슨 생각을 저리 오래 하고 있단 말인가. 생각이 많으면 대사를 도모할 수 없다고 한 사람이 바로 본인 아니던가. 저러다 혹시 당장 역도들을 잡아들이라 호통을 치는 것은 아닐까 하는 생각이 들자 겁이 덜컥 났다. 구명록도 같은 생각을 하고 있는지 연신 마른침을 삼키고 있었다.

"역모를 꾀하는 무리들은 당장 잡아다가 대역의 죄로 다스려야 할 것이야!"

심환지가 눈을 번쩍 떴다. 그리고 주상과도 같은 음성으로 추포를 명했다. 김권주와 구명록은 가슴이 철렁 내려앉았다.

"대감! 풍전등화의 처지입니다. 일의 경과 중, 선과 후, 그리고 대와 소를 헤아리셔야 합니다."

김권주가 하얗게 질려서 심환지에게 매달렸다. 이대로 병권이 저들에게 넘어가면 모든 게 끝이다.

"그렇습니다. 섣불리 결정할 사안이 아닙니다. 이 나라가 어찌 주상혼자의 나라란 말입니까. 정란거병을 도모키로 하지 않았습니까. 사냥개를 잡는 일은 사냥이 끝난 후에 행해도 늦지 않을 것입니다."

구명록도 필사적으로 매달렸다. 원리 원칙을 중시하는 사람이지만 그래도 지금은 현실을 감안해야 할 것이다.

"정란거병과 역모는 근본이 다른 것! 어찌 역도들과 함께 종사를 논할 수 있단 말이냐!"

심환지는 날카로운 눈매로 두 사람을 쏘아보며 호통을 쳤다. 김권주는 하늘이 무너지는 기분이었다. 마지막 남은 희망이 물거품이 되고 만 것이다.

"다시없는 기회입니다. 대감."

구명록이 무릎걸음으로 다가갔다. 거병과 역모가 뭐가 다르다는 말인가. 결국 천한 백성들과는 손을 잡지 않겠다는 것 아닌가. 역시 책상물림들과는 대사를 도모하는 게 아니었단 말인가. 구명록은 분노가 치밀었다. 하지만 심환지는 요지부동이다.

"할 일이 많다. 날이 밝는 대로 현릉원 전배를 수종해야 하며 오후에는 성조에 대비해서 사전 점검을 해야 한다. 두 사람에게 해야 할 일을 일러 주겠다."

심환지가 문인방 얘기는 더 꺼내지 말라는 듯 화제를 바꾸었다. 이것으로 끝인가. 허탈한 표정을 짓던 두 사람은 심환지의 눈에서 형형한 빛이 쏟아져 나오는 것을 보며 깜짝 놀랐다. 연유는 알 수 없지만 그냥 주저앉으려는 사람의 눈빛이 절대 아니었다.

"야조에 대비해서 미리 점검을 해야 할 필요가 있을 테니 병조정랑은 오전에 미로한정未老閑亭 일대를 미리 둘러보도록 하게. 어가는 해정초각亥正初刻(오후 10시 15분)에 행궁을 나서서 장춘각藏春閣과 우화관于華觀, 그리고 미로한정 거쳐서 서장대에 도달할 예정이니까 점검을 단단히 해야 할 것일세."

김권주에게 어가의 노정을 미리 살필 것을 지시한 심환지는 김권주가 채 반응을 보이기도 전에 구명록에게 고개를 돌렸다.

"역도들이 암약하고 있다. 당연히 어가의 호위에 각별히 신경을 써야 할 것이다. 가전별초와 가후금군은 정해졌는가?"

"아직 정하지 않았습니다."

구명록이 뜨악한 얼굴로 대답했다. 어가의 행차는 가전별초가 앞에서 호위를 하고 가후금군이 어가를 따르며 후방 호위를 담당하는데 가전별초는 외영에서 담당하고 가후금군은 배행교련관이 훈련도감에서 선정하게 되어 있다.

"하면 현무기로 정하도록 하게."

심환지가 특별히 현무기를 지정했다. 오군영 군병들은 무기를 지니고 행궁에 들어올 수 없지만 가후금군으로 배정된 군영은 예외다.

"병조정랑은 노정을 철저히 살피고 배행교련관은 가후금군을 장악하고 있다가 역모가 탐지되거든 지체 없이 출동해서 역도들을 포박토록 하게."

'아!'

비로소 심환지의 의도를 파악한 두 사람은 감탄을 금치 못했다. 남의 손을 빌어 주상을 게거한 후에 그들을 역도로 몰아 가차 없이 논죄하겠다는 계책이다. 그렇게 되면 실리와 명분을 동시에 챙기게 될 것이다.

"잘 알겠습니다. 목숨을 걸고 소임을 완수하겠습니다."

구명록이 떨리는 음성으로 복명했다.

"맡기신 일을 빈틈없이 처리하겠습니다."

김권주의 얼굴에도 비장감이 흘렀다. 이제 홍재천을 만나서 어가의 일정을 알려 줘야 한다. 연후의 일은 구명록이 잘 처리할 것이다.

시간이 얼마나 흘렀을까. 달은 이미 중천에 떠 있었다. 세 사람은 한동안 말이 없었다. 용비봉무의 땅 화성에 결전의 순간이 다가오고 있었다.

*

왜 이렇게 떨리는 걸까. 항차 화성에서 무슨 일이 벌어질 것인지 소향비도 나름대로 예작하고 있었다. 날이 밝고 다시 어둠이 찾아오면 화성 땅에서 경천동지할 일이 벌어질 것이다. 그런데 서방님은 무슨 일을 하는 걸까. 소향비는 내내 입을 굳게 다물고 있는 장인형을 보며 무서웠다. 제발 이대로 영원히 날이 밝지 않았으면. 그러나 잠시 후면 어김없이 해가 떠오를 것이다. 곧 헤어져야 한다. 일을 마치고서 따라 가겠다고 했지만 장차를 기약할 수 없는 상황이다.

"꼭 따라오셔야 합니다."

소향비의 얼굴에 안타까움이 스치고 지나갔다.

"물론이오."

장인형이 애써 미소를 지어 보였다.

"행여 이 몸이 병조참지와 함께 있었던 일로 해서 서방님께서 고초를 겪으시는 것은 아닌지요."

소향비는 그것이 걱정이 되었다.

"걱정하지 마시오. 옥포선생은 옹졸한 분이 아니오."

소향비가 장인형의 품으로 파고들었다. 가벼운 떨림이 전해졌는데 전과 달리 쉬 멈추지 않는 것은 혹시 이것이 마지막일 지 모른다는 불길한 생각을 떨쳐 버리지 못하고 있기 때문일 것이다. 장인형은 그런 생각을 하고 있는 걸까. 전에 없이 소향비를 힘껏 소향비를 끌어 안았다.

지금 나는 제대로 행동하고 있는 걸까. 해적에 이어서 권문세가와 한패가 되었다. 소운룡이라…. 정말 그런 것이 있을까. 장인형의 마음 속에서 조금씩 회의가 일고 있었다.

"그냥 이대로 멀리 떠나면 안 되는지요."

"나도 당신을 내 곁에서 떼어 놓고 싶은 생각이 추호도 없소. 하지만 달리 도리가 없는 상황이오. 그러니 조금만 참고 기다리시오. 곧 뒤따라갈 테니."

장인형은 가슴이 미어질 것 같았다. 류구의 해적들에게 소향비를 맡기기 정말 싫었다. 하지만 화살은 시위를 떠난 마당이다. 이제 와서 뒤로 물릴 수는 없다. 오로지 앞으로 내달려야 한다.

"옥포선생은 역모를 꾀하고 있다고 들었습니다. 서방님이 왜 저들과 한패가 되어야 하는지요."

소향비가 약용에게서 들었던 말을 조심스럽게 입에 올렸다. 역모라는 말에 장인형은 흠칫 놀랐지만 화를 내지는 않았다. 그리고 잠시 생각하더니 차분한 어조로 겁에 질려 있는 소향비를 달래 주었다.

"이미 이조에 바쳤던 충성을 철회한 마당이오. 그러니 역모라는 말은 가당치 않소. 어렵고 위험한 일이지만 조정에 우리와 힘을 합치기로 한 자들이 있소. 그들과 연계를 하면 대사를 도모할 수 있을 것이오. 연후에 멀리 떠나서 둘만의 삶을 가꿉시다. 얼마 남지 않았소."

장인형이 불안해하는 소향비를 안심시켰다. 정한기로부터 전말을 들었던 터였다. 어쩌다 적과 한패가 되었지만 오월동주라고 지금은 강을 무사히 건너는 게 우선이다. 상대는 본질적으로 뿌리가 다른 부류다. 그렇다면 거사를 이룬 연후도 대비해야 한다. 자칫 뒤통수를 맞는 수가 있다. 장인형이 소향비를 해적선으로 옮기는 데 순순히 동의한 것도 그런 연유에서였다.

"옥포선생이 서방님께 뭔가 감추는 것이 있는 듯합니다."

장인형을 찬찬히 쳐다보고 있던 소향비가 조심스럽게 입을 열었다.

"그게 무슨 소리요?"

장인형이 의아한 표정을 지으며 물었다.

"왠지 느낌이…. 조심하십시오."

왜 그런 느낌을 받았을까. 병조참지 정약용과 옥포선생이 차례로 떠올랐다. 둘 다 범상치 않은 인물들인데 옥포선생에게는 없는 것이 정약용에게는 있었다. 사람을 대하는 따뜻한 정. 짧은 시간이지만 병조참지 정약용에게서는 그것이 생생하게 느껴졌었다. 그에 비하면 어쩐지 장인형을 목적을 이루기 위한 수단으로만 여기고 있는 것 같았다.

"혹시 약조를 지키지 못하게 되거든 지체 없이 배에서 내려서 병조참지에게 가도록 하시오. 그 사람이라면 당신을 곤경에 빠뜨리는 일을 하지 않을 것이오."

소향비를 쳐다보는 장인형의 눈에 비감함과 함께 애절함이 가득했다.

"서방님!"

장인형은 화들짝 놀라는 소향비를 애써 외면하며 제발 오늘이 마지막 밤이 되지 않기를 빌었다.

"장 차인."

밖에서 정한기가 장인형을 불렀다. 떠나야 할 시간이 된 것이다. 장인형은 소향비를 힘껏 끌어안은 후에 결연히 몸을 일으켰다.

*

갑오일(12일)이 밝았다. 화성에서의 셋째 날, 그리고 제일 중요한 행사가 거행되는 날이다.

어가는 친군위 군병들의 철통같은 호위를 받으며 팔달문을 나와서 현륭원으로 향했다. 정조는 비통한 심정으로 혜경궁의 가마 뒤를 따랐다. 모친은 회갑의 수를 누리고 있건만 동갑인 부친은 이미 백골이 진토가 되어 있다. 불현듯 뒤주 속에서 울부짖던 부친의 비명이 뇌리를 스치고 지나가면서 정조는 부르르 떨었다. 대체 왕세자를 뒤주 속에 넣어서 죽이는 나라가 어디에 있단 말인가. 기가 쇠한 한양을 떠나서 화성에 새 도읍을 정하고서 다시는 신료들이 감히 임금과 세자를 이간질하는 일이 없도록 왕권을 굳건히 할 것이다.

심환지는 굳은 얼굴로 어가 뒤를 따랐다. 결전의 날이 밝은 것이다. 지금쯤 김권주는 옥포선생이라는 자를 만나고 있을 것이다. 그리고 구명록은 현무기 군병들을 동원하고서 때를 기다리고 있을 것이다. 가후금군으로 선정된 현무기 기병들은 총과 활, 장창을 지니고서 성안으로 들어왔다. 이들은 선전관들의 통제 대상은 아니다.

주상 유고 시에는 병조판서인 자신이 병권을 장악하게 되어 있다. 병권을 장악하는 즉시 오군영을 성내로 불러들여서 외영을 무장 해제시킬 것이다. 의정부 삼정승도 크게 문제 될 게 없다. 영의정 홍낙성은 뒤로 빠지려 할 것이고 우의정 채제공은 좌의정 유언호가 물고 늘어지면 된다. 이제 겨우 여섯 살 된 왕세자를 내쫓는 것은 일도 아니다. 서른이 다 된 왕세자도 뒤주 속에 가두고 죽이는 세상이다. 다음 왕은 왕실 최고 어른인 왕대비가 정하는데 전계군을 지목할 것이다.

문인방 일패는 구명록이 맡기로 했다. 상황이 발생하면 대기하고 있던 현무기 기병들이 득달같이 현장으로 달려가서 문인방 일당을 모조리 주살해 버릴 것이다. 그렇게 되면 역도들로부터 사직을 구한 것이 된다. 제발 계획대로 되어야 할 텐데. 심환지는 하늘을 올려다보며 결의를 다졌다.

원소園所에는 정조와 혜경궁, 그리고 두 궁주 등 사도세자의 직계들만 올라가고 수종 신료들은 현륭원 아래에서 대령한다. 약용은 침통한 표정으로 원소를 오르는 주상을 보며 가슴이 메었다. 기력은 점점 쇠해 가는데 세자는 아직 어리다. 그러니 근자 들어 매사를 서두르고 초조해하는 것이 당연했다. 원행을 무사히 마쳐야 하는데 여전히 위기가 계속되고 있었다. 약용은 모든 것이 자신의 불찰 같아서 통탄을 금할 길이 없었다.

그런데 무슨 생각을 하고 있는 것일까. 병조판서 심환지는 시종일관 무표정한 얼굴을 하고 있었다. 병조정랑 김권주가 보이지 않는 게 조금 이상했지만 어쨌거나 오군영 군병들은 성 밖에 있고, 무기고와 화약고는 선전관들이 빈틈없이 감시를 하고 있다. 공성에 나서는 군병들은 병장기도 제대로 갖추지 못하게 되어 있다. 약용은 금군이 현륭원 주변을 철통같이 경계하는 것을 확인하고서 뒷전으로 물러섰다.

문제는 여전히 행방이 묘연한 문인방 일당이다. 어디에 숨어서 뭘 노리고 있을까. 최기수는 지금 남양에 도착했을까. 이 중차대한 시기에 최기수를 남양으로 보낸 것이 과연 잘한 일일까 하는 후회도 일지만 꽁꽁 숨어 있는 문인방을 찾아내려면 그 길밖에 없다.

너무 걱정하는 게 아닐까. 그런 생각도 들었다. 여기는 화성이다. 강을 건너고 고개를 넘는 일이 없다. 그리고 어가는 친군위 군병들에 의해서 철통같이 호위되고 있다. 걱정은 걱정을 낳을 뿐이다. 약용은 그렇게 위로하며 마음을 편하게 먹기로 했다.

마음이 가라앉자 소향비가 떠올랐다. 지금쯤 장인형과 함께 지내고 있을까. 혹시 그들로부터 문초를 당하지는 않았을까. 차라리 기방으로 돌려보내는 것이 진정으로 그 여인을 위한 길이 아니었을까. 짧은 시간에 여러 가지 생각이 꼬리를 물고 이어졌다. 그때 최기수가 뛰어들지 않았다면 과연 장인형은 나를 내리쳤을까. 알 수 없지만 약용은 꼭 장인형을 다시 한번 만나 보고 싶었다. 왠지 진심으로 설득을 하면 마음을 되돌려 놓을 수 있을 것 같았다.

원소에서 혜경궁의 통곡 소리가 들려왔다. 상념에 젖어 있던 약용은 한 맺힌 처절한 울음소리에 다시 현실로 돌아왔다.

현륭원 전배를 마친 어가는 다시 행궁으로 향했고, 약용은 쉴 틈도 없이 팔달산으로 향했다. 곧 주조가 펼쳐질 예정인데 그전에 살펴봐야 할 곳이 한두 군데가 아니다.

팔달산에 오르니 화성은 물론 부근 일대가 한눈에 들어왔다. 서장대는 앉은자리에서 백 리 주변을 통제할 수 있는 명당이다. 기다리고 있던 홍병신이 얼른 달려왔다.

"화기고는 물샐틈없이 통제되고 있소? 그리고 선전관들은 제때 보고하고 있소?"

"물론입니다. 믿을 만한 자들에게 화기고를 맡겼고, 군령 출납은 하나도 빠지지 않고 보고되고 있습니다."

홍병신이 자신에 찬 목소리로 대답하고 나섰다. 서장대에 오르니 화성 유수 조심태와 행부사직 이유경이 먼저 와서 일대를 살펴보고 있었다.

"군병들 배치에는 어려움이 없습니까?"

약용의 물음에 조심태가 고개를 끄덕였다. 약용과 조심태는 서장대에 나란히 섰다. 성을 포위하듯 화성 외곽에 찰주하고 있는 오군영의 군기들이 바람에 힘차게 펄럭이고 있었다. 당장은 경계 대상이지만 원행이 끝나면 저들은 협수군에 편입되면서 화성을 지키는 중추가 될 것이다.

"야조가 마음에 걸립니다."

약용이 솔직한 마음을 전했다. 대낮에 벌어지는 주조는 큰 문제가 없다. 문제는 야조다. 야밤에 군병 이동을 통제하는 것이 말만큼 쉬운 일이 아니다.

"성조정식을 어기는 일이 없는지만 살피면 별일이 없을 것이오."

잔뜩 굳어 있는 조심태와 달리 이유경은 한결 여유가 있었다. 병력 이동을 통제하는 것은 병조참지의 소임이다. 약용은 새삼 자신의 소임이 중차대함을 절감했다.

"경계는 철저히 하되, 응원장들을 자극하는 일은 없어야 할 것이오."

원행園幸

조심태가 약용에게 당부의 말을 전했다. 훈련대장의 제외한 오군영 수장들과 양대 포청의 포도대장, 그리고 내영사는 응원장이 되어서 성조를 참관하게 되어 있다. 군부 수장들이 한자리에 모이게 되는데 그들은 장용영 외영의 독주에 불만이 많다. 그러니 그들을 자극하는 일을 삼가야 할 것이다.

"잘 알고 있습니다. 하지만 지위를 불문하고 제자리에서 벗어나면 군율로 엄히 다스려야 할 것입니다."

약용이 각오를 전했다. 저들은 병조판서 심환지와 가까운 사람들이다. 약용은 조심태에게 문인방 얘기를 꺼낼까 하다가 그냥 입을 다물기로 했다. 어디까지나 자신의 일이다. 성조정식은 잘 지켜지고 있고 선전관들은 소임을 잘 수행하고 있다. 그렇다면 잔뜩 긴장해 있는 사람에게 신경 쓰일 말을 꺼낼 필요가 없을 것이다.

최기수는 류구의 해적들을 찾아냈을까. 남양 일대를 일일이 뒤질 수는 없지만 그래도 민가가 빼곡히 들어선 화성을 뒤지는 것보다는 포구를 돌면서 낯선 배, 낯선 자들을 찾으면 성과를 올릴 수 있을 것이다.

"최 기총은 언제 돌아온다고 했습니까?"

서장대를 내려서자 홍병신이 달려왔다. 그도 최기수가 자리에 없는 게 불안한 모양이다.

"늦어도 성조가 끝날 때까지는 돌아오라고 일러두었소."

약용은 문득 최기수에게 너무 과중한 짐을 지운 것이 아닌가 하는 생각이 들었다.

*

"미로한정으로 정했소."

홍재천이 좌중을 둘러보며 입을 열었다. 홍재천을 중심으로 문인방과 장인형, 정한기, 스기야마, 그리고 스기야마를 돕기 위해서 화성에 온 구로다가 모여 앉았고 가운데는 화성 일대를 그려 놓은 도면이 놓여 있었다.

"무리가 없겠군. 야조가 시작되면 장춘각과 우화관 일대가 대낮처럼 환해질 테니까."

문인방이 동의했다. 홍재천이 너무 설치는 게 기분 나빴지만 제대로 짚은 것 같았다. 야조가 시작되면 가가호호 등불을 내걸면서 화성은 대낮처럼 환해질 것이다. 주변이 환하면 은밀히 움직이기 어렵다. 그렇지만 팔단산 중턱에 위치한 미로한정은 행궁과 서장대 양쪽에서 모두 제법 떨어진 곳이어서 여전히 어둠 속에 잠겨 있을 것이다. 스기야마와 장인형도 이견을 내지 않았다.

"그렇다면…."

홍재천이 신이 나서 회동을 주도했다. 김권주로부터 국왕의 상세한 일정을 전해 들은 홍재천은 미로한정에 미리 폭약을 설치해 놓고서, 어가가 그곳을 지날 때 터뜨리기로 김권주와 합의를 보고 온 길이다.

"국왕을 폭사시키지 못하더라도 혼란을 틈타 저격할 수 있을 것이오. 문제는 그다음인데…."

문인방이 홍재천을 노려보았다.

"물론이오. 나 또한 우리 살길은 우리가 따로 마련해야 한다고 생각하고 있소."

홍재천도 저들은 사냥이 끝나면 사냥개부터 잡아먹으려들 것이란 사실을 내다보고 있었다.

"우리가 국왕을 위해하면 가후금군이 출동해서 우리를 현장에서 주살하려 할 것이오. 그리고 우리를 역도로 몰려고 할 겁니다."

정한기가 얼굴을 붉히며 말했다.

"당연히 그럴 것이야. 사대부들은 본시 믿을 게 못 되는 존재니까. 저들과 약조를 한 시각보다 조금 앞당겨서 미로한정을 폭파시키고, 주상을 인질로 삼고 현장을 빠져나갈 것이오. 당신이 암문을 알고 있다고 하지 않았소?"

문인방이 홍재천을 지목했다.

"암문 위치는 내가 잘 알고 있소. 하지만 국왕을 인질로 삼는 게 간단한 일이 아닐 것 같소. 솔직히 시해하는 것도 쉬운 일이 아닐 텐데."

홍재천이 따지듯 되물었다. 어쨌거나 류구 해적은 두 차례나 실패를 했다.

"그 일은 우리가 알아서 하겠소."

문인방이 홍재천의 우려를 일축하며 스기야마에게 고개를 돌렸다.

"일각이면 되겠소? 반각이라면 더 좋고."

가후금군이 출동하기 전에 거사를 끝내려면 그만큼 불 심지를 미리 당겨야 하는데 정확하게 폭파 시각을 맞추는 게 쉽지 않다. 문인방은 의견을 구하듯 스기야마를 쳐다봤다.

"일각으로 정하겠소."

스기야마가 구로다와 일본 말로 주고받더니 일각이 좋겠다고 했다.

"하지만 조선 국왕의 행차 시각이 정확해야 할 것이오."

스기야마가 그 점에 대해서 못을 박았다.

"그 점은 염려하지 않아도 좋을 것이오."

문인방이 장담했다. 병조판서를 통해서 나온 정보다.

"너무 염려하지 말게. 저들이 장 차인을 엄호할 걸세."

문인방이 내내 무거운 표정을 풀지 못하고 있는 장인형을 위로했다. 폭파가 일면 장인형은 어가로 달려들어서 국왕을 납치하고 스기야마와 구로다는 쫓아오는 금군들에게 탄환을 날린다. 그리고 우왕좌왕하는 사이에 암문을 통해서 화성을 벗어나면 된다. 가전별초의 무관들은 암문의 정확한 위치를 모른다. 충분히 금군을 따돌릴 수 있을 것이다.

장인형은 제일 어렵고 위험한 일을 맡았지만 도리어 기뻐하고 있었다. 주상을 자기 손으로 시해하지 않아도 된다는 사실에 안도가 됐던 것이다. 빨리 일을 끝내고 소향비에게 가야 한다. 소향비는 지금 배에 올랐을까. 아무튼 내가 오기를 애타게 기다리고 있을 것이다. 위험하더라도 곁에 두겠다고 할 걸 그랬나. 어쩌면 그때 그냥 병조참지와 함께 있게 내버려 두는 게 더 좋지 않았을까. 생각에 생각이 꼬리를 물고 이어졌다. 그런데 소향비를 다시 볼 수 있을까. 장인형은 고개를 세게 흔들며 불쑥불쑥 찾아오는 불길한 생각을 애써 떨쳐 냈다.

"지금쯤 국왕의 어가가 현륭원을 떠났겠군. 변복을 하고서 주조를 관람하는 것도 나쁘지 않겠지."

생각에 잠겨 있는 장인형의 귓전에 문인방의 득의만만한 웃음소리가 스치고 지나갔다.

원행園幸

만천명월

滿天明月

포구의 비린내가 물씬 풍겼고 갈매기들이 먹이를 찾아서 부지런히 날고 있었다. 최기수는 갈매기를 쳐다보며 지친 몸을 일으켰다. 밤을 새워 남양만 일대를 뒤지고 다니는 중이다. 포구를 돌면서 눈에 띄는 어민들마다 혹시 낯선 배, 낯선 자들에 대해 물었지만 별 소득이 없었다. 그래서 일대를 직접 뒤지면서 류구 해적들의 흔적을 눈으로 확인하기로 한 것이다.

해가 중천으로 떠올랐다. 지금쯤 어가는 현륭원 전배를 마치고 화성으로 돌아가고 있을 것이다. 곧 주조가 펼쳐지고 이어서 해가 지면 야조가 계속될 것이다. 그 전에 일을 마치고 화성으로 돌아가야 하는데 일이 마음대로 되지 않았다. 최기수는 제발 그사이에 아무 일도 벌어지지 않기를 빌며 발걸음을 재촉했다.

"글쎄요…. 그런 말은 들어 보지 못했소."

제법 나이를 먹은 어부가 경계의 빛을 풀지 않으며 대답했다. 기찰을 나온 관헌이라면 괜히 쓸데없는 말을 할 필요가 없다.

"하면 이 포구가 남양 일대에서 제일 큰 곳입니까?"

최기수는 노인을 정중하게 대했다. 어떻게 해서든 단서를 찾아야 한다.

"그렇소. 이래 봬도 조기 철에는 멀리 전라도에서도 배가 올라온 다오. 그리고 가을에는 조운선들이 수시로 들락거리며 성시를 이루 지요."

노인이 자랑스럽게 대답했다. 묻는 투로 봐서 인근 관아의 관헌은 아닌 것 같다는 판단이 선 모양이다.

"그럼 뱃사람들이 묵는 객점도 있겠군요."

"물론이오. 여기서는 방풍림에 가려서 잘 보이지 않지만 저쪽으로 제법 번듯한 객점들이 여럿 있다오."

야조가 시작되는 해시 전에 화성으로 돌아가려면 서둘러야 한다. 최기수는 지친 몸을 이끌고 그쪽으로 향했다. 행여 병조참지의 예측 이 틀려서 엉뚱한 곳에서 천금 같은 시간을 허송하고 있는 것은 아닌 가 하는 불길한 생각도 들었다. 최기수는 그럴 리가 없다는 듯 고개 를 세차게 내저으며 걸음을 재촉했다. 주막을 뒤질 것인지 아니면 바 다와 연결된 길목을 찾아서 지킬 것인지 둘 중 하나를 택해야 한다. 잠시 생각하던 최기수는 후자 쪽을 택하기로 했다.

*

구경꾼들 틈에 섞여서 낙남헌을 나서는 어마를 지켜보던 문인방은 안도의 숨을 내쉬었다. 정확히 미정초각未正初刻이다. 김권주의 통보는 정확했던 것이다. 갑주 차림으로 어마에 오른 정조는 금군의 호위를 받으며 서장대로 향했다.

"틀림없군. 그럼 먼저 미로한정으로 가서 행차를 기다리리고 합시다."

문인방이 함께 지켜보고 있는 홍재천과 스기야마, 그리고 장인형에게 서두를 것을 지시했다. 아무래도 행색이 어색하기에 구로다는 데리고 나오지 않았다.

네 사람은 인파를 헤치며 대열에서 빠져나왔다. 국왕의 행차가 미로한정에 도달하기까지 시간이 정확히 얼마나 걸리는 지를 알아내야 폭약의 불 심지를 미리 조절할 수 있다. 장인형은 혹시 최기수와 마주치는 일은 없을까 긴장해서 주위를 살폈다. 변복을 했지만 최기수와 마주치면 낭패를 면키 힘들다. 육면정六面亭으로도 불리는 미로한정은 정조가 세자에게 양위를 한 후에 화성으로 내려와 한가한 나날을 보내기 위해서 지은 행궁 후원의 정자다. 네 사람은 미로한정으로 내달았다.

"지붕에 폭약을 설치하면 정자를 통째로 날려 버릴 수 있겠소."

스기야마가 미로한정의 지붕을 지목했다. 아직은 국왕의 행차가 당도하지 않아서 경계는 삼엄하지 않았다. 외진 곳이라 눈을 피해서 폭약을 설치할 수 있을 것이다. 과연 일각의 오차도 없이 정확한 시간에 어가가 당도할 것인가. 막상 일이 여기에 이르자 문인방은 그게 걱정이 되었다.

"암문으로 통하는 길은 확인하지 않아도 괜찮겠소?"

문인방이 긴장을 풀려는 듯 화제를 돌렸다.

"물론이오. 화성이라면 속속들이 다 알고 있소."

홍재천이 자신만만하게 대답했다. 폭파와 퇴로를 확인했으니 다음은 장인형 차례다. 납치는 시해보다 훨씬 힘들다.

"할 수 있겠지!"

문인방이 장인형에게 시선을 돌렸다.

"물론입니다."

장인형은 주저 없이 고개를 끄덕였다. 무사히 일을 마치고 빨리 소향비에게 달려가겠다는 것 외에는 다른 생각은 하지 않기로 했다.

"좋아. 암문을 빠져나가면 정 차인이 기다리고 있을 것이다."

절대로 호락호락 당하지 않을 것이다. 국왕을 인질로 잡으면 저들은 요구 조건을 다 들어줄 수밖에 없다.

"올라옵니다!"

홍재천이 문인방의 소매를 잡아끌었다. 과연 군기가 펄럭이며 왕의 행차가 미로한정으로 다가오고 있었다. 어느 틈에 몰려왔는지 구경꾼들이 주위를 에워싸고 있었다. 성안에서의 행차이기 때문일까. 수종하는 금군들이 소수였다. 야조 때도 상황이 같다면 납치가 가능할 것 같았다.

훈련도감 기총 시절에 가적이 되어서 침전에 침투했던 경험이 있는 장인형은 어가의 호위를 살피면서 앞으로 펼쳐질 상황을 가늠해 보았다. 스기야마와 구로다가 제대로 엄호를 해 주면 크게 어렵지 않을 것 같았다.

일단 성을 빠져나가서 팔달산 기슭에 몸을 숨기면 그다음은 옥포선생이 알아서 할 것이다. 화성은 대혼란에 휩싸일 것이고 봉기의 횃불과 함께 새로운 세상이 열릴 것이다.

문인방 일패가 구경꾼들 틈에 섞여서 미로한정을 벗어날 무렵에 정조의 행차는 서장대에 이르렀다. 어가가 도착하자 미리와서 대기하고 있던 영의정 홍낙성, 좌의정 유언호, 우의정 겸 정리소 총리대신 채제공, 판부사 이병모, 병조판서 심환지, 그리고 화성 유수 겸 장용외영사 조심태가 예를 올리며 주상을 맞았다.

"행궁이 가까우니 포성이 높지 않도록 하라. 신포信砲는 삼혈三穴로 대신하고 총수銃手로 하여금 성의 서북쪽으로 방포케 하라."

서장대에 오른 정조는 성조정식대로 주조를 행할 것을 하명했다. 군령은 선전관들을 통해서 하달되었고, 곧 북과 나발이 울리고 각양의 깃발이 오르면서 주조가 시작되었다.

3,700명에 달하는 공성병들이 훈련대장 이경무의 지휘 아래 긴밀하게 움직였다. 뒷열에서 성조를 참관하고 있는 약용은 정연하고 신속하게 움직이고 있는 오군영 군병들을 보면서 마치 실전이 벌어진 듯한 착각 속에 빠졌다. 과연 조선의 병권을 대표하는 정예 군병들이었다. 하지만 저들은 화약을 소지하지 못했고, 방포도 성을 향하지 못하게 되어 있다.

아쉽지만 수성에 나선 2,000명 내외의 외영 군병들의 움직임은 훈련도감 군병들에 비해서 민첩함이 떨어지고 있었다. 화성이 철옹성의 군사 도읍으로 자리를 잡기 위해서는 아직 세월이 필요한 것 같았다.

"별일 없을 겁니다."

홍병신이 연신 초조해하는 약용을 위로하고 나섰다. 최기수가 아직 돌아오지 않았다. 주조가 끝나는 대로 야조가 실시될텐데 그때가

지 아무 단서를 찾지 못한다면 이런 불충이 없을 것이다. 약용은 무거운 심사를 누르며 주조를 관람했다.

한 무리의 공성군이 서포루西砲壘를 돌아서 화서문 쪽으로 돌진해 왔다. 성정병들이 방어에 나섰지만 움직임이 어쩐지 어설퍼 보였다. 실제 상황이라면 화서문이 뚫렸을 것이다.

함성을 지르며 돌진하던 공성군이 제자리에 멈추어 섰다. 성조정식에 따라서 그 이상의 돌진은 금지되어 있었다. 약용은 울분으로 가득한 응원장들을 살피며 서장대를 내려왔다. 더 지켜볼 이유가 없었다.

"틀림없이 최 기총이 단서를 찾을 겁니다."

홍병신이 따라오며 거듭 약용을 위로했다.

＊

숨이 턱 끝에 차올랐지만 소향비는 힘들다는 말은 꺼내지 않았다. 말도 통하지 않았지만 왜인들에게 힘들어하는 모습을 보여 주기도 싫었다. 밤에 길을 나서서 해가 중천에 떠오를 때까지 쉬지 않고 걸었으니 몸이 천근만근이다. 어디쯤 왔을까. 비릿한 냄새가 스치는 것으로 봐서 바다가 멀지 않은 것 같았다.

타니가와가 힐끗 돌아보더니 잠시 쉬어 가자는 듯 털썩 나뭇등걸에 걸터앉았다. 소향비는 가쁜 숨을 몰아쉬며 조금 떨어진 곳에 자리를 잡았다. 제법 높은 곳이어서 저 멀리로 바다가 눈에 들어왔다. 막상 해적선에 오른다는 생각이 들면서 두려움이 밀려왔다. 자꾸 다시는 장인형을 보지 못하게 될지 모른다는 불길한 생각이 들었다.

너무 성급하게 따라나선 것이 아닐까. 그때 자기를 쳐다보던 문인방과 스기야마의 그 야릇한 눈길이 자꾸 마음에 걸렸다. 그런데 마음에 걸리는 것은 또 있었다. 장인형은 저들이 조정의 관료들과도 연계되어 있다고 했다. 그런데 왜 그 말이 이리 불안한 것일까. 단순한 예감일까. 꼭 함정이 입을 벌리고 있는 것만 같았다.

'…!'

힐끔힐끔 눈치를 보던 타니가와가 슬금슬금 다가왔다. 입가에 야릇한 웃음을 띠고 있었다. 소향비는 본능적으로 몸을 사렸다.

"죽는다. 안 온다."

타니가와가 화성 쪽을 가리키며 서툰 조선말을 입에 담았다. 소향비는 가슴이 철렁 내려앉았다. 타니가와가 무슨 말을 하는지 짐작이 갔던 것이다. 순간 소향비는 눈앞이 깜깜했다. 장인형이 함정에 빠졌단 말인가. 빨리 달아나야 할 텐데 오금이 저려서 발이 떨어지지 않았다.

타니가와가 음흉한 눈빛으로 다가왔다. 소향비는 주저하지 않고 몸을 벌떡 일으켰다. 그리고 죽을 힘을 다해서 언덕 아래로 내달았다. 인적이 없는 외진 산길이다. 소리쳐도 달려오는 사람이 없을 것이다. 그런데 서방님은 무사하실까. 그 와중에도 소향비는 장인형이 걱정되었다.

*

더 이상 지체할 수 없었다. 지금 출발해야 야조에 늦지 않게 도착할 것이다. 화성으로 통하는 길목을 지키고 있던 최기수는 철수하기로 마음을 정하고서 몸을 일으켰다.

'…!'

서둘러 언덕을 오르던 최기수는 멀지 않은 곳에서 누군가 숨을 헐떡이며 달려오는 소리를 들었다. 무슨 일일까. 때가 때인지라 그냥 지나칠 수 없었다. 최기수는 재빠른게 그쪽으로 걸음을 옮겼다. 송림을 헤치고 달려가자 웬 젊은 여인이 허겁지겁 내달리는 것이 눈에 들어왔다. 산적을 만난 것일까. 여기는 산적이 나타날 곳이 아니다. 하면 집안일일지도 모르니 섣불리 나서지 않는 게 좋을 것이다.

젊은 여인은 기력이 다했는지 그대로 주저앉았고 예상했던대로 곧 건장한 사내가 쫓아왔다.

'어!'

몸을 숨기고서 상황을 지켜보던 최기수는 쓰러진 여인이 소향비임을 알아보고 깜짝 놀랐다. 그렇다면 그냥 지나칠 수 없다.

최기수가 몸을 날리며 달려들자 희희낙락해서 소향비에게 다가가던 타니가와가 화들짝 놀라며 걸음을 멈추었다. 그러더니 품에서 비수를 꺼내 들고 쓸데없는 일에 끼어들지 말라는 듯 휘두르기 시작했다. 제법 칼을 휘둘러 본 솜씨 같았지만 류구의 해적 따위가 최기수의 상대는 못된다. 최기수가 환도를 뽑아 들고 대적세를 취하자 타니가와는 예사 상대가 아님을 깨닫고서 주춤주춤 물러서더니 그대로 줄행랑을 놓았다. 쫓아가서 포박할까. 그러나 최기수는 환도를 거두고 먼저 소향비를 일으켜 세웠다. 최기수는 뭔가 심상치 않은 일이 진행되고 있음을 직감했다.

"어찌 된 일이오? 저자는 누구이며 왜 당신을 해치려는 거요?"

"류구의 해적이에요."

소향비가 숨을 몰아쉬며 간신히 대답했다. 문인방이 류구의 해적들과 연계한 것은 알고 있다. 그런데 왜 소향비가 여기에 있으며, 왜 류구 해적이 해치려는 것일까.

"옥포선생이 어디에 있는지 알고 있소?"

"동성자내에 있는 외딴 집에 있어요."

소향비가 가쁜 숨을 몰아쉬며 대답했다. 최기수는 귀가 번쩍 뜨였다. 마침내 문인방의 은신처를 알아낸 것이다.

"전하의 행차를 급습할 거라고 했어요."

그것은 알고 있는 사실이다. 하지만 쉽지 않을 것이다. 아무튼 빨리 돌아가서 병조참지에게 보고를 하고 문인방 일당을 모조리 추포해야 한다.

"옥포선생은 조정의 대신들과도 밀계를 맺고 있는 듯합니다. 서방님 얘기로는 홍재천 단주가 조정에 잘 아는 고관을 통해서…."

최기수의 얼굴에서 핏기가 싹 가셨다. 혹시나 했던 일이 그예 사실로 확인된 것이다. 그렇다면 화성이라고 안심할 수 없을 것이다. 어떻게 해서든 야조가 시작되기 전에 행궁에 당도해야 한다. 병조참지는 지금 목을 빼고서 자기를 기다리고 있을 것이다. 최기수는 이를 악물었다. 숨이 끊어지는 한이 있더라도 그 전에 달려가야 한다.

*

"인원 파악을 끝냈습니다."

심복 무관이 달려오며 구명록에게 보고했다. 곧 술시 초각이 될 것이고 그러면 주상의 행차가 행궁을 나설 것이다. 구명록은 침을 꿀꺽 삼켰다. 생사를 결할 시간이 다가오고 있었다.

"선전관들은?"

"출동할 기미가 없습니다."

선전관들이 지금 눈에 불을 켜고 군병의 이동을 감시하고, 화약고를 철통같이 지키고 있지만 가후금군으로 차출된 현무기는 예외다. 현무기 기병들은 창칼은 물론 삼안총과 화약도 지니고 있다. 얼마든지 근접 호위를 맡은 외영 군병들을 제압할 수 있다.

"그런데 무슨 일이… 있습니까?"

심복 무관이 잔뜩 긴장해 있는 구명록의 눈치를 살피며 물었다.

"역도들이 암약하고 있다는 통첩이 있다."

구명록은 간단하게 대답했다. 그리고 놀란 얼굴로 쳐다보고 있는 무관에게 출동 명령을 내렸다.

"술시 삼각에 출동한다. 그렇게 알고 준비에 소홀함이 없도록!"

술시 삼각에 폭발이 일어나고, 가전별초 군병들이 혼란에 빠진 틈을 노려서 저들은 주상을 시해하면 그때 출동해서 문인방 일당을 역도로 몰아서 모조리 포박하면 상황은 종료된다.

구명록은 뜰로 내려섰다. 심장이 쿵쿵 뛰었다. 하늘을 올려다보니 오늘따라 달이 환하게 비추는 것 같았다. 마치 천하를 가름하는 순간을 똑똑히 지켜보기라도 하려는 듯.

*

약용은 온 천하를 환하게 비추고 있는 달을 올려다보며 행궁을 나섰다. 서장대에 먼저 올라가서 어가를 맞아야 한다. 선전관들을 독려하고 돌아온 홍병신이 아무 이상이 없음을 전했다. 그런데 최기수는 왜 여태 아무 소식이 없는 걸까. 혹시 무슨 일이 생긴 것일까. 마음 편히 먹으려 해도 자꾸 불길한 생각이 떠올랐다. 약용은 애써 마음을 진정시키며 서장대로 향했다. 서장대에 오르자 대소신료들이 벌써부터 모여 있었다.

약용은 삼정승에게 차례로 예를 올리고 자기 자리로 갔다. 군부의 수장들은 병조판서를 중심으로 서장대 오른편에 자리를 잡고 있었다. 오군영 대장들 외에도 용호영 금군별장을 겸직하고 있는 우포도대장 유효원과 선기별장善騎別將을 겸하고 있는 좌포도대장 조규진, 내영사 서유대와 경기 감사 서유방, 그리고 장용영 제조 이명식이 입을 굳게 다물고 어가를 기다렸다. 야조가 시작되면 병조판서는 감군監軍이, 그리고 나머지 무장들은 응원장이 되어서 조련을 참관하는데 대소사는 전부 외영사 조심태가 지휘하고 저들을 그저 지켜보기만 할 뿐이다.

성정군 수뇌부는 조심태를 중심으로 왼편에 자리를 하고 있었다. 주조를 무사히 마쳤음에도 여전히 긴장을 풀지 못하고 있는 것은 그만큼 야조가 어려운 소임이기 때문이다.

횃불이 화성을 에워싸고 있었다. 공성군에서 시위하듯 밝히고 있는 횃불이다. 야조가 시작되면 저 많은 횃불들이 일제히 화성을 향해서 달려들 것이다. 그리고 그 횃불 너머의 어둠 속에서 문인방 일패가 비수를 겨누고 있을 것이다.

달이 중천으로 솟아올랐다. 만천명월萬川明月. 주상은 하늘 높이 떠서 온 천지를 환하게 비추는 저 달처럼 성군을 꿈꾸고 있다. 약용은 사위를 환히 비추고 있는 달을 올려다보며 부디 주상의 염원이 이루어지기를 빌었다.

*

　화약을 설치하는 구로다의 손끝이 가늘게 떨렸다. 조그마한 실수로도 폭발할 수 있는 예민한 물건이다. 문인방과 스기야먀, 장인형은 눈을 부릅뜨고 주위를 살폈다. 혹시라도 행인이 다가왔다가는 낭패다. 다행히 아직은 이른 시각이어서 미로한정 부근에서 사람의 그림자는 보이지 않았다. 하지만 주상의 행차가 낙남헌을 나서면 구경꾼들이 밀려들 것이다.

　"서둘러! 시간이 없다!"

　스기야마가 구로다를 독려했다. 하지만 단순히 화약을 설치하는 일이 아니다. 불 심지를 정확하게 조절해야 하고 파편은 줄이고 화염이 크게 일도록 배합해야 하니 평소보다 시간이 더 걸렸다.

　마침내 구로다가 다 됐다는 신호를 보냈다. 이제 사람들이 몰려오기 전에 신속하게 자리를 벗어나야 한다. 벌써 저 아래서 사람들이 이쪽으로 몰려오고 있는 소리가 들렸다. 구로다가 재빠르게 지붕에서 내려오자 일당은 부근의 숲으로 몸을 숨겼다. 거리에 등불이 하나둘씩 빛을 발하기 시작하면서 국왕의 행차가 행궁을 나섰음을 알렸다.

　"틀림없군!"

　문인방이 회심의 미소를 지었다. 김권주의 정보가 정확했던 것이다. 불 심지의 길이는 정확하게 조절되었다. 그렇다면 이제 제때 불을 당기기만 하면 된다.

　침이 마르는 것 같았다. 장인형은 시간을 가늠해 보았다. 폭발과 함께 화염이 일면서 호위군병들이 허둥대는 틈에 주상을 납치하고서 도주해야 한다. 추격하는 호위병들은 스기야마와 구로다가 조총으로 저지할 것이다. 시간이 빠듯하지만 해 볼 만한 상황이다.

　장인형은 환도를 움켜쥐었다. 패배를 모르던 칼이다. 환도를 움켜쥐자 신기하게도 떨림이 멈추었다. 장인형은 복잡한 생각은 접기로 했다. 이것저것 생각이 많으면 일을 그르친다. 속히 일을 마친 후에 소향비에게 달려갈 것이다. 그리고 소운릉으로 떠날 것이다.

＊

　가가호호 등불이 걸리면서 화성은 불야성을 이루었다. 야조가 시작되면 매화포梅火砲가 오르면서 화성의 밤하늘을 불꽃으로 수놓을 것이다. 선전관들이 부리나케 오가고 고수敲手와 나팔수, 기수旗手들이 차례로 자리를 잡으면서 서장대에 긴박감이 감돌았다.

　"주상께서 행궁을 나서셨다는 전갈입니다."

　승지가 정리소 총리대신 채제공에게 고했다. 서장대에 운집해 있던 대소신료들은 일제히 자세를 갖추며 어가를 맞을 채비를 했다. 약용은 슬그머니 서장대를 내려섰다. 그예 상황이 시작되었다. 이제 나머지는 천운에 맡기는 수밖에 없다.

　여태 돌아오지 않는 걸로 봐서 최기수에게 무슨 일이 생긴 것 같았다. 혹시 류구 해적에게 당한 것일까. 어쨌거나 최기수가 없는 마당이다. 그렇다면 자신이 주상을 가까이서 수종해야 한다. 약용은 여차하면 목숨을 바칠 각오로 걸음을 재촉했다.

　약용이 서둘러 행궁으로 향하는데 저쪽에서 누가 허겁지겁 달려왔다. 자세히 보니 안면이 있는 외영 대장이다. 대장은 약용을 알아보더니 단숨에 달려왔다.

"최기수 기총이 지금 미로한정에서 기다리고 있습니다. 급히 모셔 오라고 했습니다."

그럼 최기수가 돌아왔단 말인가. 그럼 서장대로 와서 고할 것이지 왜 미로한정에 있는 것일까. 하지만 약용은 따로 묻지 않았다. 그럴 만한 사정이 있을 것이다. 약용은 방향을 바꿔서 미로한정으로 향했다.

숲길로 들어서자 앞을 분간하기 힘들 정도로 주위가 어두웠다. 대장은 지리에 익숙한 듯 잰걸음으로 앞장섰고 약용은 부지런히 뒤를 따랐다.

"저곳입니다."

한참을 내닫자 바위 아래에 몸을 숨기고 있는 최기수의 모습이 보였다.

"워낙 사정이 촉박해서 여기서 뵙자고 했습니다."

은밀한 매복인 듯 최기수나 목소리를 낮추었다.

"무슨 일인가?"

약용도 따라서 자세를 낮추었다.

"나리 예상대로 류구 해적선이 남양에 있습니다. 그런데 소향비가 저들에게 잡혀가고 있길래 구해 냈습니다."

"소향비가?"

약용이 놀라서 최기수를 쳐다봤다.

"그렇습니다. 그런데 소향비의 말로는 문인방이 홍재천을 통해서 조정의 고관과 밀계를 맺었다고 했습니다. 홍재천이 줄을 놓았다면 상대는 필시 김권주일 것입니다."

약용은 가슴이 철렁 내려앉았다. 우려했던 최악의 상황이 사실로 드러난 것이다. 김권주의 뒤에는 심환지가 있다. 행여 주상의 신변이 무슨 일이 생기면 심환지가 조선의 병권을 장악하게 된다. 그리고 김권주의 뒤에는 정순왕대비가 있다.

"그런데 왜 미로한정에?"

당장이라도 행궁으로 달려가고 싶지만 최기수가 여기에 매복하고 있는 데는 그럴 만한 이유가 있을 것이다.

"문인방 일패는 행차 일정을 알고 있을 겁니다. 주상에게 위해를 가하려면 이곳이 적지適地라고 판단했습니다."

주상의 출궁 일정은 비밀에 부쳐진다. 하지만 김권주를 통해서 출궁 시각과 행로가 새어 나갔다면 어둡고 동떨어진 곳인 이 부근이 그들에게는 제일 적지일 것이다. 약용이 고개를 끄덕이며 최기수의 추측에 동의를 했다.

"저들이 화약을 쓸 것으로 보는가?"

"그렇습니다. 어쩌면 저격도 병행하려 할 겁니다."

천운이 도와서 최기수가 소향비를 만났고, 그녀로부터 소중한 정보를 얻었다. 약용은 만천명월을 올려다보며 최후의 결전에서 반드시 주상을 지킬 것을 다짐했다.

저들은 화약을 어디에 설치했을까. 빨리 찾아서 제거해야 한다.

"외영 군병을 동원해서 일대를 뒤지는 게 어떻겠습니까?"

최기수이 초조함을 드러냈다. 그러나 약용은 선뜻 동의를 하지 못했다. 주상의 행차를 가로막는 것은 신중히 고려해야 한다. 행여 화약을 찾지 못하면 파급 효과는 채제공 대감에게도 미칠 것이다. 약용은 스스로에게 침착할 것을 이르며 상황을 냉정하게 분석해 보았다. 주교라면 모를까 주상의 주위를 가전별초 군병들이 삼엄하게 에워싸고 있는 마당에 화약을 떠트려서 주상을 직접 시해하지는 못할 것이다. 아마도 혼란을 일으키고서 우왕좌왕하는 틈에 기습을 감행할 것이다. 그런데 가전별초만으로 저들을 제압할 수 있을까. 지원병이 필요할 것이다.

"가후금군은 출동 대기하고 있는가?"

약용이 외영 대장에게 물었다.

"그렇습니다. 현무기 기병들이 행궁에서 출동 채비를 마치고 대기하고 있습니다."

현무기? 하면 현무기가 가후금군으로 선정되었단 말인가. 약용과 최기수가 놀라서 쳐다봤다.

"왜 현무기에게 가후금군을?"

"훈련도감 휘하의 기에서 돌아가면서 가후금군을 맡는데 배행교련관이 현무기를 선정했다고 합니다. 그러고 보니 이상합니다. 순번대로라면 오늘은 주작기 차례인데."

그렇다면 배행교련관 구명록이 현무기로 배정을 했다는 말이다. 구명록은 경계 인물이다. 어떻게 된 것일까. 약용은 단편적으로 드러난 사실들을 차례로 연결해 보았다.

문인방은 김권주를 통해서 병조판서와 손을 잡았다. 둘은 공동의 적을 가지고 있지만 결코 한배를 탈 수 없는 사이다. 그런데 병조판서의 심복인 구명록이 가후금군의 순번을 바꾸었다.

생각이 거기에 미치자 나머지는 어렵지 않게 유추되었다. 심환지는 문인방의 손을 빌려서 주상을 시해한 후에 문인방 일패를 역도로 몰아서 주살해 버릴 생각이다.

"일이 복잡하게 얽혀 있는 것 같습니다."

최기수도 같은 생각을 했는지 얼굴이 창백했다. 큰일이다. 이미 주상의 행차는 낙남헌을 나섰을 것이다. 이제 와서 외영 군병들을 동원할 여유가 없다. 빨리 대책을 마련하지 못하면 꼼짝없이 저들의 계략에 말려들 것이다.

"어가가 보입니다."

최기수가 중얼거렸다. 달빛 환한 밤이다. 최기수의 말대로 어가를 선도하는 군기가 달빛 아래 모습을 드러냈다. 이제 어떻게 해야 하나.

"저지해야 합니다!"

갑자기 최기수가 몸을 일으키더니 그대로 미로한정을 향해서 내달렸다. 더 이상 이것저것을 생각할 여유가 없었다. 약용도 황급히 최기수의 뒤를 따랐다.

*

문인방은 산길을 오르고 있는 어가에서 눈을 떼지 않았다. 일당은 미로한정을 중심으로 아래로는 행궁과 위로는 팔단산 정상이 한눈에 들어오는 자리에 한 시진째 매복 중이다. 스기야마는 초조한 듯 연신 조총을 만지작거렸고 구로다는 불 심지를 꼭 쥐고서 불을 당길 때를 쟀다. 장인형은 환도를 꼭 쥔 채 정신을 집중시키며 결전에 대비했다. 큰소리를 치던 홍재천은 거사의 순간이 다가오자 겁이 났는지 하얗게 질려 아무 말도 못하고 있었다. 암문을 빠져나가는 일은 정한기가 맡았다. 은신처는 마련해 두었다.

'당신들에게 당하지 않을 것이다!'

문인방이 이를 악물었다. 상황이 벌어지면 오군영 군병들이 달려오겠지만 그들은 닭 쫓던 개 꼴이 될 것이다. 폭파와 기습 납치, 그리고

원행園幸

도주로 이어지는 계획은 완벽하다. 설사 출동한 군병에게 꼬리를 잡히더라도 꼬리를 자르고 도망가면 그만이다. 문인방은 스기야마와 구로다에게 차례로 은밀한 눈길을 주었다. 두 사람은 장인형을 힐끗 쳐다보고는 조용히 고개를 끄덕였다.

마침내 가전별초의 선두가 미로한정에 이르렀다. 통보해 준 시각과 한 치도 오차가 없었다. 구로다가 불 심지를 당기자 '쉬!' 하면서 불 심지가 타들어 갔다.

'쾅!'

문인방이 확인해 보려고 고개를 드는 순간, 굉음이 일면서 미로한정 지붕에서 불길이 치솟아 올랐다.

*

출동 채비를 하고 있던 구명록은 갑작스런 폭발음에 기겁을 했다. 팔단산 기슭에서 나는 폭발음이라면 너무 이르다. 밀계보다 일각 정도 빠른 것 같았다. 사고가 났나? 어쨌거나 가후금군이 그냥 있을 수 없는 상황이다.

"출동한다!"

구명록은 현무기의 출동을 명했다. 영문을 알 수 없지만 일이 예상대로 진행되지 않을 경우 문인방 일당을 현장에서 모조리 주살하고, 죄를 뒤집어씌우라고 병조판서로부터 밀명을 받았다. 행여 문인방 일당이 가전별초에게 추포되는 경우는 무시무시한 피바람이 불어올 것이다.

*

 서장대에 운집해 있던 대소신료들은 갑자기 팔달산 기슭에서 굉음
이 나면서 불꽃이 일자 모두들 경악했다. 그곳은 주상의 행차가 지나
는 곳이다.

 "어찌 된 일이오? 설마 매화포를 놓은 것은 아니겠지요?"

 영의정 홍낙성이 채제공에게 당신은 정리소 총리대신이니 이유를
알 것 아니냐는 투로 물었다. 하지만 채제공인들 알 까닭이 없었다.
채제공은 황급히 조심태에게 시선을 돌렸다. 그리고 그의 굳은 표정
을 보고서 사고가 발생했음을 직감했다. 고비를 넘기며 여기까지 왔
는데 그예 일이 터진 것일까. 채제공은 약용을 찾았지만 어디 갔는지
보이질 않았다.

 "아무래도 무슨 일이 벌어진 것 같소!"

 경기 감사 서유방이 따지듯 조심태에게 다가섰다. 여타 오군영 대
장들도 추궁하듯 조심태 주변으로 모여들었다.

 "소장이 달려가서 상황을 파악하고 돌아오겠습니다."

 이유경이 당황하는 조심태를 대신해서 얼른 나섰다.

 "곧 야조가 실시될 텐데 대감이 자리를 비워서 되겠소?"

 조심태가 반대했다. 빨리 실상을 파악해야 하지만 성정군을 지휘하
는 이유경이 지휘부를 비울 수는 없다. 성정군이 제대로 대응을 하지
못하면 야조가 실패로 돌아갈 수 있다. 어찌해야 좋을까. 채제공과
조심태, 호조판서 이시수를 위시한 시파 신료들은 당혹감을 감추지
못했다.

 "내가 알아보겠소."

심환지가 나섰다. 그리고 조심태의 대답을 기다리지도 않고서 병조
정랑 김권주에게 눈짓을 보냈다. 김권주는 기다렸다는 듯이 횡하니
서장대를 내려섰다. 당황스럽기는 김권주도 마찬가지다. 이게 어찌
된 일일까. 분명 예정보다 이른 시각에 폭약이 터졌다. 행차는 홍재천
에게 건넨 정보대로 정확하게 움직였다. 그럼 사고일까. 아니면…? 불
현듯 문인방을 너무 가볍게 여긴 게 아닌가 하는 후회가 일면서 김권
주는 가슴이 철렁 내려앉았다.

허우적거리며 팔단산 기슭을 내려가던 김권주는 저 아래에서 횃불
을 든 무리가 달려오는 것을 보고 소리를 지르며 황급히 그쪽으로
달려갔다.

"정랑 아니시오?"

예상했던 대로 횃불을 든 무리는 구명록이 이끄는 현무기 군병들
이다.

"대체 어찌 된 일이오? 왜 약조와 틀린 것이오?"

구명록이 따지듯 물었지만 김권주도 그 까닭을 알아보기 위해서 달
려온 길이다.

"행차 일정은 분명히 전했소. 그자들이 불 심지를 잘못 다루었든지
아니면…."

김권주가 말끝을 흐렸다.

"어쩌면 우리 의도를 간파하고서 뒤통수를 친 것일지도 모르겠소.
문인방이라는 자를 너무 호락호락하게 본 것 같소."

"그럼 이제 어떻게…?

홍재천에게 당한 꼴이 된 김권주는 난감했다.

"이렇게 된 마당에."

구명록의 눈에서 살기가 일었다.

"쫓아가서 모조리 도륙을 내겠소."

모조리 도륙을 내겠다는 것은 자기 손으로 주상도 시해하겠다는 뜻이다. 어차피 살아남기 힘든 목숨이다. 그리고 기왕에 빼 든 칼이다. 피를 묻히는 데 주저할 이유가 없다. 어차피 성벽으로 막힌 곳이다. 숨을 곳이 없다. 외영 군병들이 달려오기 전에 모조리 죽여 버리고 문인방 일당에게 뒤집어씌우면 된다.

"잘 생각하셨소. 병판 대감에게 그렇게 전하겠소."

같은 처지인 김권주는 구명록의 결의가 더없이 반가웠다.

"우물쭈물하다 외병에서 먼저 원병이 달려오면 만사가 수포로 돌아갈 것이오. 내 손으로 거사를 마무리 지을 테니 병판 대감이 병권을 장악하라고 하시오. 그런 후에 지체 없이 화성을 접수해야 할 것이오."

구명록이 그 말을 마치고는 현무기 군병들을 인솔하여 화염이 치솟고 있는 미로한정 쪽으로 내달렸다.

제정신이 아니었던 김권주는 구명록에게서 수습책을 전해 듣자 냉정을 되찾게 되었다. 병조판서가 병권을 장악하는 것이 제일 급선무다. 김권주는 숨찬 것도 잊고서 단숨에 서장대로 뛰어올라 갔다.

"역도들이 어가를 기습한 듯합니다."

김권주의 말에 불안해하며 서성이고 있는 대소신료들의 안색이 일제히 백지장으로 변했다.

"하면 주상께서는⋯?"

영의정 홍낙성이 부들부들 떨었다.

"그사이에 벌써 미로한정까지 갔다 왔단 말인가? 정랑은 현장을 직접 목도했는가?"

우의정 채제공이 엄한 얼굴로 김권주를 다그쳤다. 김권주는 순간적으로 당황했다. 하지만 여기서 밀릴 수는 없었다. 어차피 구명록이 뒷마무리를 지을 것이다. 중요한 것은 빨리 병권을 장악하는 일이다.

"역도들이 미로한정 부근을 서성이는 것을 본 자가 있다고 합니다."

김권주는 그렇게 꾸며 대고서 심환지에게 시선을 돌렸다.

'화급을 다투는 일입니다. 속히 병권을 장악하셔야 합니다.'

김권주의 시선이 그렇게 말하고 있었다.

"직접 보지도 않은 것을 가지고 단정적으로 말하지 말게!"

조심태가 김권주에게 호통을 치고는 이유경에게 고개를 돌렸다.

"행부사직은 속히 외병 군병들을 인솔해서 미로한정으로 달려가시오! 어가를 가로막는 자가 있거든 누구를 막론하고 대역의 죄로 처단하시오!"

"알겠습니다."

"잠깐 기다리시오!"

돌연 장영용 제조 이명식이 이유경을 제지하고 나섰다.

"아무래도 엄청난 변이 벌어진 것 같소. 그렇지만 이럴수록 침착하게 행동해야 할 것이오. 대전大典과 정례에는 주상이 유고 시에는 병조판서가 병권을 장악하도록 되어 있소. 그러니 이 시각 이후로 모든 군령은 병조판서를 통해서 나와야 할 것이오."

"제조의 말이 옳습니다."

각 군영 대장들이 동의를 표하며 일제히 심환지에게 군례를 올렸다. 그러나 심환지는 선뜻 수락하지 않았다. 천군만마를 얻은 셈이지만 주상의 생사가 확인이 되지 않은 마당에 덜컥 수락을 했다가는 역공을 당할 것이다. 자칫 역모로 몰릴 수도 있다. 심환지는 손을 내저었다.

"가당치 않소. 주상의 안위를 알아보는 것이 우선일 것이오."

"역도들이 주상을 노렸다고 하질 않소. 우물쭈물하다가는 엄청난 혼란이 일 것이오. 이럴수록 군령이 한 곳에서 나와야 할 것이오."

경기 감사 서유방이 거듭 병조판서가 병권을 장악해야 한다고 주장했다. 명분이 분명하다. 이제 누가 한 번쯤 더 거들면 마지못해 수락하면 된다. 심환지는 침을 꿀꺽 삼켰다.

"함부로 궐위를 입에 담지 마시오. 화성에서의 일이니 화성 유수가 사태를 파악하고 수습하는 것이 당연할 것이오."

채제공이 언성을 높였다. 어떻게 해서든 병권이 넘어가는 것을 막아야 했다. 오군영에서 밝힌 횃불이 어지럽게 흔들리며 성을 에워싸고 있다. 저들이 일시에 몰려들면 화성은 꼼짝없이 저들의 손에 떨어질 것이다. 이처럼 중차대한 순간에 도대체 병조참지는 어디에 있단 말인가. 채제공은 속이 타들어 갔다.

서장대에 모여 있는 사람들 모두 숨을 죽이고 체재공과 심환지 두 사람을 번갈아 쳐다보았다. 그들 대부분 심정적으로 병조판서에 동조하고 있었다. 기득권층은 이해득실이 벽파와 통하게 마련이다.

충돌이 벌어지면 과연 저들 중에서 누가 편이 되어 줄까. 총융사 서용보? 장담할 수 없다. 그는 시파로 분류되기는 하지만 규장각 각신 출신으로 남인, 그리고 실학파들과는 거리를 두고 있었다. 내영사 서유대와 좌포도대장 조규진 정도가 편이 되어 주겠지만 그들만으로는 세를 뒤집을 수 없다. 채제공은 세가 절대적으로 불리하다는 사실을 절감했다.

심정적으로 심환지에 동조하지만 선뜻 나서는 사람은 없었다. 행여 대역으로 몰릴 수도 있는 상황이다. 이럴 때는 누가 과감하게 앞장을 서야 한다. 김권주가 그 역을 맡기로 했다.

"가후금군이 현장으로 출동을 하는 것을 보고 돌아왔습니다. 배행 교련관이 곧 이리로 와서 상세한 보고를 할 것입니다."

김권주는 심환지의 결심을 재촉하기 위해서 한 말인데 심환지는 조금 다르게 받아들였다.

구명록이 출동을 했다면 애초의 계획에 다소 차질이 생겼을 지라도 결과는 매한가지일 것이다. 그렇다면 뒷날을 위해서도 절차를 엄히 지킬 필요가 있다. 심환지는 그렇게 판단을 하고서 한발 물러서는 여유를 보였다.

"총리대신의 말대로 주상의 안위를 확인하는 것이 급선무일 것이오. 가후금군이 현장으로 달려갔다고 하니 상황이 파악이 될 때까지 야조는 잠정 중단하는 것이 좋겠소."

병조판서가 그렇게 나오는데 이의를 달 사람이 없다. 외견상 타협을 한 것처럼 보이지만 실제로는 심환지가 이긴 것이다. 야조를 중단하는 것은 주상만이 내릴 수 있는 군령이다. 그럼에도 오군영 대장들을 위시해서 양대 포청의 대장들, 내영사와 경기 감사 등 응원장들이 심환지의 말에 아무런 이의를 제기하지 않는 것은 병조판서를 군부의 수장으로 받들었음을 뜻했다.

횃불이 화성을 에워싸고서 일렁이고 있었다. 조심태는 저들이 일제히 서장대를 향해서 쳐들어오는 환상에 잠기면서 정신이 아득해졌다.

＊

엄청난 폭발음과 함께 미로한정 위로 화염이 치솟아 올랐다. 그 충격으로 어가는 바닥에 나뒹굴었고 금군들은 혼비백산해서 사방으로 흩어졌다. 조마조마해하며 어가를 수종하던 홍병신은 즉시 어가로 달려가서 어가를 열어젖혔다. 다행히 주상은 크게 다친 데는 없는 듯했다.

"전하, 역모를 꾀하는 무리들이 있는 것 같습니다. 신이 전하를 모시겠습니다."

빨리 여기를 벗어나야 한다. 그예 역도들에게 당하고 말았지만 행차가 당도하기 전에 화약이 터지는 바람에 큰 피해를 입지 않은 것이 그나마 다행이다. 그렇지만 빨리 피하지 않으면 저들은 쫓아올 것이다. 어쩌면 가전별초만으로는 막을 수 없을지 모른다. 홍병신은 허둥대며 어가를 빠져나온 정조를 부축했고, 10여 명에 달하는 가전별초 군병들이 정조의 주위를 에워쌌다.

"탕!"

일발의 총성이 울리면서 정조를 호위하던 금병이 비명을 지르며 쓰러졌다. 홍병신은 반사적으로 정조를 감쌌다. 총성이 이어졌고 다시 금군이 쓰러졌다. 도대체 어디서 총탄이 날아오는 것일까. 일대는 화염으로 대낮처럼 환했고 류구 해적의 사격은 정확했다. 얼마든지 조준할 수 있다. 어물거리다가는 모조리 저들의 총탄에 희생될 것이다.

"전하, 옥체를 보존하셔야 합니다. 빨리 피신을 해야 합니다."

홍병신은 정조를 밀다시피 하며 어둠 쪽으로 움직였다. 일단 어둠 속으로 몸을 숨기는 게 상책이다. 사격은 그치지 않았고 뒤를 따르던

원행園幸

금병들이 연이어 쓰러졌다.

"전하, 괜찮으십니까? 곧 원병이 달려올 것입니다."

조금만 버티면 가후금군이 달려올 것이다. 그리고 병조참지도 이리로 올 것이다. 홍병신은 그저 한시 빨리 약용이 달려오기만을 바랐다.

"괜찮다. 과인을 위하려는 자가 있는 모양이로구나. 이런 일이라면 세손 시절부터 여러 차례 겪었다."

정조가 처음으로 입을 열었는데 어느새 의연함을 되찾고 있었다. 어쩌면 원행을 나서면서부터 각오한 일이다. 불길은 여전히 솟아오르고 있었고 저격을 피한 가전별초 금병들이 허둥대며 쫓아왔다. 이미 전의를 상실한 저들로는 역도들을 막을 수 없을 것이다. 빨리 가후금군이 있는 곳으로 가야 한다.

"…!"

그 순간 홍병신은 오늘 가후금군으로 소집된 군병들이 현무기 소속이라는 사실이 떠올랐다. 현무기는 훈련도감 배행교련관 구명록의 지휘로 장신영접소를 노렸던 바로 그 기다. 우연일까. 아니면 음모가 도사리고 있는 것일까. 총탄은 더 이상 날아오지 않았다. 홍병신은 갈등이 일었다. 서장대로 갈 것인가. 아니면 가후금군을 기다려야 하나.

"전하, 서장대가 여기서 멀지 않습니다. 그리로 가는 것이 좋을 듯합니다."

홍병신이 마음을 정했다.

"병조참지가 그곳에 있느냐?"

정조는 여기를 벗어나자는 말에 의외라는 듯 홍병신을 쳐다봤지만 이유를 하문하지는 않았다. 대신 약용을 찾았다.

"그렇습니다. 소신에게 어가를 맡기고서 먼저 올라가서 기다리고 있겠다고 했습니다."

"알았다. 그럼 가자."

채제공과 조심태, 그리고 약용이 모두 모여 있다. 그렇다면 망설일 것이 없다. 환하게 타오르던 미로한정의 불길이 수그러들면서 팔달산 기슭은 다시 어둠에 휩싸였다. 만월의 밤인지라 길을 찾는 것은 그리 어렵지 않았지만 호젓한 산길에 언제 어디서 문인방 일패가 나타날지 모른다. 소란이 그치고 주변이 일시에 적막 속에 휩싸이자 두려움이 더했다.

"…!"

누가 앞을 가로막고 선 것이다. 홍병신은 가슴이 철렁 주저앉았다. 불길한 예감을 느꼈던 것이다. 사내는 혼자인데 마치 길목을 미리 알고 지켜 선 것 같았다.

"누구냐! 얼른 부복하지 못할까!"

홍병신이 호통을 쳤다. 하지만 사내는 들은 척도 하지 않더니 앞으로 다가왔다. 손에는 환도가 들려 있었다. 뒤따르던 호위군병 둘이 허둥대며 앞으로 나섰지만 총성이 울리면서 그대로 쓰러졌다.

홍병신은 정신이 아득했다. 완전히 노출되었고 꼼짝없이 포위되었다. 총 대신 칼을 쓸 셈인지 자객이 두 사람을 향해서 다가왔다.

"안 돼!"

홍병신이 앞으로 나서며 정조를 감싸 안았다. 자기를 먼저 죽이라는 듯 정조를 감싸 안는 홍병신을 보며 장인형은 전진을 멈추었다.

계획이 한 치의 오차도 없이 돌아가면서 일이 수월해졌지만 막상 지근거리에서 주상을 대하자 장인형은 갈등이 일었다. 겉으로는 주상을 보호하는 것처럼 행세하지만 결국 납치다. 장인형은 선뜻 입이 떨어지지 않았다.

어쩌다 주상을 납치하는 일에 끼어들게 되었을까. 그러고 보니 주상의 앞을 가로막고 선 자는 안면이 있는 인물이다. 위호선을 타고서 달려오던 자인데 그렇다면 병조참지 정약용의 심복일 것이다.

웬일일까. 자객이 망설이고 있는 것 같았다. 순간 홍병신은 그가 전 훈련도감 기총 장인형일 것이라 짐작했다.

"당신이 누군지 짐작이 간다. 어쩌다 역도들과 한패가 되었는지 몰라도 지금이라도 마음을 돌리게. 훈련도감 기총이 어찌 종사의 안위를 위협한단 말인가!"

홍병신이 호통을 쳤다.

"이보게…"

'탕!'

홍병신이 재차 입을 열려는데 저 아래에서 일단의 군병들이 몰려오는 소리가 들리더니 총성이 일었다. 엄청난 충격이 밀려오면서 홍병신은 어깨를 감싸 쥐고 주저앉았다.

"뭘 꾸물대는가! 시간이 없는데!"

어둠 속에서 문인방과 스기야마, 구로다, 홍재천이 모습을 드러냈다.

"전하, 역모가 일어난 듯합니다. 빨리 여기를 빠져나가야 합니다! 소신이 모시겠습니다."

홍재천이 앞으로 나서더니 정조에게 빨리 피신할 것을 재촉했다.

"그대는 누구인가? 그리고 역모라니?"

정조는 위엄을 잃지 않으려고 애를 썼다.

"미천한 몸이지만 종묘사직이 누란의 위기에 처한 것을 보고 달려온 길입니다! 아마도 외영과 오군영 군병들이 충돌을 벌인 것 같습니다. 위험하니 속히 피신하셔야 합니다!"

홍재천이 거듭 정조를 재촉했다.

*

서둘러 미로한정으로 달려온 구명록은 상황이 이미 끝난 것을 확인하고서 크게 낙담했다. 가전별초는 궤멸했고 어가는 처참하게 나뒹굴고 있었다. 대체 주상은 어디로 갔단 말인가. 홍재천 패거리들에게 끌려간 것일까. 이렇게 뒤통수를 맞을 줄이야. 병조판서에게는 뭐라고 보고를 올려야 한단 말인가. 참으로 난감했다.

"일대를 수색해야 하질 않겠습니까?"

심복 무장이 부근을 뒤질 것을 건의했다. 불길이 수그러들면서 팔달산 기슭은 다시 어둠에 잠겼다. 가후금군이 당도했음에도 모습을 드러내지 않을 걸로 봐서 주상은 문인방 패거리에게 납치되었을 것이다. 하면 도피로를 어디로 잡았을까. 그걸 빨리 알아내야 뒤를 따라잡을 수 있다.

"…!"

그때 멀지 않은 곳에서 일발의 총성이 일었다. 구명록은 반사적으로 추격을 명했다

"역도들이 조총을 가지고 있다. 우리도 발포를 한다. 삼안총에 탄환을 재고 나를 따르라."

구명록은 총소리가 난 곳을 향해서 달려갔다. 한꺼번에 탄환 세 발을 발사할 수 있는 삼안총은 일제 사격으로 원거리에서 적을 제압할 수 있는 강력한 화기다. 총소리의 정체는 무엇일까. 문인방 일패와 내

통하고 있는 류구 해적이 주상을 시해한 것일까. 그렇다면 크게 문제될 게 없다. 다 도륙하고 문인방에게 죄를 뒤집어씌우면 된다.

"서둘러라!"

구명록이 현무기 군병들을 독려했다.

*

발길이 왜 이렇게 더딜까. 어두운 산기슭을 내달리다 보니 나뭇등걸에 걸리고 돌부리에 채이면서 팔꿈치가 까지고 무릎이 성칠 못했지만 약용은 지금 그런 데 신경을 쓸 겨를이 없었다. 아까의 폭발은 분명히 문인방 일당의 짓일 것이다. 주상은 무사할까. 가전별초의 호위를 받고 있다고 하지만 류구 해적과 수구 세력들이 연합을 한 마당이다. 약용은 자꾸만 불길한 생각이 들었다.

"헉!"

약용은 서두르다 그만 헛발을 디디고서 그대로 나뒹굴었다.

"괜찮습니까?"

앞장서서 내닫던 최기수가 허둥대며 달려왔다. 고통이 몰려왔지만 그런대로 몸을 움직일 수 있었다. 약용은 통증을 참으며 몸을 일으켰다.

"불길도 꺼졌고 총성도 들리지 않습니다."

미로한정이 멀지 않은 곳에 있다. 최기수의 말대로 치솟던 불길은 그사이에 수그러들었고 연속적으로 울리던 총소리도 더 이상 들리지 않았다. 상황이 이미 종료된 것일까. 종료되었다면 어떻게…? 홍병신은 어떻게 되었을까. 그가 주상 곁에 있다는 사실이 조금 위안이 되었다. 약용은 최기수의 부축을 받으며 다시 걸음을 재촉했다.

미로한정 일대는 엉망이 되어 있었다. 정자는 불타 버렸고, 어가는 한쪽에 나뒹굴고 있었다. 총탄을 맞은 가전별초 금군들이 여기저기에 쓰러져 있는데 주상과 홍병신의 모습은 보이질 않았다. 문인방 일패에게 납치되었을까. 아니면 인근에 몸을 숨기고 원병을 기다리고 있을까.

"곧 가후금군이 이리로 몰려올 겁니다."

최기수의 말대로 구명록이 현무기 기병들을 인솔하고서 달려올 것이다. 그들이 오면 상황이 더 나빠질 것이다.

"역도들이 전하를 납치한 것 같습니다."

최기수가 그렇게 판단을 내렸다. 약용도 같은 생각이다.

"샅샅이 수색을 하면 문인방 일패를 잡을 수 있습니다. 어차피 화성 안입니다. 도주할 곳이 없습니다."

최기수의 생각이 들리지 않지만 지금 신경 써야 할 일이 하나 더 있다. 주상의 유고가 알려지면 병조판서 심환지가 병권을 장악하게 될 것이다. 그것은 개혁의 끝을 의미한다.

수색과 수습 중 어느 쪽을 먼저 해야 하나. 약용은 고개를 들어 팔달산 정상을 올려다보았다. 지금 서장대에서는 벽파와 시파, 구군부와 신군부, 개혁 세력과 수구 세력이 뒤섞여서 일촉즉발의 대립을 이어 가고 있을 것이다. 빨리 달려가서 채제공 대감과 조심태 대감을 도와야 한다. 그럼 주상은….

그때 아래편에서 일단의 군병들이 몰려오는 소리가 들렸다. 출동한 가후금군일 것이다.

"가자!"

약용이 결정을 내렸다. 역시 주상을 구하는 게 우선이다.

원행園幸

"예?"

갑자기 가자고 하는 바람에 최기수가 어리둥절해했다.

"가면 어디로…?"

"역도들이 주상을 위해하지는 않았을 것이다. 빨리 쫓아가서 뒤를 잡아야 한다."

문인방은 영특한 자다. 호락호락 심환지에게 당하지 않을 것이다.

"하면 어디로…?"

"변란에 대비해서 몇 군데 암문을 설치해 놓았다. 정확한 위치를 아는 사람은 몇 되질 않는데 그중에는 홍재천도 포함되어 있다."

설계부터 화성 공역에 깊이 관여를 했던 약용은 암문의 정확한 위치를 알고 있었다. 약용은 공역에 직접 참여했던 홍재천도 알고 있으리라 짐작하고서 황급히 서암문으로 향했다.

*

서장대에 모여 있는 사람들이 얼굴에 불길한 그림자가 짙게 드리워졌다. 도대체 뭐가 어떻게 돌아가는 것일까. 불길은 수그러들었고 총성도 그쳤다. 하지만 주상의 안위는 여전히 오리무중이다.

성 밖에서 공성군을 지휘하고 있는 훈련대장 이경무는 거듭 전령을 보내서 어찌 된 일인지를 물어왔다. 여차하면 훈련도감 군병들을 인솔해서 밀고 들어올 기세였다. 오군영 무관들은 병기와 화약을 내놓으라며 선전관들을 거세게 압박하고 있었다. 병조참지는 어디에 있단 말인가. 행수선전관은 이렇듯 중차대한 시기에 말없이 사라진 약용이 원망스럽기만 했다.

채제공은 일각이 여삼추의 심정으로 약용을 기다리고 있었다. 미로한정의 폭발은 약용이 말했던 자들의 소행일까. 약용은 지금 어디서 뭘 하고 있단 말인가. 빨리 대책을 마련하지 못하면 상황은 절대적으로 불리하게 돌아갈 것이다. 심환지가 병권을 장악하면 모든 것이 끝이다.

"언제까지 이렇게 있을 수 없는 일 아닙니까?"

장용영 제조 이명식이 심환지에게 결심을 촉구했고 심환지도 더 이상 사양을 하지 않을 태도였다. 어떻게 해서든 이 고비를 넘겨야 하는데 마땅한 수단이 없다. 채제공은 어두운 밤하늘을 올려다보며 깊은 한숨을 내쉬었다.

그사이에도 공성군에서는 계속 전령을 보내서 야조를 감행할 뜻을 비췄다. 공성군이 정말로 화성을 공격할지 모른다는 불안감에 성정군들은 잔뜩 겁에 질려서 우왕좌왕하고 있었다.

"불충이오! 주상의 안위가 확인되지 않은 마당에 언제까지 우물쭈물하고 있을 수는 없소! 병판이 병권을 장악하고서 사태를 수습하는 것이 옳을 것이오!"

우포도대장 유효원이 언성을 높이며 나섰다.

"내 생각도 같소! 당장 군병을 총동원해서 화성을 샅샅이 뒤져야할 것이오."

좌의정 유언호가 유효원에게 동조하면서 채제공을 압박하고 나섰다. 더 이상 지체할 명분이 없다. 주상의 안위를 확인하자는 데 반대를 하는 것은 대역에 버금가는 불충일 것이다.

"그럼…."

이명식이 심환지를 재촉했고 심환지는 더 이상 주저하지 않고 성큼 앞으로 나섰다. 그리고 성큼 장대로 올랐다. 선전관들이 잔뜩 겁먹은 얼굴로 뒤를 따랐다. 이제부터 모든 군령은 병조판서에게서 나올 것이다.

"…!"

그때 갑자기 팔달산 기슭에서 총성이 연속적으로 들렸다. 그러면서 서장대에는 다시 긴장감이 감돌았다.

*

구명록은 팔달산 기슭을 부지런히 오르고 있는 한 무리의 사람들을 발견하고는 안도의 숨을 내쉬었다. 어두운 밤이고 산길이지만 환한 달빛으로 해서 충분히 움직임을 파악할 수 있었다. 아마도 문인방 일패일 것이다. 정신없이 내빼고 있는 것으로 봐서 주상을 납치한 것이 분명했다.

"일제 발포!"

구명록이 발사를 명하자 심복 무장이 놀라서 쳐다봤다.

"혹시 주상이 저들에게 납치되었을지도 모르지 않습니까. 발포를 하다 행여…"

"주상은 인근 숲에 몸을 숨기고 계실 것이다. 일단 적도들을 제압한 후에 수색을 할 것이다."

구명록은 적당히 둘러댔다. 거병을 이룬 후에 주상은 문인방이 시해했다고 하면 그만이다. 십여 자루의 삼안총이 일제히 발포를 하면서 팔단산 기슭은 천지를 뒤흔드는 굉음에 휩싸였다.

약용은 걸음을 멈추고 최기수를 돌아보았다. 엄청난 총성이 멀지 않은 곳에서 울려 퍼졌던 것이다.

"삼안총 같습니다."

최기수가 화들짝 놀라며 약용을 쳐다봤다. 삼안총이라면 가후금 군이 발표를 했다는 말인데 하면 문인방 일패를 찾아냈단 말인가. 그럼 주상은…?

"총성이 울린 곳으로 가 봐야 하질 않겠습니까?"

최기수가 조바심을 냈다.

"서암문을 가겠다. 최 기총은 외영으로 가서 원병을 요청하게!"

불리한 상황을 역전시키기 위해서는 역시 길목을 지키고 있다가 기습을 해야 한다. 약용은 제발 예측이 맞기를 빌면서 서암문으로 내달렸다. 제발 주상이 무사해야 할 텐데.

*

총탄이 비 오듯 쏟아졌다. 한꺼번에 세 발을 발사할 수 있는 삼안총인데 짐작건대 총수가 열 명도 더 되는 것 같았다. 도주하는 무리가 누가 되었건 모조리 죽여 버리겠다는 의도가 명백했다.

"속셈을 드러내는군. 저자들은 우리를 모조리 죽여 버릴 심사야. 빨리 여기를 빠져나가야 해."

고개를 잔뜩 숙인 채 정조를 끌다시피 하며 내달리던 문인방이 뒤를 돌아보며 윽박질렀다. 홍재천이 하얗게 질린 얼굴로 부지런히 쫓아왔다. 그때 스기야먀와 구로다가 응사를 하려는지 뒤돌아섰다. 동시에 장인형은 두 사람을 호위할 요량으로 걸음을 멈추었다.

일제 사격이 끝나면서 팔달산 기슭은 다시 적막 속에 묻혔다. 출동한 가후금군 군병들은 백여 보 떨어져서 쫓아오고 있었다. 서암문까지는 못 돼도 삼백 보는 될 텐데 그렇다면 서암문을 빠져나가기 전에 한 차례 더 일제 사격을 받게 될 것이다.

문인방은 문득 밤하늘을 올려다보았다. 제법 달이 환히 비치는 밤이다. 산길이라고 하지만 아직은 초봄이어서 몸을 숨기기에 마땅치 않았다. 섣불리 움직였다가는 총수의 조준에 노출될 것이다. 저들의 추격을 제지할 필요가 있다. 문인방이 신호를 보내자 스기야마와 구로다가 어둠 속을 향해서 조총을 발사했다. 삼안총의 둔탁한 발사음과는 구별이 되는 긴 여음의 총성이 팔단산 기슭에 메아리쳤다.

"빨리!"

홍재천이 다급한 목소리로 도주를 독촉했다. 서암문이 여기서 멀지가 않다. 금군들이 조총에 겁을 먹고서 추격을 주춤하는 동안에 빨리 빠져나가야 한다.

"김권주를 만나가든 밀계를 어긴 것에 대한 대가를 톡톡히 치러야 할 것이라고 전하시오."

문인방이 이를 갈았다. 류구 해적들은 이제 제주도를 할양받는 것으로는 성이 차지 않을 것이다.

"알겠습니다. 국왕을 시파에게 넘기겠다고 으름장을 놓겠습니다."

홍재천이 그 일은 염려 말라는 듯 자신 있는 목소리로 대답했다. 그렇다면 이제 무사히 서암문을 빠져나가는 일만 남았다. 감쪽같이 사라지면 저들이 횃불을 들고 성벽을 뒤지는 동안에 모든 상황이 종료될 것이다.

문인방이 신호를 보내자 일패들은 다시 서암문을 향해서 내달았다. 홍재천이 앞장 서서 길을 인도했고 장인형과 스기야마, 구로다가 뒤를 엄호하며 따랐다.

얼마나 내달렸을까. 천지가 떠나갈 듯한 굉음과 함께 다시 일제 사격이 시작되었다. 피하고 숨고 할 겨를이 없었다. 일패들은 제발 명중되지 않기를 빌면서 허겁지겁 몸을 숙였다. 저들은 모조리 도륙해 버릴 심사였다.

"악!"

갑자기 뒤에서 구로다의 비명 소리가 들렸다. 그예 총탄에 맞은 모양이었다.

"구로다!"

문인방은 비명을 지르며 구로다에게 달려가려는 스기야마를 황급히 제지했다. 그리고 장인형에게 지시를 내렸다.

"장 차인이 가 보록 하게."

"내가 가서 구로다를 데리고 오겠소."

스기야마는 막무가내로 자기가 가겠다고 고집을 부렸다. 세키네를 잃은 마당에 구로다마저 잃을 수는 없었던 것이다.

"장 차인에게 맡기는 게 좋을 것이오. 소도주보다는 장 차인이 지리도 익숙한 데다 근접전이 벌어질 경우 아무래도 장 차인 쪽이 유리할 것이오."

문인방은 그리 말하면서 흥분을 감추지 못하고 있는 스기야마에게 의미심장한 눈길을 보냈다. 그제야 스기야마는 문인방의 속셈을 간파하고서 한발 뒤로 물러섰다.

장인형은 환도를 챙겨들고서 오던 길로 다시 달려갔다. 가후금군 군병들은 재장전을 하는지, 아니면 이쪽에 조총이 있다는 사실을 알았기에 조심을 하는지 무턱대고 쫓아오지 않았다.

장인형은 쓰러져 있는 구로다를 발견하고서 그리고 달려갔다. 구로다는 복부를 맞은 듯 몹시 괴로워하고 있었다. 다행히 출혈은 그리 심한 것 같지 않았다. 아무튼 사격이 재개되기 전에 빨리 여기를 벗어나야 한다.

장인형은 구로다를 일으켜 세우고서 다시 산기슭을 오르기 시작했다. 구로다는 생각보다 가벼워서 부축하고 걷는 게 크게 힘들지 않았다.

"탕!"

적막을 깨고 일발의 총성이 울려 퍼졌다. 고개를 들어서 길을 살피던 장인형은 어깨가 찢어지는 통증을 느끼며 그대로 주저앉았다.

어김없는 조총 소리였고 총탄은 분명히 정면에서 날아왔다. 그렇다면…. 장인형은 본능적으로 인근 수풀 속으로 몸을 숨겼다. 기다렸다는 듯 이번에는 삼안총의 발사가 이어졌다. 허둥대며 따라오던 구로다에게 탄환이 비 오듯 쏟아졌고 구로다는 제대로 비명도 지르지 못하고 쓰러졌다.

어깨가 떨어져 나갈 듯이 아팠다. 하지만 어떻게 해서든 몸을 숨겨서 이 위기를 빠져나가야 한다. 장인형은 급한 대로 손바닥으로 피탄 부위를 막고는 쥐 죽은 듯 몸을 엎드렸다. 곧이어 어지러운 발자국 소리가 들리면서 한 무리의 사람들이 몰려왔다. 아마도 추격에 나선 가후금군들일 것이다.

"여기 웬 자가 쓰러져 있습니다."

현무기 군병이 구로다를 발견하고 소리쳤다. 쫓아가서 살펴본 구명록은 류구의 해적임을 직감했다.

"추격을 계속할까요?"

심복 무장이 재장전을 하는 군병들을 독려하며 구명록의 지시를 기다렸다. 어떻게 할까. 구명록은 생각에 잠겼다. 그사이에 시간이 많이 지났다. 곧 외영 군병들이 출동을 할 것이다. 어쩌면 무장을 해제당할지 모른다. 그러기 전에 빨리 서장대로 달려가서 병판을 보호해야 한다.

"철수한다!"

구명록이 철수를 명했다. 현무기 기병들이 자리를 뜨면서 팔단산 기슭은 다시 적막에 싸였다. 숨을 죽이며 몸을 숨기고 있던 장인형은 통증을 참으며 몸을 일으켰다. 분노가 치밀었다. 옥포선생에게서 배신을 당한 것이다. 당장 쫓아가서 목을 날려 버리고 싶지만 지금 그보다 중요한 것이 있다. 소향비를 구해야 한다.

*

사단이 나도 단단히 난 것 같았다. 김권주는 다시 총성이 요란하게 이어지는 것을 들으며 슬그머니 서장대를 빠져나왔다. 홍재천과 약조를 한 시각이 된 것이다. 앞뒤를 재 보건대 구명록이 문인방 일당을 포박하지 못한 것이 틀림없었다.

'교활한 놈. 너무 쉽게 생각했군.'

허탈했지만 이미 엎질러진 물이다. 어떻게 해서든 수습을 해야 한다. 이제 홍재천이 어떤 요구를 해 올까. 주상을 인질로 잡고 있다면 어떤 요구를 하건 거절할 수 없게 되었다. 김권주는 납덩이를 얹은

원행園幸

심정으로 걸음을 옮겼다.

'병판 대감이 병권을 장악하면 된다.'

김권주는 그것만을 생각하기로 했다. 나머지는 뭐든 양보해도 상관 없다. 그렇게 결심을 하고서 걸음을 서두르는데 기슭 아래에서 한 무리의 군병이 헐떡이며 올라오고 있었다. 구명록의 얼굴이 횃불에 일렁였다. 김권주는 허겁지겁 구명록에게 달려갔다. 일이 어떻게 돌아가는지 궁금했던 것이다.

"도대체 어떻게 된 것이오? 총성이 요란하던데?"

"놓치고 말았습니다. 아마도 저들은 우리를 피해서 일부러 일찍 폭파를 했던 것 같습니다."

"하면 주상은…?"

김권주가 목소리를 낮추었다.

"그자들에게 납치되었습니다."

김권주는 입맛이 썼다. 문인방을 함정에 빠뜨리려다 도리어 함정에 빠진 꼴이 되었다.

"하면 끝까지 추격을 할 것이지 왜 이리로 온 것이오!"

"애초의 계획과는 어긋났지만 어쨌거나 옥좌가 비지 않았습니까. 그렇다면 빨리 병판 대감이 병권을 장악해야 합니다. 소장이 서장대로 달려가서 주상이 역도들에게 납치되었음을 고하겠습니다."

딴은 구명록이 말이 옳았다. 병권을 장악하고 외영을 접수하면 저들이 협상을 요청하더라도 출동해서 모조리 주살하면 된다.

"헌데 어디로 가는 길이시오?"

"홍재천과 만나기로 약조를 했소."

"그래요? 그렇다면 아예 입을 막아 버리는 것이 어떻겠소?"

그것도 일리가 있는 말이다. 일이 이렇게 된 마당에 홍재천은 아무런 필요가 없다. 나중에라도 비밀이 새어 나가지 않도록 미리 단속해 놓는 게 좋을 것이다.

"하면 나는 아장을 대동하고 서장대로 돌아가서 주상이 납치되었음을 고하겠소. 배행교련관이 홍재천을 없애시오."

이번에는 당하지 않을 것이다. 김권주는 이를 악물었다.

"만나기로 한 곳은 서포루 부근의 큰 회양목 아래요. 지금 달려가면 늦지 않을 것이오."

"알겠소. 일패를 찾아내서 모조리 도륙하겠소."

구명록은 떨어져서 대기하고 있는 현무기 군병들을 힐끗 돌아보고는 모조리란 말에 힘을 주었다.

"물론이오. 그럼."

구명록은 심복 무장을 불러서 김권주를 따라가라 지시하고는 현무기 군병들을 인솔해서 서포루로 향했다.

횃불이 어지럽게 움직이더니 일대에 다시 어둠과 고요가 찾아왔다. 인근 숲에 몸을 숨긴 채 김권주와 구명록의 대화를 엿듣고 있었던 장인형은 통증을 참으며 몸을 일으켰다. 그리고 힘겹게 걸음을 옮겼다. 장인형의 머릿속에는 오로지 병조참지 정약용을 찾아가야겠다는 생각뿐이다. 그를 만나서 알고 있는 모든 사실을 밝히고서 죗값을 치를 생각이다. 그리고 소향비를 부탁할 생각이었다.

암문을 찾을 수 있을까. 쉽지 않을 것이다. 장인형은 휘청거리며 서포루로 향했다. 중심을 잡기 힘들었지만 걸을 수는 있었다. 그나마 왼쪽 어깨를 맞은 것이 다행이었다. 장인형은 통증을 참으며 걸음을 재촉했다.

김권주가 현무기 무관을 대동하고서 서장대에 오르자 사람들의 시선이 일제히 그에게 쏠렸다.

"가후금군의 무관입니다. 주상께서 역도들에게 납치당하셨습니다."

무관이 미로한정에서 있었던 일을 고하자 모두들 경악했다.

"허! 이런 변고가 있나! 대체 어가 호위를 어찌 했기에 이런 일이 생긴 것이오!"

좌의정 유언호가 조심태를 향해서 호통을 쳤다. 다른 사람들의 시선도 싸늘했다. 화성에서의 일은 모두 화성 유수 겸 외영사인 그의 책임이다.

"병판께서 속히 병권을 장악하고서 난국을 수습해야 할 것이오!"

장용영 제조 이명식의 말이 끝나기가 무섭게 심환지의 주위로 몰려들었다. 이제 누구도 이의를 제기할 수 없는 상황이 되었다.

"선전관은 들으라!"

심환지가 근엄한 음성으로 군령을 내리자 대기하고 있던 선전관이 즉시 달려왔다.

"야조를 중단한다! 오군영 대장들은 즉시 각자 군영병들을 인솔하고서 행궁으로 집결하라! 무기고와 화약고를 열고 오군영에게 병장기와 화약을 지급하라! 앞으로 장용외영은 장용영 제조가 직접 통솔할 것이다!"

심환지는 일사천리로 군령을 내렸다. 이로써 비무장으로 화성을 포위하고 있던 오군영 군병들은 무장을 하게 되었고, 외영사 조심태는 통솔권을 상실했다. 전령들이 부지런히 내달았고 고각鼓角이 요란하게 울려 댔다.

주상은 어디에 계시며 대체 병조참지는 무엇을 하고 있단 말인가. 너울거리고 있는 횃불들이 곧 이리로 몰려들 것이다. 모든 게 수포로 돌아갔단 말인가. 채제공은 정신이 아득해졌다.

＊

먼저 와서 기다리고 있던 홍재천은 뭔가 이상하다고 느끼고 얼른 몸을 돌렸다. 다가오는 자가 김권주가 아니었던 것이다. 하면 김권주가 나를 추포하려고 군병을 보낸 것이란 말인가. 홍채천은 걸음아 날 살려라 하며 내달렸지만 장사꾼에 불과한 그가 무예로 단련된 구명록의 손을 벗어날 수는 없었다.

"아이쿠!"

발길이 날아들자 홍재천은 비명을 지르며 나뒹굴었다.

"주상은 어디 계시느냐! 이실직고하지 않으면 오늘이 네 제삿날인 줄 알거라!"

어느 틈에 칼이 목을 겨누고 있었다.

"살려 주시오! 모든 것을 밝히겠소!"

홍재천이 애걸을 했다. 어쩌다 일이 이렇게 되었단 말인가. 논공행상은커녕 자칫 목이 달아나게 된 판이다.

"하면 역모들이 도주한 곳으로 안내를 하거라!"

"나를 따라오시오."

홍재천은 두말을 하지 않고 몸을 돌렸다. 눈치 하나로 살아온 몸이다. 보아하니 병조판서가 이미 병권을 장악한 듯했다. 그렇다면 이제부터는 벽파 세상이다. 살길은 바짝 엎드리는 수밖에 없다. 홍재천과 구명록이 앞장을 서고 그 뒤로 삼안총을 든 현무기 군병들이 따랐다.

그러나 암문에 이르렀을 때는 문인방 일파가 이미 빠져나간 다음이 었다. 이제 어떻게 한다…. 홍재천은 필사적으로 대책을 강구했다. 정한기가 성 밖에서 말을 대기시켜 놓고 있다가 문인방과 합류해서 화성을 빠져나가는 것으로 알고 있다. 그런데 해적선이 남양에 정박하고 있다고 했다. 그렇다면 필시 정한기는 남성자내로 통하는 길목에서 일행을 기다리고 있을 것이다.

"저쪽이오!"

서둘러 암문을 빠져나온 홍재천이 남성자내로 통하는 길목을 가리켰다. 홍재천을 믿는 외에 달리 도리가 없다. 구명록은 군병들에게 서두를 것을 지시했다. 저들이 주상을 납치했다면 행보가 느릴 수밖에 없다. 쫓아가면 잡을 수 있을 것이다.

"탕!"

일발의 총성이 울리면서 홍재천은 가슴을 부여잡고 쓰러졌다. 뒤를 잡힐 것 같자 스기야마가 조총을 발사한 것이다.

"저쪽이다!"

구명록의 명령에 따라서 삼안총이 일제히 불을 뿜었다.

＊

기억을 더듬어서 암문을 찾아낸 약용은 서둘러 좁은 석문으로 들어섰다. 그사이에 잡초가 무성하게 자라 있었다. 문인방 일패가 이미 빠져나갔을까.

주상은 무사하실까. 그것이 제일 걱정이다. 행여 저들이 주상을 시해했다면 모든 게 끝이다. 채제공 대감은 지금쯤 서장대에서 애를 태우며 있을 것이다. 어쩌면 벽파가 이미 병권을 장악했을지도 모른다.

"…!"

허겁지겁 내닫고 있는데 멀지 않은 곳에서 일발 총성이 울렸다. 조총 소리다. 그리고 일제 발사가 이어졌다. 이번에는 삼안총이다. 그렇다면 현무기 군병들이 어느틈에 여기까지 추격해 왔단 말인가. 어떻게 해야 하나. 양쪽 다 우호적이지 않다. 그리고 총으로 무장하고 있다. 섣불리 접근했다가는 무사하지 못할 것이다. 그렇다고 이대로 가만히 있을 수도 없다. 약용이 고심을 하는데 저쪽에서 제법 많은 수의 횃불이 이쪽으로 다가오고 있었다.

"참지 나리!"

최기수의 목소리가 들렸다. 최기수가 벌써 군병을 인솔하고 달려온 것이다.

"역도들과 가후금군이 총격전을 벌이고 있는데 양쪽 다 전하를 위해하려는 자들이다. 나는 주상에게 가 볼 테니 최 기총은 가후금구을 제압토록 하라!"

"그리하겠습니다!"

최기수가 씩씩하게 대답했다.

삼안총 탄환이 빗발치듯 날아들었다. 납작 엎드리자 않았다면 벌집이 되었을 판이다.

"모조리 죽여 버릴 심사로군."

문인방이 이를 갈았다.

"빠져나갈 수 있습니다. 빨리!"

정한기가 일행을 재촉했다. 관군에게 추격을 당하고 있지만 어두운 산길이고 조금만 더 가면 말을 매어 놓을 곳이 나오다. 문인방은 정조를 위협하면서 정한기의 뒤를 따랐다. 시종일관 군은 표정을 풀지 않고 있는 정조는 별다른 저항을 하지 않고 문인방의 뒤를 따랐다. 마지막 순간까지 제왕의 위엄을 잃지 않고 싶었던 것이다.

다시 요란한 총성이 일었는데 탄환은 날아오지 않았다. 아마도 친왕병이 출동하면서 교전이 벌어진 듯했다. 어느 쪽이든 피해야 한다. 이 틈을 놓쳐서는 안 된다.

"엇!"

스기야마가 비명을 지르며 주저앉았다. 문인방이 주변을 살피는 사이에 정조가 뒤에 있는 스기야마를 밀치고서 산 아래로 내달렸다. 정조는 사력을 다해서 달렸지만 멀리 갈 수는 없었다. 돌부리에 걸려서 넘어졌고 뒤를 쫓아온 일패들에게 다시 잡히고 말았다.

"단주 계책이 수포로 돌아갔으니 목숨을 건지려면 빨리 배에 올라야 할 것이오."

스기야마가 문인방에게 거칠게 항의를 하더니 정조에게 조총을 겨누었다. 저들이 협상에 응할 것 같지 않았다. 그렇다면 조선 국왕을 힘들게 끌고 갈 이유가 없다.

"소도주의 말이 맞습니다. 일단 피신을 하고서 후일을 도모하는 게 좋을 듯합니다."

정한기가 거들었다. 문인방은 눈을 감았다. 회한이 몰려왔다. 이렇게 또다시 꿈을 접어야 한단 말인가. 조선을 떠나면 다시 돌아올 수 있을까. 동지들이 그때까지 기다려 줄까. 아마 힘들 것이다. 가슴이 미어질 것 같았지만 살아나는 게 우선이다. 살아나야 후일을 기약할 수 있다. 총성이 그친 것으로 봐서 교전이 끝난 것 같았다. 어느 쪽이 이겼건 빨리 피신해야 한다.

문인방이 등을 돌렸다. 그리고 아무것도 보이지 않고, 아무 소리도 들리지 않는다는 표정으로 걸음을 옮겼다. 그대로 한 때는 조선의 신민이었다. 임금을 직접 죽이는 일은 피하고 싶었던 것이다. 정한기가 말없이 뒤를 따랐고 스기야마는 무슨 뜻인지 알겠다는 듯 고개를 끄덕이고는 천천히 정조에게 향했다.

정조는 천천히 조총을 겨누는 스기야마를 보면서 만감이 교차했다. 이것이 최후인가. 자객은 낯선 존재가 아니다. 세손 때부터 수차례 목숨의 위협을 받으며 살았다. 하지만 최후라고 느낀 적은 없었다. 이제 여섯 살 된 세자가 보위를 이을 수 있을까. 왕대비가 반대하고 나서면 쉽지 않을 것이다. 죽는 것은 두렵지 않다. 하지만 개혁의 꿈이 이대로 물거품이 되는 것이 너무 안타까웠다.

정조는 천천히 몸을 일으켰다. 볼썽사나운 꼴로 죽을 수는 없었다. 일국의 군주로서 의연한 최후를 맞기로 한 것이다. 스기야마도 뜻을 눈치챘는지 몸을 일으키는 정조를 제지하지 않았다.

정조는 고개를 들어 하늘을 올려다보았다. 오늘따라 만월이 벽공에 높이 걸려 있었다. 환한 달이 온 세상을 비추듯 군사君師가 되어 신료들을 이끌며 백성들에게 선정을 베풀고 싶었는데….

스기야마의 손가락이 방아쇠에 걸렸다. 총구는 정확하게 가슴을 겨냥하고 있었다.

"헉!"

스기야마의 입에서 외마디 비명이 새어 나왔다. 최기수가 날듯 달려들며 스기야마에게 환도를 휘두른 것이다.

"전하! 병조참지입니다."

약용이 달려들며 휘청거리는 정조를 부축했다.

"괜찮으십니까? 이제부터는 소신이 모시겠습니다."

약용의 입에서 안도의 숨이 새어 나왔다. 간발의 차이로 주상을 무사히 구출한 것이다.

"과인은 괜찮다. 빨리 서장대로 가야겠다. 모두들 걱정하고 있을 것이다."

정조는 의연함을 잃지 않으려고 애를 썼다. 그러나 아직 위기는 끝난 것이 아니었다. 총성이 울리면서 최기수가 그대로 주저앉았다. 문인방이 양안단총을 발포한 것이다. 약용은 정조를 잡아끌다시피 하며 황급히 숲으로 뛰어들었다. 최기수가 무예의 달인이라고는 하나 다리를 맞았고 상대는 총을 가지고 있다. 원병이 달려올 때까지 피해야 한다. 약용과 정조는 죽을 힘을 다해서 숲속으로 내달렸다. 만사가 수포로 돌아간 문인방은 악에 받쳐서 쫓아오고 있었다.

"…!"

약용은 걸음을 멈추었다. 가슴이 철렁 내려앉았다. 웬 자가 길을 가로막고 섰는데 손에는 환도가 들려 있었다. 마침 달이 구름 속으로 숨어 버렸기에 얼굴은 알아볼 수 없었다.

문인방의 수하…? 환도를 든 자가 천천히 다가왔다. 그 순간 달이 구름을 벗어나면서 약용은 그가 장인형이라는 사실을 알았다. 총을 맞았는지 어깨에서 피가 흐르고 있었다.

약용은 하늘이 무너져 내리는 것 같았다. 쫓아오는 문인방과 앞을 가로막고 선 장인형. 최기수는 총에 맞았고 원병은 아직 오지 않았다.

장인형은 심정이 몹시 착잡했다. 어쩌다 이런 상황에 처하게 되었단 말인가. 후회가 막급하지만 다시 돌아가기에는 너무 먼 데까지 갔다. 구차하게 목숨을 구걸할 생각은 없다. 다만 소향비가 마음에 걸릴 뿐이다. 장인형은 간절한 눈길로 약용을 쳐다봤다.

"장 차인 아닌가!"

헐떡거리며 달려오던 문인방이 장인형을 보더니 기뻐했다.

"살아 있었군. 걱정 많이 했었네. 빨리 저들을 처다한고 여기를 빠져나가서 후일을 도모키로 하세."

문인방이 교활한 웃음을 지으며 장인형에게 다가왔다. 약용은 어딘지 모르게 어색해하는 두 사람을 보며 그들 사이에서 뭔가 심상치 않은 일이 벌어졌음을 눈치챘다.

"차인이 할 텐가? 아니면…."

그다음은 모든 것이 순시간에 벌어졌다. 문인방의 말이 채 끝나기 전에 장인형이 몸을 날렸고, 정조에게 양안단총을 겨눈 채 경계의 눈초리를 늦추지 않고 있던 문인방이 재빨리 총뿌리를 장인형에게 돌렸다. 그리고 총성과 동시에 칼바람이 일었다. 그렇지만 비명은 들리지 않았다. 장인형은 가슴을 감싸 안고 쓰러졌고 문인방의 목에서는 피가 분수처럼 솟아올랐다. 단칼에 목이 잘린 것이다.

"장 기총!"

약용이 장인형에게 달려갔다. 과거사야 어쨌든, 또 그사이에 무슨 일이 생겼든 그가 주상의 목숨을 지킨 것은 사실이다.

"이렇게 다시 만났군요."

장인형은 고통이 심한 듯 간신히 입을 뗐다. 탄환이 가슴에 명중한 듯 피가 홍건히 괴어 있었다.

"출혈이 심하네. 속히 손을 써야 하네."

약용이 간신히 몸을 일으키고 있는 장인형을 부축했다.

"대역을 도모했던 몸입니다."

장인형의 입가에 처절한 미소가 번졌다.

"소향비를… 소향비를 부탁합니다. 해적선으로 끌려갔는데 해적선은…"

힘이 드는지 장인형이 가쁜 숨을 몰아쉬었다.

"그 일은 염려 말게. 반드시 해적들을 소탕하고 소향비를 구해 내겠네."

약용이 약조를 하자 장인형의 얼굴이 환해졌다. 하지만 환한 빛은 오래가지 않았다.

"소향비를 부탁하겠습니다. 아무 죄도 없는 여인입니다. 괜히 나를 만나는 바람에…. 꼭 약속을 지키고 싶었는데."

장인형이 가쁜 숨을 몰아쉬었다.

"…참지께서 승낙하시면 마음 편이 눈을 감을 수 있을 겁니다."

장인형이 숨을 헐떡였다.

"알겠네. 아무튼 빨리 여기를 뜨기로 하세."

총상이 간단치는 않은 듯했지만 빨리 손을 쓰면 목숨은 구할 것 같았다.

"내 걱정은…."

그때 저쪽에서 한 무리의 사람들이 몰려오는 소리가 들렸다. 외영 군병들이라 생각하고 소리를 지르려던 약용은 깜짝 놀랐다. 공성군을 맡았던 오군영 군병들이 달려오고 있었던 것이다. 화성은 지금 외영과 오군영의 군병들이 각각 성정군과 공성군, 가금별초와 가후금군이 뒤섞여서 혼전을 벌이고 있었다.

"내가 가로막을 테니 주상을 모시고서 빨리 피하십시오."

"장 기총 혼자 무슨 수로 저들을 막는단 말인가."

"소장 염려는 마십시오. 속죄의 기회를 얻은 것이 기쁠 따름입니다. 그럼…."

어디서 그런 힘이 났는지 장인형이 환도를 치켜들더니 성큼성큼 앞으로 걸어 나갔다. 장인형이 걱정되었지만 주상을 모시고 있는 처지로 더 이상 지체할 수 없었다.

"서장대로 통하는 암문을 알고 있습니다. 신이 모시겠습니다."

약용이 앞장서서 정조를 인도했다. 충격이 컸을 텐데도 정조는 침착함을 잃지 않고서 부지런히 약용의 뒤를 따랐다. 얼마쯤 갔을까. 싸움이 벌어졌는지 아우성이 일었다. 총성이 빗발치더니 단발마의 비명과 함께 일대가 다시 조용해졌다.

"저쪽이다!"

고함 소리와 함께 총탄이 비 오듯 쏟아졌다. 약용은 반사적으로 정조를 끌어안고 나뒹굴었다.

"망극하옵니다. 이렇게밖에 모시지를 못해서. 조그만 더 가면 암문이 나옵니다."

원행園幸

"괜찮다. 여러 차례 겪어 본 일이다. 황극皇極을 바로잡고 민국을 세우는 길이 어찌 쉽겠느냐."

도리어 정조가 약용을 위로하고 나섰다. 재장전을 하는 동안에 빠져나갈 수 있을까. 기회는 한 번뿐일 것이다. 나머지는 천운에 맡기고 두 사람은 몸을 일으켜 어둠 속을 내달았다.

다행히 암문에 이르는 동안 사격이 이어지지 않았다. 약용은 안도의 숨을 내쉬며 정조를 암문으로 안내했다. 암문을 빠져나오자 서장대가 눈에 들어왔다.

"…!"

화성을 에워싼 횃불들이 점점 포위를 좁혀 오고 있었다. 마침내 공성군이 움직이기 시작한 것이다. 저들은 필시 무장을 했을 것이고, 어렵지 않게 성정군을 제압하고서 화성을 장악할 것이다.

"전하, 속히 서장대에 오르셔야 합니다."

약용이 정조를 재촉했다. 약용은 허겁지겁 서장대로 내달았다. 정조 역시 힘을 내어 서장대로 잰걸음을 옮겼다.

"예를 갖추시오!"

앞서가던 약용이 날듯 서장대로 뛰어오르며 소리쳤다. 서장대에 운집해 있던 사람들이 놀라서 일제히 약용을 쳐다봤다.

"전하께서 친림하셨소!"

약용의 고함에 이어서 잠시 후 정조가 서장대에 모습을 드러냈다. 그와 동시에 대소신료들이 일제히 부복을 했다.

"정식대로 야조를 실시할 것이다. 선전관은 즉시 공성군에게 제자리로 돌아가라고 이르라!"

정조가 행수선전관에게 군령을 내렸다.

"그리고 외영사는 성정군을 통솔해서 화성을 물샐틈없이 지키시오!"

"그리 시행하겠습니다."

조심태가 군례를 올리고서 성큼성큼 장대로 향했다. 병조판서 심환지는 핼쑥한 얼굴로 비켜섰다. 선전관들이 부지런히 내달렸다. 깃발이 오르고 뿔피리가 울리면서 화성을 향해서 몰려오던 횃불들이 일제히 사방으로 흩어졌다. 이어서 성정병들이 활기찬 모습으로 각자의 위치로 향하는 것이 눈에 들어왔다.

갑자기 밤하늘이 오색 불꽃으로 물들었다. 매화포를 일제히 쏘아 올린 것이다. 밤하늘을 찬란하게 수놓는 불꽃을 보며 약용은 슬그머니 뒤로 물러섰다. 온몸에서 맥이 빠져나가면서 서 있는 것조차 힘들었던 것이다.

불꽃은 벽공 높이 떠 있는 만월과 어우러지면서 세상을 환하게 비추었다.

만천명월.

주상은 사위를 환히 비추는 저 달과 같이 세상 구석구석에 골고루 밝은 빛을 뿌리는 명군이 되셔야 할 것이다. 그런 염원을 하면서 약용은 털썩 그 자리에 주저앉았다.

*

인왕산은 봄기운이 완연했다. 약용은 만물이 소생한다는 봄날의 생기를 천천히 완상하며 복세암 골짜기로 들어섰다.

"기다리고 있었습니다."

소복 차림의 소향비가 개울까지 나와서 약용을 맞았다. 미리 통기를 해 두었던 것이다. 처음 찾은 곳이지만 이상하게 낯설지가 않았다. 약용은 친한 벗의 집에 들르기라도 한 듯 유유자적 앞장서서 오두막으로 향했다. 아직은 부상에서 완쾌하지 않은 최기수가 짐꾼을 데리고 뒤를 따랐다.

어가는 8일간의 원행을 마치고서 한양으로 무사히 돌아왔다. 생사의 고비를 넘기던 순간을 생각하면 약용은 아직도 등에 식은땀이 흘렀다. 이로써 화성은 항차 조선의 새로운 왕도로 확실하게 자리매김을 하게 되었고, 개혁은 탄력을 얻었다.

약용은 다소곳이 마주 앉아 있는 소향비를 보면서 만감이 교차했다. 장인형의 인생 유전과 죽음은 결국 자신이 주도했던 융정경장에서 비롯된 셈이다.

그때 장인형은 자신에게 소향비를 부탁했다. 그리고 약용은 그러겠다고 약조를 했다. 그래서 소향비를 기적에 빼내고, 장인형이 묻힌 이곳 인왕산 복세암 기슭에 작은 집을 마련해서 평생 정인을 그리워하며 살도록 배려를 한 것이다. 또한 장인형이 늘 마음을 쓰던 청룡기 기병들도 순차적으로 외영에 복직시키기로 했다.

"최 기총이 뒤를 봐줄 것이다. 나도 가끔 들르겠다."

어느새 약용은 절친한 수하의 미망인 대하듯 허물없이 소향비를 대하고 있었다.

"배려에 늘 감사하고 있습니다."

소향비가 짧게 대답했다. 눈에 신뢰의 빛이 가득했다. 장인형과 더불어 믿고 의지하는 인물이다. 그리고 장인형이 자신을 약용에게 당부했음도 전해 들어 알고 있었다.

상중인 여인이 주안상을 마련하는 게 뭐해서 술을 마다했는데 이
럴 때는 적당히 술기운이 올랐으면 하는 생각도 들었다.

"묘를 둘러보시렵니까?"

소향비는 여전히 단아함을 잃지 않고 있었다. 약용은 고개를 끄덕
이고 소향비를 따라서 몸을 일으켰다. 밖으로 나오자 향긋한 봄 내
음이 약용의 코를 간지럽혔다.

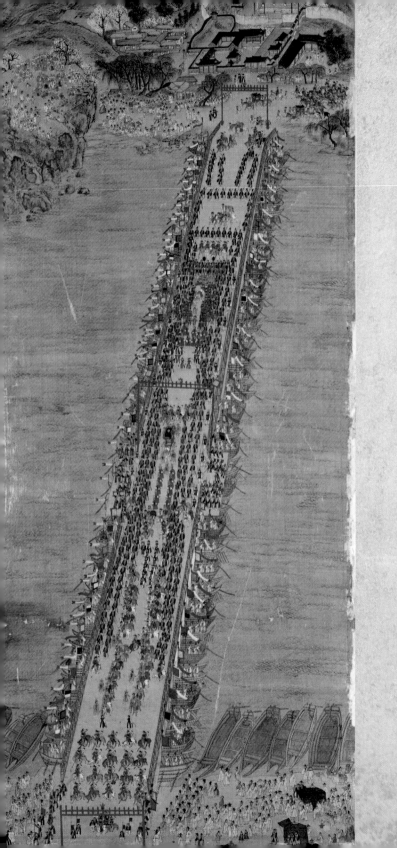

윤 2월 16일, 노량진의 주교를 건너며
한양으로 환궁하는
정조와 혜경궁의 행렬 장면

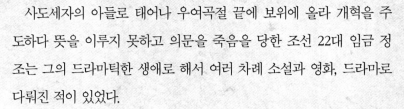

　사도세자의 아들로 태어나 우여곡절 끝에 보위에 올라 개혁을 주
도하다 뜻을 이루지 못하고 의문을 죽음을 당한 조선 22대 임금 정
조는 그의 드라마틱한 생애로 해서 여러 차례 소설과 영화, 드라마로
다뤄진 적이 있었다.

　역사소설 『원행園幸』은 정조 19년(1795) 윤2월 9일에서 16일까지 8일
간에 걸친 원행을 소재로 하고 있다. 흔히 을묘원행이라고 불리는 정
조 19년의 화성華城(수원) 원행은 자세한 기록과 그림이 남아 있어서
당시 행차의 면모를 생생하게 들여다볼 수 있는데 『원행』은 기록과 그
림에 없는 부분을 작가의 상상력으로 메운 역사 팩션Faction이다.

　조선은 창업한 후로 400여 년의 세월이 흐르면서 많은 변화를 겪
었고, 더 이상 낡은 제도가 통하지 않게 되었다. 개혁군주 정조는 그
러한 시대적 요청의 산물인 셈이었다. 정조는 개혁의 단초를 절대군
주제, 선의의 독재에서 구하려 했다. 그것은 사대부에 의한 통치를 근
간으로 하는 기존의 질서와 어긋나는 것으로 사대부들의 저항이 따

르는 것은 당연했다.

개혁을 추진하려면 힘이 필요한데 힘은 무력에서 나온다. 정조는 시파를 등용하고, 장용영壯勇營을 양성해서 개혁의 친위세력을 삼으려 했다. 하지만 그것만으로는 400년 전통의 사대부 세력을 제압할 수 없었다. 새 술은 새 부대에. 정조는 천도遷都를 하기로 하고 화성에 신도읍을 조정하기로 한다. 수구 세력의 뿌리가 깊은 한양에서는 개혁을 제대로 실행할 수 없었기 때문이다.

을묘원행은 그렇게 화성 천도를 주장하는 개혁파와 한양 잔류를 내세우는 수구파가 날카롭게 대립하는 가운데 단행되었다. 각각 개혁과 수구를 대표하는 정약용은 병조참지, 심환지는 병조판서가 되어 원행을 수종하는데 원행의 성패 여부는 팽팽하게 맞서고 있는 양 진영의 어느 쪽으로 무게가 기우는 가를 가름하는 것이기도 하다.

정조는 스스로 '만천명월주인옹萬川明月主人翁', 높이 떠서 천하는 환히 비추는 달이 되고자 했던 사람이다. 군주는 신하를 이끄는 사람이 돼야 한다고 믿었던 것이다. 절대왕권을 꿈꾸었던 정조가 더 오래 살았더라면 조선의 역사는 바뀌었을 지도 모른다. 그렇지만 개혁군주 정조는 1800년, 49세를 일기로 숨을 거두었고, 개혁의 꽃도 지고 말았다. 그렇다고 벽파의 독주도 오래가지 못했다. 변화의 물결은 이미 거스를 수 없는 대세였다.

정조의 개혁이 시대 변화를 정확하게 읽은 것일까, 아니면 왕권 강화를 위한 이상론에 불과했던 것일까. 흔히 우리는 낡은 것에 비해서 새것에 가치의 우위를 두지만 반대의 경우가 존재함도 간과해서는 안 될 것이다. 정조나 사대부나 모두 백성을 통치의 객체로 보는 위민爲民

民, For the People에 기반한 것으로 백성이 통치의 주체가 되는 근대적 민주 사상의 여민與民, Of the People과는 거리가 있다. 국초에 개혁을 주도하다 이상에 치우치는 바람에 뜻을 이루지 못했던 정도전이 이 범주에서 벗어나지 못할 것이다. 하지만 구습에 안주하면 아무것도 되지 않는다.

비록 정조는 급사하면서 뜻을 이루지 못했지만 새로운 세상을 추구했던 정신은 세세로 이어지고, 개항기에 꽃을 피운다.

역사는 변화를 거부하다 패망한 사람들의 이야기를 생생하게 전한다. 또 이상을 좇다 자멸한 사람들의 기록도 고스란히 이야기해 주면서 결국 개혁의 요체는 미루지도 말고 서두르지도 않으면서 시대의 흐름에 순응하는 슬기임을 말해준다.

행정 수도 이전과 청와대 이전을 비롯해서 새 정권이 들어서면 치소治所 이전이 문제가 된다. 역사는 거울이고 반복된다고 한다. 역사는 바쁜 시대를 살아가는 우리들에게 과거를 통해서 지혜를 얻을 수 있도록 인도하는 안내자인 셈이다.

원행園幸